Il contesto

6

Alicia Giménez-Bartlett

Vita sentimentale di un camionista

Traduzione di
Maria Nicola

Sellerio editore
Palermo

e-mail: sellerioeditore@iol.it

Giménez-Bartlett, Alicia

Vita sentimentale di un camionista / Alicia Giménez-Bartlett ; traduzione di Maria Nicola. - Palermo : Sellerio, 2004.
(Il contesto ; 6)
ISBN 88-389-2002-8
863.64 CDD-20

CIP - *Biblioteca centrale della Regione siciliana «Alberto Bombace»*

Titolo originale: *Vida sentimental de un camionero*

Indice

Vita sentimentale di un camionista

Vita sentimentale di un camionista

I

Alla radio ripetevano instancabilmente le canzoni di un tempo. Boleri e ballate che avevano fatto sospirare tutta una generazione, rabbrividire padri e madri, giovani, allora. Molti avrebbero rifiutato di mettersi per strada in una notte come quella. Faceva freddo e non c'era tempo per dormire, il carico era urgente. Molti si tiravano indietro davanti al lavoro duro. Doveva far controllare il riscaldamento, non funzionava bene. Cambiò stazione. Un fascio di luce lo abbagliò. Le auto che si avventuravano in una notte come quella avanzavano timorose, tardavano ad abbassare i fari, andavano piano. Sentì il segnale orario, le cinque del mattino. C'era un programma di jazz, gli strumenti sembravano andare ciascuno per conto suo, ma l'insieme suonava compatto e vivace. Il ritmo della musica si fece più lento. Sentì la voce di una donna che cantava in inglese, trascinando le sillabe come se trascinasse se stessa. Si pensano tante cose quando si è inchiodati per ore a un sedile, il volante fra le mani e i piedi sui pedali. Si pensa tanto quanto i guardiani dei fari o i pastori con le greggi nei pascoli. Le inflessioni erano dolci, sensuali. Si può spogliare una donna solo sentendone la voce. Si comincia dalle gambe, le cosce. Al volante i pensieri sono veloci, non si fermano, scorrono ai lati come il paesaggio, uno dopo l'altro. La cantante lanciava un lamento, ripeteva un nome insistendo nel pronunciarlo. Era buio pesto, l'umidità divorava i contorni delle cose, i fari proiettavano un alone opaco. Anche se le condizioni erano pessime, si proponeva di arrivare in tempo. Ce l'aveva fatta altre volte, non aveva mai mancato una consegna urgente. Nei paesi che attraversava la gente dormiva ancora, non si sarebbero svegliati prima di un paio d'ore. Allora sarebbero corsi nelle officine o nelle fabbriche, per rimanerci a lavorare fino a sera. Poi, sarebbero tornati a casa, avrebbero guardato la televisione, si sarebbero di nuovo messi a letto con le loro mogli. La gente non si muove mai, rimane sempre nello stesso posto, appiccicata a quel che vede dalle finestre di casa, tante volte il muro del vicino, un palo della luce. Lui non ce la faceva. Gli era sembrata una cosa normale, all'inizio, un lavoro fisso e alzarsi presto tutte le mattine. Ma non c'era riuscito. Si accese una sigaretta. Forse come camionista lavorava di più, doveva reggere più ore senza riposo, ma ogni giorno vedeva una città diversa, stava sveglio di notte. Poteva godersi il piacere di correre sul camion mentre gli altri dormivano nei loro buchi, piantati lì come alberi in fila senza protestare. Il brutto erano i pensieri, lunghe ore per pensare, aveva tutto il tempo che voleva per pensare. Certe volte le immagini del passato gli si ficcavano nella testa, battute e ribattute come chiodi. Allora doveva dominarle, allontanarle.

Albeggiava, la luce cominciava a estendersi come una nube bassa, galleggiava sulla strada, tinta di grigio. C'erano poche auto a quell'ora, qualche camion. Sentì freddo. Forse Los Amigos era già aperto. Aveva tutto il tempo per prendere un caffè, mandar giù qualcosa. Era stata una lunga notte e l'aveva trascorsa senza sonno, nessun bisogno di buttar giù anfetamine o di fermarsi a dormire. Non sempre era così, la strada ipnotizza, ti fa addormentare come un incantatore di serpenti, è un'ossessione accertarsi ogni momento se si è davvero svegli o se si sta crollando. Era una cosa di cui aveva sofferto spesso, della fascinazione del sonno. Vide da lontano la grande sala illuminata di Los Amigos, le insegne al neon a forma di prosciutto. Gli pareva di poter già sentire il profumo delle salsicce alla griglia. Mise la freccia e diresse il camion verso la grande spianata davanti al bar. I clienti non erano molti, un'autocisterna di San Sebastián, un'auto targata Madrid. Rosa, la padrona, lo salutò sorridendo. Loquace e ben sveglia, a quell'ora doveva aver già finito di arrostire i peperoni, di friggere le *tortillas* di patate. Anche lui sorrise, quando entrò, saltellando per il freddo, strofinandosi le mani, soffiandosi sulla punta delle dita. Due sole persone mangiavano a due tavoli diversi. Rosa lo conosceva da tempo, scherzava con lui ogni volta che lo vedeva, lo consigliava sui piatti del giorno, se le polpette erano venute saporite o il coniglio tenero, glielo diceva. Non volle niente di complicato, due uova al tegamino potevano bastare. Non digeriva facilmente cose troppo pesanti la mattina. La birra fresca lo rianimò. Ruppe i tuorli con la forchetta e il piatto si coprì di un giallo denso. Mangiò con piacere, facendo crocchiare il pane in bocca. Mai, nemmeno quand'era più giovane, si era sentito meglio. Fra qualche mese avrebbe compiuto trentacinque anni. Adesso era sicuro, solido. La gioventù non era stata un periodo d'oro per lui. Si era sposato a ventidue anni, con Mercedes già incinta. Erano cose che capitavano. A quei tempi lavorava come apprendista in un garage, ma poi aveva mollato. Tirava avanti a stento, i soldi non bastavano mai per mantenere sua moglie e Silvia, la prima bambina. Lasciare quel lavoro non gli era dispiaciuto, detestava passare ore e ore sdraiato sotto una macchina, ricevere ordini, fare commissioni. Aveva trovato un posto come caricatore di camion. Lavorava otto ore al giorno al deposito di una ditta di trasporti, spostando grandi casse e macchinari industriali avvolti in imballaggi complicati. Quando la giornata finiva aveva la schiena a pezzi, i muscoli contratti. Di notte la bambina piangeva, e non era facile riposare. Guardava il soffitto, insonne, e si chiedeva se davvero quella fosse la vita che voleva fare. Cominciava ad affacciarglisi alla mente il pensiero che sposarsi così giovane fosse stato un errore. Si domandava fino a quando avrebbe potuto reggere a una routine senza prospettive di cambiamento. La mattina, in ditta, incontrava i camionisti che andavano a prendere i camion per mettersi in viaggio. Aspettavano che fossero carichi, non davano mai una mano, non li si vedeva mai sudare. Mentre trasportava casse di qua e di là, li sentiva ridere fra loro. Fumavano sigarette americane, parlavano di ristoranti dove si mangiava bene, dove si beveva del buon vino. Poi salivano in cabina, accendevano il motore e si perdevano oltre il portone, verso le strade. Capì che quello era esattamente quel che voleva fare. Si propose di prendere la patente, e ci riuscì in poco tempo. Ci volle un anno prima che la ditta lo assumesse come camionista. Ma alla fine salì su un camion. La prima volta che mise le mani su un volante, gli parve che bruciasse, le ritrasse stupito, sorrise a se stesso. Il camion. Gliene diedero uno fisso solo sei mesi dopo. Avevano paura che non lo trattasse bene, che lo rigasse, che fondesse il motore. Ma non ebbe mai nessun problema. Si sentì subito in intimità con quel mostro dalle grandi ruote. Era un vecchio catenaccio, ma lui lo dominava, sapeva come tirarne fuori il meglio quando era il caso di correre. Le consegne erano sempre puntuali. Sapeva lavorare, il lavoro non lo spaventava, e così finirono per affidargli un camion nuovo, dieci tonnellate, triplo asse, un Mercedes 480 cavalli, un mastodonte leggero come una piuma. Per otto anni aveva fatto con lui tutte le strade, tutte le autostrade. Conosceva ciascuno dei suoi pezzi meglio del suo stesso corpo. Conosceva ogni rumore: il cambio, i freni, gli erano entrati nell'orecchio fino a far parte della sua mente, come un'eco.

Rosa gli mise davanti un pezzo di torta. Ripulì il banco con uno straccio. Al mattino presto andava sempre peggio. Sembrava che i clienti preferissero buttare giù un panino piuttosto che sedersi a tavola e godersi un pasto cucinato come si deve. Per fortuna all'ora di pranzo c'era sempre un gran passaggio. A volte suo marito doveva sistemare diversi tavoli in più, con una lunga panca. Così però ci si stancava, c'era tensione, non ci si poteva fermare un attimo a chiacchierare con i clienti né servirli come si deve. Si trattava soltanto di riempire i piatti e via, portarli subito ai tavoli perché non si raffreddassero. Gli preparò un caffè con gesti precisi, aggiunse un goccio di latte.

– Io i miei clienti li tratto tutti bene, ma questo non vuol dire che non abbia delle preferenze.

– E io sono fra i preferiti.

La donna rise forte, le mani nel grembiule. Gli orecchini oscillarono di qua e di là. Mise la tazza fumante davanti a Rafael. Lui ci buttò dentro la zolletta di zucchero, girò il cucchiaino, cercò le sigarette. Era ormai giorno fatto. Sui vetri verso la strada erano dipinte delle salsicce, in marrone, una gran cozza aperta, una paella gialla che sembrava un disco volante. Accanto alla porta c'era un espositore di cassette. I camionisti compravano musica. Canzoni romantiche, per lo più, ballate d'amore per uomini silenziosi. Rafael si avvicinò a dare un'occhiata. La padrona rimase a guardarlo facendo finta di niente. Ancora giovane, un bell'uomo, mai in tuta o in pantaloni corti, la camicia sempre impeccabile, il giubbotto di pelle. Se fosse stata sua moglie non si sarebbe sentita tranquilla a saperlo sempre in giro per le strade, mangiare ogni giorno da mani diverse, dormire negli alberghi, dove poteva incontrare chissà quante donne, senza una casa, solitario. Tutti i camionisti erano solitari, gente strana, ore e ore sul camion, senz'altra compagnia che la radio. Certe sere ne vedeva tre o quattro che si incontravano per caso nel suo locale, prendevano il caffè, parlavano di carichi, strade, fatti curiosi a cui avevano assistito, incidenti. Rafael prese un nastro, lo osservò da vicino, lesse i titoli delle canzoni. «*Cuando tú me miras*». La conosceva molto bene. Aveva sentito molte volte la voce della cantante, umida e calda, come se uscisse dal bagno avvolta in un asciugamano. «*Siento algo muy profundo que no puedo evitar*». Sapeva molto bene com'era quando le donne non potevano più evitarlo, quando si lasciavano prendere da quel solletico nel centro del corpo da cui è difficile tornare indietro.

– Mi dica quanto le devo, signora Rosa. Prendo anche il nastro.

Le donne si assomigliavano tutte, ma c'era qualcosa in ciascuna che la rendeva speciale e diversa. Gli piaceva riuscire a scoprire in cosa consistesse quella differenza. Ti trattavano sempre sdegnosamente, all'inizio; bisognava imparare a essere pazienti. Ma presto si accorgevano se uno non raccontava balle. Prima che le cose si complicassero lui raccontava sempre tutta la storia, che era sposato, che aveva due figlie. Erano colpite dalla sua sincerità, e cambiavano atteggiamento. Poco dopo erano loro a chiedergli di mentire. Ma lui non l'aveva mai fatto, non gli diceva mai che le amava, nemmeno nei momenti in cui si perde la testa e si può dire qualunque cosa. Nemmeno allora. Le donne avevano finito per riempire molto tempo della sua vita, interi fine settimana. All'inizio Mercedes protestava, credeva che star sempre sola a casa non fosse quel che aveva desiderato. Ma lui accettava lavori extra, carichi urgenti, spedizioni che non potevano star ferme neppure la domenica. Guadagnava bene; erano riusciti a comprare un grande appartamento che a sua moglie piaceva, in un quartiere pieno di coppie giovani. Poi l'avevano riempito di mobili ed elettrodomestici. Era nata Raquel. Sembrava che Mercedes si fosse abituata a vederlo poco. È facile prendere l'abitudine alla vita comoda, ma per potersela permettere ci vogliono soldi. Mandavano le bambine a una buona scuola privata.

Salutò la padrona e uscì dal bar. Gli era rimasto in bocca il gusto del caffè caldo. Salì in cabina, si tolse il giubbotto, mise il nastro. La voce di una donna può fare impazzire un uomo. Sapeva di colleghi che avevano dovuto fermare il camion e precipitarsi in un bordello dopo aver sentito una di quelle canzoni. Era come sbronzarsi. All'inizio si sente solo la musica, poi la voce sembra una cosa vicina e la donna non è più una cantante, diventa una presenza concreta, come se fosse lì in cabina, con te, a sussurrarti delle cose all'orecchio.

Tornò a immettersi nel traffico, che era cresciuto. Alla fine i conigli erano usciti dalle loro tane, tutti insieme, rispondendo al richiamo che li faceva saltar giù dal letto e rientrare nella vita. Certe mogli sareb-

bero rimaste ancora un po' fra le lenzuola, avrebbero salutato i mariti con frasi insonnolite, poi si sarebbero alzate e si sarebbero guardate nude nello specchio, per controllare se erano ingrassate. Non gli spiaceva lavorare tanto. All'inizio gli era mancata un po' la casa, ma in fondo nemmeno lì era molto piacevole stare. Le bambine rompevano le scatole e Mercedes diventava sempre più esigente. I fine settimana gli sembravano lunghissimi. Lei aveva cominciato a rinfacciargli delle cose, che non si interessava ai problemi della famiglia, che non si assumeva nessuna responsabilità. Ma è sempre così quando i soldi non sono più una novità e sembra che tutto sia sempre stato a portata di mano. Presto si era abituato a concatenare un viaggio con l'altro, a rimanere in strada anche nei giorni di festa. Gli piaceva, si sentiva libero, poteva fermarsi dove gli pareva, vedere gente sempre diversa, non gli toccava sentire recriminazioni, né gli strilli delle bambine.
La cassetta era finita. Non l'aveva ascoltata veramente. Meglio così, tener lontano il desiderio. Un camionista passa troppe ore a pensare, non è facile. C'era chi cercava di non avere mai la mente sgombra, si attaccavano alla ricetrasmittente, ascoltavano la radio, si davano appuntamenti coi colleghi per prendere il caffè. Pezzi d'uomo come torri, gente con anni di esperienza sulle spalle, che non riuscivano a stare con se stessi nemmeno un istante. I camionisti, con tutta la loro aria da duri, erano dei paurosi, e dei fanfaroni. Lui non si era mai vantato in pubblico delle sue conquiste, nemmeno quando gli altri arrivavano al punto più interessante del racconto e scendevano nei particolari. Gli sembrava che ci fosse qualcosa di vigliacco nel farlo, come accendere le luci per paura del buio. Non ce n'era bisogno, anche se stava zitto, tutti sapevano che an-

dava a letto con un mucchio di donne. Star zitti è meglio, non raccontare niente ai colleghi, non dire mai ti amo. Ma, chissà come, le donne finivano sempre per innamorarsi. L'unica maniera per fare in modo che non succedesse era cercare sempre storie brevi, interromperle subito. Fatalmente, questo rovinava tutto il piacere. Era bello fare le cose per bene, chiacchierare, andare al ristorante, bere un buon whisky, ripetere l'appuntamento e incontrarsi la settimana dopo. Quelle erano le fidanzate, molto diverse dalle ragazze con cui si passa una notte e via. Di lì nascevano complicazioni, ma ne aveva tratto delle soddisfazioni, molte volte. Un camion gli chiese strada con potenti colpi di clacson, guardò nello specchietto e riconobbe Héctor López, che lo superò senza smettere di strombazzare. Lo vide sbracciarsi, salutare a grandi gesti, sorrise e alzò una mano anche lui. Héctor era un veterano, trent'anni sui camion. Si incontravano spesso, prendevano una birra insieme. Rafael ascoltava paziente le sue storie sindacali, lui era della vecchia scuola. Trent'anni al volante, e non aveva fatto altro che mangiare in pensionacce schifose pur di risparmiare, e andare a riunioni barbose da dove non veniva fuori mai niente di chiaro. Premette anche lui il clacson, un automobilista che li stava superando lo guardò sconcertato. C'era gente che non sapeva vivere, si accontentava di qualunque cosa. Lui no. Ogni volta sapeva quale marca di cognac gli andava di bere, protestava col cameriere se la bistecca era troppo cotta. Anche a casa voleva sempre il meglio, per questo le sue bambine andavano in una scuola dove si insegnavano l'inglese e l'informatica.

Pensò ad Adela. Stava diventando un problema. Ormai era troppo tempo che stava con lei, un record fra le fidanzate. Ma per lui i problemi non erano mai un'ossessione, gli bastava montare in cabina. Pochi conflitti resistevano alla vista dell'asfalto che spariva sotto il muso del camion, le linee bianche inghiottite come aria. Adela aveva fatto cose incredibili negli ultimi tempi, gli aveva scritto una lettera che solo per miracolo non era finita nelle mani di Mercedes. Le sue proteste erano fastidiose, ma non era ancora pronto a lasciarla definitivamente, a smettere di toccare quelle tettine, a non sentire più il suo corpo nudo accanto a sé. Quando passava da Valenza andava sempre a trovarla, era un'attrattiva in più. Gli piaceva telefonarle prima, dirle quando sarebbe arrivato e sentirla tutta emozionata e contenta. Nessuna puttana poteva dargli niente di simile. Sapeva che, appena messo giù il telefono, lei si precipitava dal parrucchiere o a comprarsi un vestito nuovo, che lui non avesse mai visto. Se cenavano a casa sua, preparava la tavola con le candele e i calici di spumante. Eppure, quando lui arrivava, sulla tavola non c'era ancora niente e la cena aspettava nel forno, mentre loro facevano l'amore. Poi c'era tempo per mangiare, per parlare, per bere un bicchiere. Adela faceva la cameriera al Palace. A lui piaceva ascoltare le storie sulla gente che sapeva vivere. Pranzi d'affari nei saloni dell'albergo dove venivano serviti piatti raffinati. Valigie di pelle piene di camicie con le cifre e gemelli di brillanti. Autisti che passavano a prendere il cliente e lo riportavano all'ora di cena. Lei sapeva tutto di loro, sapeva che certi avevano bisogno di piccole automobili per girare i loro possedimenti, che prendevano l'aperitivo sui loro yacht mentre parlavano d'affari, barche grandi come ville, con una cabina speciale piena di computer da dove potevano seguire le quotazioni di borsa. Gente che aveva saputo arrivare fino in cima, farsi strada, lottare. Gente sveglia, preparata per la competizione. Ostriche e champagne a Parigi, caviale a New York. Poi, dopo la cena, lui e Adela tornavano ai loro giochi, più rilassati ora, con tanto tempo per baciarsi, leccarsi. Certe notti le passavano senza dormire. Il mattino dopo se ne andava esausto, con la testa piena di sonno e le gambe molli. Per fortuna il suo fisico era forte, resisteva bene.

Vide la città profilarsi in lontananza, ad appena cinque chilometri. Arrivava puntuale. La vista delle città prima di entrarci era piacevole, missione compiuta, consegna effettuata. Poi bisognava addentrarsi a poco a poco nelle vie, affrontare il traffico senza fretta, cercare di adattarsi all'improvvisa animazione, ai semafori. Di solito i magazzini delle ditte di trasporti erano in periferia, i quartieri che attraversava erano pieni di operai, di case alte, una vicina all'altra, di fabbriche e officine. Un'immagine che lo riempiva di disprezzo e lo faceva sentire superiore. C'erano donne che tornavano dal mercato con le borse della spesa, meccanici in tuta blu. Gli sembrava di passare in rivista un popolo di schiavi.

Erano le nove del mattino quando il camion fu scarico. Uscì dal deposito a passo deciso. Aveva cinque o sei ore di tempo per dormire, ma non si sentiva stanco. Preferì fare un giro in centro, assistere allo spettacolo della città che si sveglia. Le caffetterie erano piene di gente che faceva colazione, le strade fervevano di persone che correvano di qua e di là come impazzite. Quando lavorava, lui era sempre libero, vedeva i campi e il sole, poteva stare a guardare la pioggia che cadeva sul parabrezza. La sera non era costretto a tornare a casa per cena, a sentire le lamentele di sua moglie. Era lui a imporre le regole, un po' come gli uomini che

scendevano al Palace, quelli che avevano saputo organizzarsi la vita, trarre il meglio dal mondo.
Cominciò a sentire le gambe indolenzite. Prese un taxi e andò in albergo. Fece una lunga doccia, insaponandosi molte volte il corpo muscoloso per sciogliere i muscoli. Si strofinò vigorosamente con l'asciugamano e si infilò nel letto completamente nudo. Sentì dei rumori lontani, clacson giù in strada, qualche porta aperta con strepito. La stanchezza cominciò a fargli perdere coscienza. I capelli bagnati inzuppavano il cuscino. Respirò profondamente fino ad addormentarsi.
Quando si svegliò era già tardi, la luce del giorno declinava. Si mise una camicia pulita che gli accarezzò la schiena. Guardò dalla finestra, stiracchiandosi. Ci metteva sempre un po' a ritrovarsi, e ogni volta provava un leggero malessere. Ma dopo qualche minuto sapeva di nuovo perfettamente chi era e dov'era. Uscì a fare un giro per la città, lo faceva sempre prima di andare al ristorante. Vide strade diverse, ora, eppure sempre affollate di gente ansiosa, che correva per arrivare in tempo o rincasare in fretta. Cercò una cabina telefonica, aveva detto a Mercedes che l'avrebbe chiamata. Udì la sua voce secca e ferma, le sue risposte brevi. Niente di nuovo, non c'era quasi mai niente da dire, qualche notizia prevedibile, che una delle bambine aveva il raffreddore, che una delle sue amiche aveva avuto un bambino. C'era una nota di rimprovero nel suo modo di parlare, sempre; lui lo avvertiva ogni volta, anche quando non c'era niente di sgradevole nelle sue parole. I bei tempi erano durati poco. Quand'era nata Raquel, Mercedes si era in qualche modo adattata al suo modo di vivere, a stare da sola, a non vederlo mai, a non aspettarlo più di una volta al mese. Poi erano tornate le lamentele, come se

tutta quella libertà le desse fastidio. «Tanto tu di problemi non ne hai, non ti accorgi nemmeno di quel che succede in casa». Aveva fatto qualche tentativo di essere più attiva. Aveva svuotato una stanza e l'aveva sistemata come un salone di bellezza. Aveva comprato riviste femminili e tutta una serie di creme e prodotti cosmetici. Venivano le donne del vicinato a farsi depilare le gambe e truccare gli occhi. Questo la teneva occupata, le dava la sensazione di non stare sola. I sabati in cui restava a casa, sentiva sua moglie con qualche cliente dietro la porta. Chiacchieravano instancabilmente e poi, di colpo, scoppiavano a ridere. Si domandava di cosa potessero parlare, che cosa le divertisse tanto. Ma quell'aria di rassegnazione e di fastidio sulla faccia di Mercedes non scomparve. Dopo un po' si era stufata, disfece il salone di estetica, non si seppe mai esattamente perché. Ci fu un periodo in cui lo informava su quello che altri mariti facevano per le loro mogli: accompagnarle a fare la spesa, portarle al cinema. Poi era venuta la freddezza totale, freddezza nelle parole, freddezza a letto. Sarebbe stato cinico sostenere che quello era il motivo per cui andava con altre. Le donne gli erano sempre piaciute, gli occhi, la bocca, le gambe, il culo. Gli piaceva scoparsele, sentirle quando cominciavano a respirare ansimando, profondamente, gemere a bassa voce fino ad arrivare a gridare, a volte. Non era mai riuscito a combattere questa cosa, non ci aveva mai provato. Nessuno sarebbe mai riuscito a convincerlo che ci fosse una ragione per cui dovesse andare a letto solo con Mercedes. Non era di quelli che credevano nella famiglia e nel lavoro. Una brava ragazza, un buon lavoro, i figli. Lui aveva capito a che ritmo camminava la vita e sapeva che non era il caso di fermarsi ai

quadretti familiari. Bisognava andare avanti, saper vivere, tutto era lì, a portata di mano: i piatti migliori, i bei vestiti, un buon bicchiere in compagnia, e le donne. Gli uomini che avevano trionfato godevano soprattutto di questo, non andavano al supermercato per portare i sacchetti della spesa.
Non fu una conversazione diversa dalle solite. Le bambine stavano bene, andavano bene a scuola, tutto come sempre. La voce di sua moglie lo rimproverò, ma non ci furono domande. Quando riattaccò, aveva fame. Cercò un buon ristorante dove era stato altre volte. Era un piacere essere riconosciuti dai camerieri; si assicurava che fosse così lasciando mance generose. Scelse una cena raffinata e leggera. Molti dei suoi colleghi avevano bisogno di grandi piatti stracolmi, non si erano abituati a mangiare poco. Ma non era sua intenzione farsi venire la pancia e rimanere imprigionato al volante, come aveva visto in tanti casi. Nel locale c'era una musica piacevole, assaggiò il vino. Era spesato dalla ditta durante i viaggi, ma per una cifra limitata che gli avrebbe permesso di andare solo in posti modesti. Se voleva un trattamento speciale, metteva la differenza di tasca sua. Ne valeva la pena. Godeva di ogni particolare, delle posate pesanti, dei bicchieri di vetro sottile, del servizio cerimonioso. Quando ebbe finito di cenare, ordinò caffè e cognac. Riscaldò il liquore col palmo della mano, osservò discretamente gli altri avventori sparsi ai tavoli vicini, uomini d'affari in piccoli gruppi, coppie che si sorridevano di continuo.
Uscendo, chiese consiglio su qualche locale che offrisse gradevole compagnia femminile. Il cameriere andò a consultarsi in cucina e tornò con un indirizzo scritto su un foglietto: «Mr Dollar». Era il locale migliore della zona, il più discreto. Rafael gli mise in ma-

no una banconota e uscì, conservando nelle orecchie la cortese formula con cui si era sentito salutare: «Grazie, signore. Arrivederla, signore».
Il locale era a malapena visibile dall'esterno. Una porticina dava su una scala che scendeva in cantina. Fuori non c'erano pubblicità né fotografie di ragazze, solo un'insegna al neon azzurra: «Mr Dollar». Per andarci bisognava conoscerlo, e questo gli parve buon segno. Scese lentamente, sentendo avvicinarsi la musica. Superò le pesanti tende di velluto e si trovò in una sala allungata, con i tavolini rotondi. Da una parte si apriva un palcoscenico esiguo, di poco sollevato rispetto al pavimento. Il banco del bar si estendeva per lungo, con scaffali colmi di bottiglie riflesse negli specchi. Alcuni clienti, per lo più soli, occupavano i tavoli più vicini al palco, tutti in giacca e cravatta, con l'aria seria. Era un posto davvero di classe, si vedeva subito. Rafael conosceva postacci orrendi, capannoni lungo le strade provinciali, in legno scrostato, retrobottega dove era già tanto se le ragazze avevano un materasso per sdraiarsi. Niente lo spaventava. Ma a volte era necessario avere il meglio, sentire di poter apprezzare il meglio. Si sedette vicinissimo al palco. Di strip-tease ne aveva visti tantissimi, a migliaia, e gli piacevano. Gli piaceva mettersi vicino alle ragazze, che lo vedevano e gli rivolgevano un sorriso, sentire il loro profumo, essere sfiorato dagli indumenti che cadevano accanto a lui. Sapeva che cosa sarebbe successo, i fremiti che fanno vibrare i seni, i colpi d'anca. Aspettò. La musica tacque, si spensero le luci, e il palcoscenico si coprì di fasci di luce che si muovevano qua e là. Con uno squillo di trombe apparve la prima delle ragazze. Al centro della scena c'era un grosso palo. La ragazza portava una specie di uniforme da pompiere, molto cor-

ta, e aveva in mano l'estremità tagliata di una manichetta antincendio. Aveva un sorriso indifferente. Cominciò a muoversi in sincronia con la musica senza davvero ballare, volteggiò avvicinandosi ai tavoli, con gli occhi spalancati. Poi rimase ferma vicino al palo centrale. La musica si fece meno spettacolare, più insinuante. La ballerina si tolse la giubba, la buttò di lato. Apparvero due seni solidamente serrati da un reggiseno di pietre luccicanti. Continuarono le evoluzioni, si liberò della gonna appoggiandosi al palo, la fece volare con un calcio. Allora cominciarono le contorsioni, i movimenti sinuosi, serpeggianti. Era una bionda piuttosto alta, con le gambe lunghe, tanto che il suo corpo sembrava avvitarsi intorno al palo. Si spensero tutti i riflettori, tranne quello che la illuminava direttamente. Lei guardò gli spettatori. Rafael ebbe l'impressione che gli occhi della bionda si soffermassero a lungo su di lui. Non distolse lo sguardo, non cambiò espressione, rimase a succhiare la sigaretta. La ragazza muoveva le mani, ora, passandosi l'estremità della manichetta sulla pelle, con carezze circolari, facendola scorrere avanti e indietro fra le gambe. Si liberò del reggiseno con un gesto invisibile. Lui ne studiò i capezzoli, piccoli, corrugati dal freddo. La danza continuò, di spalle, per mostrare al pubblico i muscoli sodi delle natiche. Rafael accavallò le gambe e sentì il sesso gradevolmente premuto. La ballerina non smetteva di muoversi, lentamente, separando con la pompa le natiche vibranti. Aveva smesso di sorridere, socchiudeva gli occhi, gettava la testa indietro. All'improvviso aprì le gambe, slacciò una chiusura laterale e il ridotto triangolo di stoffa cadde a terra. I riflettori si concentrarono sul suo sesso, molto scuro, quasi rasato a zero, in brutale contrasto con il biondo dei capelli. Rimase per un istante così, a gambe aperte, e allora la pompa cominciò a gettare acqua che lei si passò lentamente su tutto il corpo. Rafael trattenne il respiro, gli pareva che l'odore di carne bagnata arrivasse fino a lui. Si spensero le luci e la ragazza sparì dietro una quinta. Risuonarono degli applausi qua e là. Gli spettatori bevvero un sorso o accesero una sigaretta. Rafael ordinò un caffè forte. Non era certo il caso di continuare a bere. Si permetteva di fare tardi, cenare, andare a letto con qualche ragazza se capitava, ma non si concedeva mai troppo alcol se il giorno dopo doveva guidare.

Tutti i numeri furono belli, vide sfilare sette ragazze diverse, le guardò ballare e contorcersi con movimenti che ricordavano sempre l'atto dell'amore. Osservò brevemente i loro sessi di colori e frondosità diversi. Ricevette sguardi e li sostenne, senza battere ciglio. Quando lo spettacolo finì, andò al banco, ordinò una limonata. Immediatamente gli si avvicinò una donna.

– Da quando si beve limonata di sera?

La guardò con un sorriso disinvolto.

– Ne vuoi una anche tu?

– Preferisco roba più forte.

Rafael ordinò un whisky per lei. La ragazza lo guardò con una smorfia di ringraziamento. Era alta e angolosa, vestita con una tuta verde.

– Mi pare di averti già visto qui.

– Strano.

Non era necessario parlare molto. Non lo era mai. Loro parlavano sempre, si esprimevano, dicevano. Rafael preferiva ascoltare, non faceva mai battute stupide, a meno che non fosse con un collega, in gruppo era diverso. La guardò senza nessuna espressione.

– Io non salgo mai sul palco, anche se potrei, se volessi. Stanca tantissimo. Quando finiscono qui se ne vanno

di corsa allo Snooker. Preferisco il banco, si conosce gente.
Si mise a ridere. Probabilmente quella frase sortiva buoni risultati, di solito.
– E poi non mi piace che gli uomini stiano lì a guardarmi. Mi piace di più l'intimità.
Avvicinò una gamba alla sua, sfiorandogliela. Lui la guardò da vicino, trovandola sciatta. Aveva una bella ossatura, le spalle alte e diritte, i fianchi poco pronunciati. Avrebbe continuato a parlare anche se lui non avesse detto niente, anche se avesse smesso di guardarla.
– Ma non mi piace dare confidenza a tutti. Ci sono tipi che non gli andrei neanche vicino. A te sì, ti ho visto da lontano.
Potevano essere diverse, bionde o brune, potevano esser alte o basse, magre o grasse, ma dicevano tutte la stessa cosa. Bevve la sua limonata con aria scettica.
– Me ne offri un altro?
La accontentò di malavoglia. Aveva i tratti duri e cavallini, sembrava un santo di legno. Se decideva di scoparsela, era meglio non guardarla troppo, non vedere i difetti troppo da vicino. Una volta si era alzato da un letto perché la puttana aveva una verruca sul collo, rotonda e pelosa. Non era riuscito a reggerne la vista. Un'altra volta era scappato da un bordello appena si era accorto che la tipa aveva le sopracciglia dipinte. Gli era stato impossibile toccarla dopo aver scoperto quelle due righe da pagliaccio sopra gli occhi. Non è bello piantare lì una donna, anche se è una puttana, per questo è meglio non guardarle troppo. La ragazza avvicinò una mano alla sua, lui la ritirò. Non concedeva mai gesti affettuosi alle puttane, li riservava alle fidanzate.
– Vuoi che andiamo da qualche parte?

Si voltò verso di lei, fece di sì con la testa.
– Lasciami finire la sigaretta tranquillo.
La bionda si rilassò, si mise a sorseggiare il suo whisky con gusto. Non era stato difficile risolvere la cosa, ci sono tipi che sfuggono alle domande dirette, che passano il tempo a scherzare, che non ti offrono nemmeno una seconda consumazione.
Rafael constatò con sollievo che aveva smesso di parlare, poteva disinteressarsi di lei. Pensò ad Adela. Non tutte le sue fidanzate erano state come lei, lei avrebbe potuto essere la migliore, se non fosse stata così drammatica, così soffocante. Aveva un bel corpo. Erano quasi due anni che si vedevano, una storia troppo lunga. Era innamorata, era la donna più innamorata che avesse mai visto. Per questo ogni volta voleva di più, e reagiva sempre peggio quando stavano insieme. Non bastava che la andasse a trovare, voleva promesse, bugie.
Pagò e comprò un pacchetto di sigarette. La ragazza andò al guardaroba. Tornò dopo un istante avvolta in un impermeabile giallo.
– Andiamo a casa mia?
– Ti piacerebbe farlo su un camion?
Lei alzò le spalle, non troppo sorpresa.
– In mezzo alla strada?
– No, in una rimessa.
– Se mi paghi il taxi per tornare…
– Aspetta, devo fare una telefonata.
Dovette aspettare un bel po' prima di sentire la voce assonnata di Adela.
– Dove sei? Sono le due del mattino.
– Avresti preferito che non ti chiamassi?
Lei non rispose. Era mezzo addormentata. Lui se la immaginò raggomitolata fra le lenzuola.

– Domani passo da Valenza. Mi sono organizzato per passarci la notte.
– Ti aspetto.
Aveva pensato di non andare a trovarla, ma alla fine le aveva telefonato. Non era facile dire addio a una donna, rimanere senza fidanzata. I viaggi diventavano più pesanti. Sapere che qualcuno ti aspetta, e passare in rassegna i ricordi dopo l'incontro, quando, al volante, gli tornavano alla mente le scene della notte prima. Faceva piacere, anche se andare avanti stava diventando troppo complicato.
Presero un taxi. La bionda non sembrava allarmata all'idea di accompagnarlo al camion. Di sicuro aveva accondisceso a richieste molto più strane. Eppure, quando si fermarono davanti al deposito, mostrò una certa diffidenza. Lui la tranquillizzò.
– Ho la chiave, non c'è problema.
Entrarono nel grande capannone senza luce. Aveva scordato dove fossero gli interruttori, così prese la ragazza per un braccio e la guidò a tentoni lungo il corridoio centrale. Ai due lati si vedevano le grandi sagome scure dei camion addormentati. Lei si fermò.
– Hai paura?
– Lo fai sempre sul camion?
– Solo qualche volta. Siamo arrivati.
Posò un piede sul predellino e si diede la spinta per salire. Tese la mano per aiutarla. Rimasero l'uno accanto all'altra, a guardarsi.
– Come ti chiami?
– Anabel.
– Voglio solo che me lo succhi.
Lei si mostrò del tutto indifferente.
– Dato che mi hai portata fin qui, ti costa uguale che il servizio completo.

In cabina faceva freddo. Ebbe un brivido, seguito da un'improvvisa mancanza di voglia. Avrebbe voluto mandarla via, dirle di andarsene, ma il desiderio persisteva.
– Dove mi metto?
Rafael passò sul sedile del passeggero, la fece inginocchiare ai suoi piedi. Aprì le gambe e buttò la testa all'indietro. La donna si accomodò come meglio poté. Si fece un silenzio rotto soltanto dal fruscio dei vestiti. All'improvviso lui le prese la testa con irritazione.
– No, non così. Più piano.
Ci voleva del tempo perché l'odore della cabina gli entrasse nel naso, voleva avere la sensazione di essere in viaggio, sulla strada, in uno di quei momenti in cui una donna sembra la cosa più urgente, più necessaria. Cominciò a respirare a fatica. Alzò la mano sinistra e strinse forte il volante.

2

Doveva esserle costata parecchio, forse più di quel che guadagnava in un mese. Il suo corpo nudo era appena intuibile sotto la fitta rete di pizzo. E poi c'era quella specie di soprabito di garza che la copriva dal collo fino ai piedi. Non riusciva a farsi un'idea di quanto potesse costare, di sicuro troppo. Cercò le sigarette con un gesto di rabbia. Adela continuava a fare stupidaggini. Non era altro che una cameriera d'albergo, e una cameriera non può permettersi una camicia da notte simile. In condizioni normali se ne sarebbe fregato, ma gliene importava, invece, era come una richiesta d'impegno, un modo per piegarlo. Se lei spendeva una piccola fortuna in una cosa del genere, lo faceva per lui, per esibirla quando lui andava a trovarla, per compiacerlo. E questo lo comprometteva. Significava che era costretto ad andarla a trovare, a ricompensarla, a dimostrarle che anche per lui quegli incontri erano la cosa più importante della sua vita. Faceva cose ridicole, senza senso. Una ragazza della sua età doveva pensare a risparmiare per le cose importanti, magari per farsi un corredo, per progettare un futuro, non sapeva esattamente cosa, ma qualcosa di più sensato che comprarsi una camicia da notte di pizzo nero. Le voltò brutalmente le spalle. Lei abbassò gli occhi.

– Credevo che ti sarebbe piaciuta.

– Non è questo il punto.
Lei fece la faccia più innocente del mondo. Rafael aveva già visto altre volte quell'espressione. E tuttavia era convinto che la dolcezza di Adela fosse un modo indiretto per creargli degli obblighi, e che lei ne fosse consapevole. Lo faceva apposta.
– Se una cosa ti piace, non vuol dire che puoi averla. Quanto ti è costata?
Adela distolse lo sguardo, fece il muso.
– Coi miei soldi faccio quello che voglio.
– Ma senza mettere di mezzo me. Cosa posso pensare se vedo che hai speso una cifra assurda per farti vedere bella?
Lei lasciò cadere le braccia, delusa.
– Non ti preoccupare, adesso me la tolgo.
Andò all'armadio. Si sbarazzò della camicia da notte con gesti attenti e rimase nuda. La ripiegò pian piano e la mise in un sacchetto di plastica trasparente. Vi infilò dentro i nastri di raso che sporgevano.
– Non puoi riportarla indietro?
Lei gli lanciò uno sguardo indispettito.
– Non credo che la riprendano.
Cominciò a tirar fuori qualcosa per vestirsi. Lui si accese una sigaretta e si voltò dall'altra parte. Era evidente che Adela faceva di tutto per rendergli le cose difficili. Non si accontentava del tipo di rapporto che avevano, si ostinava a forzarlo, a farlo sentire in colpa. Ebbe la sensazione di essere bloccato da un paio di tenaglie. Perché si era comprata uno straccio del genere? Per sedurlo definitivamente? E come poteva, adesso, tentare un allontanamento, parlarle di un addio, se lei lo riceveva coperta di soldi dalla testa ai piedi?
– Be', immagino che potrò cambiarla con qualcos'altro, biancheria intima, roba del genere.

Fingeva di non esserci rimasta male. Parlava in tono falsamente naturale, come se niente fosse. Le era venuta voglia di comprarsi quella camicia da notte mentre faceva una passeggiata in centro. Poi, nel negozio, aveva provato anche il négligé abbinato, e non era riuscita a non prendere anche quello. Ne aveva vista una simile in una stanza dell'albergo. L'aveva trovata buttata sul tappeto. L'aveva raccolta e distesa sul letto, non aveva neanche osato piegarla. Era la cosa più bella che avesse mai visto, pizzo nero, inserti di raso. Capitava di trovare tante cose in una stanza d'albergo, si aveva l'occasione di scoprire quali profumi usavano le signore, quali vestiti sceglievano per il viaggio. Rovesciando i cestini della carta straccia, si capiva se gli ospiti erano stati a teatro, se erano spagnoli o stranieri, quali riviste leggevano. E poi c'erano i bagni, pieni di ogni genere di boccette, creme, ombretti, rossetti. Facendo le pulizie si sapeva che tipo di persona aveva dormito lì, si aveva accesso ai suoi piccoli tesori.
Si abbottonò la camicetta. E dire che quel négligé le stava bene. Era un peccato portarlo indietro.
– Ti preparo qualcosa da mangiare?
– No, lascia perdere, non ho fame.
Ma lei insistette. Andò in cucina. Lui pensò che anche fare una frittata fosse un gran sacrificio dopo la scena della camicia da notte. La seguì di malavoglia. La guardò preparare la cena. Non parlarono. Qualunque cosa avesse detto le avrebbe fatto pensare la solita cosa: lei non era sua moglie, non aveva diritto a niente, non poteva aspettarsi altro che vederlo andar via dopo una notte in casa sua. Si sentì stupido e in trappola. Non era sempre stato così, una volta non c'erano quei silenzi. All'inizio lei gli raccontava le cose dell'albergo, i preparativi per i ricevimenti, le grandiosità

dei clienti, come spendevano delle fortune per una sola cena, com'erano vestiti quando scendevano a pranzo. Si dilungava soprattutto sulle storie di sesso, donne di una certa età cariche di gioielli che si facevano accompagnare da ragazzotti con giacche sportive, oppure strane cose che aveva trovato, un vibratore in un armadio, riviste pornografiche. Ridevano. Quella gente poteva avere le sue miserie, ma ciò non impediva loro di vivere alla grande. Col tempo, parlare si era fatto più difficile, ogni cosa la riportava alla sua situazione, la povera ragazza abbandonata mentre lui tornava a casa dalla famiglia. Momenti di imbarazzo.
Gli mise davanti delle uova fritte e una cotoletta.
– Non sono nemmeno riuscita a prepararti una cena decente, non sapevo a che ora saresti arrivato.
Rafael spinse da parte il pane, abbassò gli occhi sul piatto. Passò le mani sulle posate, sulla tovaglia.
– Va bene così.
La vide sparire di corsa. Rimase solo davanti al piatto, fissò le uova, ancora scoppiettanti. Si alzò per andarle dietro.
La trovò in sala da pranzo, che piangeva.
– Senti, adesso basta. Se ti piace tanto quella camicia da notte, puoi tenerla. Ma la pago io. D'accordo?
Adela scosse la testa, fece uno sforzo per parlare.
– No, non me ne importa niente, non è per quello.
– Tienila. È tanto che non ti faccio un regalo.
Lei voltò la faccia rigata di lacrime.
– Passo la vita da sola, senza sapere dove sei né se verrai a trovarmi. Non posso telefonarti a casa né al lavoro. Non so per quanto riuscirò a reggere. Dormo sempre male, il medico dice che sono i nervi, mi ha dovuto scrivere delle pastiglie.
Rafael si girò e partì a passo deciso verso l'ingresso.

Cominciò a infilarsi il giubbotto. Lei lo seguiva.
– Cosa fai?
– Me ne vado.
– No, Rafael, aspetta.
– Sono venuto per passare la notte con te, non per sentire storie.
Lei lo prese per le braccia, gli impedì di muoversi. Lui lottava per liberarsi, per raggiungere la porta. Rimasero per un attimo l'uno di fronte all'altra. Adela appoggiò la testa sul suo petto, lui cercò di sottrarsi con un abile scarto, ma alla fine la accolse in un abbraccio freddo, la baciò sulla bocca, serio.
– Sono stanco, Adela, ho fatto molta strada. Non complichiamo le cose, va bene?
Lei assentì inghiottendo le lacrime che le si erano quasi asciugate per la paura. Sussurrò:
– Non te ne andare, Rafael. Rimani.
Lui la baciò sulla fronte.
– Andiamo a letto.
Entrarono in camera, abbracciati. Con Adela finiva sempre in un dramma, un dramma che si sarebbe ripetuto mille volte. Cominciò a spogliarla.
– Adela, se ogni volta che vengo è una tragedia, non posso più tornare.
Si sdraiò su di lei, lasciando cadere tutto il suo peso, apposta. La sentì sospirare. A letto si era già consolata altre volte. La baciò dietro l'orecchio. Lei cominciò a dimenticare il pianto, si rasserenò a poco a poco, si adattò alle sue carezze, respirò profondamente. Dopo un istante, era lei a baciarlo, si cercavano la bocca nel buio, si mordevano le labbra. Rafael le impedì a lungo di aprire le gambe, lasciò che lo facesse solo quando capì che il suo desiderio era al massimo, forte come un dolore.

Uscì all'alba, prima che lei si svegliasse. Era un modo di evitare i commiati. Scese le scale in fretta, arrivò nell'atrio decorato con piante di plastica. In strada respirò a pieni polmoni, si sgranchì le gambe. Il freddo gli piacque, e anche la solitudine. In casa di Adela c'erano troppe cose, quel Budda di ceramica nera e dorata, gli abat-jour coi fiocchetti, il rosa intenso della trapunta di seta sintetica. Era soffocante. Teneva in camera una gran quantità di bambole e pupazzi di peluche: orsi con la testa enorme, asinelli. Certe volte si sentiva osservato nella penombra da tutti quegli animali deformi. L'aria del mattino presto gli faceva bene, gli piaceva sentire il rumore dei propri passi nella strada deserta. Adela non avrebbe mai potuto capire che se mai lui avesse deciso di lasciare sua moglie, non sarebbe stato certo per prendersene un'altra, ma per vivere da solo e in pace. Aveva pensato tante volte di rimanere senza una donna fissa. Forse era ora di dimenticare le fidanzate, di lasciare Adela, di non mettersi con nessun'altra, solo le puttane. Di sicuro sarebbe stato più tranquillo. Ma era terribile rinunciare a scopare con una donna innamorata. Sapeva per esperienza che il sesso, con una donna innamorata, è la cosa più dolce del mondo. I baci bruciano, hanno una particolare qualità nella suzione, l'odore della pelle è diverso, la lingua, i capezzoli. Eppure, c'è un prezzo da pagare per questo. Le innamorate finiscono per diventare possessive. Quella con cui stava prima di Adela era sposata. All'inizio aveva pensato che questo potesse metterlo in salvo, ma si era sbagliato. Lei aveva cominciato a essere gelosa. Non c'era modo di spiegarle che non poteva vederla tutte le settimane, che era impossibile modificare i suoi viaggi. Lei insisteva. Fantasticava sui figli che avrebbero avuto insieme. Una volta aveva addirittura chiamato la dit-

ta per informarsi sul suo itinerario. Fare l'amore con lei era fantastico, un viaggio insieme sulla luna. Ma poi era diventato insopportabile. L'aveva lasciata bruscamente, le aveva proibito di seguirlo, aveva quasi dovuto insultarla. A un certo punto aveva temuto che perdesse ogni prudenza e raccontasse tutto al marito. Eppure quella storia era finita in un ricordo, che gli aveva dato sollievo all'inizio, e fastidio dopo.
Vide un bar già aperto ed entrò a prendere un caffè. La luce del giorno era intensa. Girò il cucchiaino sorridendo. Le donne. Era il camion a mandarle fuori di testa. Forse altri potevano tenersi delle amanti per molto tempo senza subire rivendicazioni amorose. Avrebbe fatto meglio a rinunciare alle donne da un bel po', sapersi limitare alla praticità e semplicità delle puttane. Doveva essere difficile per loro stare con un tipo che corre continuamente di qua e di là, non poter telefonare, non poterlo controllare. Non ce la facevano.
Quando arrivò al deposito tutti si davano già un gran daffare. Casse e pacchi si impilavano accanto ai camion in attesa di essere caricati. Gli impiegati controllavano le etichette spuntando lunghe liste. Nel gran capannone squallido e freddo il movimento era frenetico. Sul piano di carico dei veicoli c'erano uomini che ricevevano al volo i pacchi lanciati da sotto, mentre le casse più pesanti dovevano essere sollevate con i muletti. I camionisti erano gli unici a non far niente, aspettavano, a gruppi, che i carichi fossero pronti. Ridevano, si scambiavano sonore pacche sulle spalle, informazioni sulle strade, le previsioni del tempo per la giornata. Il sole non era ancora penetrato nel capannone, e la luce giallognola delle lampadine si estendeva su ogni cosa. Rafael apprezzava quei momenti di cameratismo, partecipava alle chiacchiere, si lasciava prendere in giro per

la sua fama di donnaiolo, non gli dispiaceva che lo chiamassero don Giovanni. Tutti erano al corrente del suo successo con le ragazze dei bordelli lungo le strade, che lo preferivano agli altri, che lo trovavano un bell'uomo. Lui rideva e li lasciava dire. Preferiva quei discorsi alle noiose tirate sui problemi sindacali. Per lui certe questioni erano risolte da tempo. Lo pagavano il dovuto per il lavoro fatto, e quando faceva consegne straordinarie o urgenti, nel fine settimana, era pagato il doppio. Era un accordo semplice, non c'erano mai stati problemi, quindi, se mai gli fosse venuto in mente di chiedere di più o non fosse stato soddisfatto del trattamento, sapeva già cosa doveva fare, andarsene da un'altra parte. Al di fuori di questa semplice regola, non gli sembrava possibile altro. Le rivendicazioni dei delegati erano stupide. Era gente che finiva per dedicarsi al sindacato e basta, disinteressandosi del camion. Tutti li conoscevano, non passavano per buoni lavoratori. Le loro richieste di giornate di riposo in più o di altri miglioramenti marginali non gli interessavano. Il lavoro per lui era una faccenda personale, individuale, lui i problemi li aveva quando si trovava sul camion, da solo, e allora nessuno poteva venire a risolverli al posto suo.
Il vento gelido della mattina si insinuava sotto il tetto del deposito. Presto tutti quei pacchi sarebbero scomparsi, avrebbero intrapreso il viaggio verso la loro destinazione, a chilometri e chilometri di distanza. Quel pensiero bastava ad allontanarlo da qualunque tipo di problema, perfino dalle donne. Era come se la sua vera vita cominciasse nelle rimesse. Poi, quando era seduto da ore al volante, i problemi si presentavano, ma mai nel momento vibrante dell'inizio del viaggio. Lì aveva sempre vent'anni, stava sempre per affrontare la

sua prima consegna. Per certi suoi colleghi era diverso. I cinquantenni non avevano voglia di fare diversi viaggi di seguito, volevano avere più tempo per stare a casa. Erano quelli che lo prendevano in giro sulle ragazze. I vecchi sapevano molto bene quanto pesi la voglia, al volante, dentro la cabina comoda, calda, quando si ascoltano certe musiche romantiche alla radio. Tutti i camionisti lo sanno. Vedevano il camion di Rafael parcheggiato nei piazzali dei bordelli lungo le statali, a qualunque ora, perfino davanti ai posti più infami. Nessuno l'avrebbe detto vedendo la sua faccia da bravo ragazzo, o entrando nella cabina del suo mezzo, dove non c'era una sola foto o calendario di donne nude. Gli altri sì che li avevano, appiccicati alla parete posteriore o ai finestrini, ragazze dai seni enormi, coi capezzoli turgidi e scuri come cioccolatini.

Rafael, con un gruppetto di autisti, si diresse verso il bar vicino al capannone. Erano solo le sette, ma il locale era pieno di gente e la cucina funzionava come per una festa. Al di là di una parete di vetro si vedeva il busto di Feli, la cuoca, con la faccia sudata, china sui fornelli. Sbatteva le uova, i capelli le scendevano a ciocche sulla fronte. Aveva sempre lo stesso grembiule grigio a fiori gialli. Rafael pensò che non era neanche brutta, forse con un altro vestito, i capelli puliti e scostati dal viso... Gli avventori mangiavano filetti e frittate, parlavano gridando da un tavolo all'altro, brindavano sbattendo i bicchieri e giravano i cucchiaini nelle tazze facendo un gran chiasso. Fu bersagliato da altre battute sulle sue soste ai locali lungo la strada, da pacche compiaciute sulle spalle. Buttò giù un caffè forte che gli bruciò la gola. Un ragazzo della ditta si affacciò sulla porta: «Rafael, il camion è pronto!». Guardò Feli per l'ultima volta, unta e scarmigliata, non l'aveva mai vista sorridere. Forse con un po' di trucco, con le calze fini e i tacchi alti... Finì il caffè in un sorso, salutò e fece una breve corsa fino al portone.

Parecchi camion avevano già messo in moto, gli autisti facevano ruggire i motori premendo a lungo sull'acceleratore. Il frastuono riempiva l'aria, copriva ogni altro suono, le grida dei caricatori. Era come un segnale di partenza su cui tutti fossero d'accordo. Rafael posò un piede sul predellino, appoggiò la mano sulla portiera e si sollevò di scatto fino al sedile. Sette, dodici ore di guida con le soste regolamentari, il riscaldamento a posto, a guardare scorrere il paesaggio freddo da dietro il volante. Alzò una mano, e gli altri risposero al saluto. Diede le ultime accelerate prima di uscire dalla rimessa.

3

Transitò per strade periferiche fino a uscire dalla città. Si immise nel traffico della statale lungo una corsia di accelerazione. Le marce svilupparono una dopo l'altra tutta la loro potenza. Il cielo era grigissimo. Verificò il riscaldamento. Sarebbe stato un viaggio più comodo, più tranquillo. Ogni viaggio era diverso. Questa volta non avrebbe dovuto sopportare le lamentele di nessuno.

Pensò ad Adela, alla storia ridicola della camicia da notte. Lei vedeva tante cose all'albergo, roba di lusso, nelle stanze abbandonate dopo l'amore. Gli aveva raccontato che le capitava di trovare oggetti impensabili fra le lenzuola: bottiglie di champagne vuote, preservativi non usati. Per fare le pulizie era costretta a raccogliere indumenti disseminati sul tappeto: mutande da uomo, scarpe spaiate. Quella gente non si preoccupava di mettere in ordine le proprie cose, se ne fregava del fatto che la cameriera potesse vedere tutto il giorno dopo. Era gente che sapeva quello che faceva, per loro l'opinione del personale di servizio non contava. Rafael pensava che fosse naturale quando si aveva una certa classe. Adela si scandalizzava per i vestiti buttati a terra, lei non l'avrebbe mai fatto, avrebbe lasciato tutto perfettamente in ordine. Sottomessa e giudiziosa, accettava le regole che gli altri avevano creato per lei. Leggeva riviste sulla gente del gran mondo e puliva le loro

stanze, ma questo non le serviva a granché, non aveva imparato a comportarsi con classe, solo a desiderare di vestirsi come loro. Lui le aveva fatto qualche regalo, la portava al ristorante, a bere qualcosa nei locali. Di sicuro aveva sentito di uomini sposati che non portano fuori le ragazze per paura di essere visti. Non era il suo caso, lui poteva muoversi liberamente a Valenza. Non arrivava mai con i minuti contati, poteva dedicarle tutta la notte. Ma lei non si accontentava, voleva di più. Parole d'amore, promesse che avrebbe lasciato la famiglia e sarebbe andato a stare da lei. Ambiva a cose banali, cene tranquille e serate davanti alla televisione, proprio il pantano dove lui non intendeva più mettere i piedi. Le donne erano tutte uguali, non sapevano apprezzare quello che avevano, deformavano la realtà. Si ricordava di una ragazza di Pamplona, una ragazza semplice che serviva in un bar. Si angosciava tutte le volte che andavano a cena fuori, temeva per la sua reputazione. Come se una ragazza che fa la cameriera in un baraccio qualunque, dalla mattina alla sera, a distribuire piatti di minestra e piselli lessi, potesse avere preoccupazioni del genere. Ma sembrava che l'importante fosse soffrire, trovare delle difficoltà dove tutto sarebbe potuto andar bene. A quanto ne sapeva, solo le donne coi soldi sapevano tenersi degli amanti senza farsi dei problemi. I mariti potevano perfino saperlo, ma questo non cambiava niente, andava bene lo stesso. Nessuna chiedeva di essere amata o si preoccupava di quel che pensavano gli altri.
Le nuvole si stavano facendo sempre più scure. Vide cadere le prime gocce sul parabrezza. La pioggia rendeva più difficile la guida, ma lo isolava piacevolmente dal mondo esterno. Chiuso dentro il camion, poteva riposare. C'erano dei colleghi che temevano questo tipo di soli-

tudine, si mettevano a pensare a cose tristi, come la vecchiaia o la morte. Per lui non c'erano problemi, il camion gli appariva come un rifugio, la sua vera casa.
Si fermò a fare gasolio. Mentre aspettava, andò al bar. Due tizi mangiavano con gli occhi persi nel vuoto. Il rimbombo del televisore riempiva l'aria. La cameriera serviva i caffè senza badare a quello che faceva. Chiese una bibita, la ragazza gli sorrise. Tutte le ragazze dei bar avevano i capelli leggermente lucidi di unto. Uno dei tizi che mangiavano si voltò.
– È suo il camion?
Rafael fece di sì col mento. Aspettò che l'uomo riprendesse a parlare, ma quello masticò per un po' prima di andare avanti.
– Anch'io portavo i camion, ma ho lasciato perdere. Stanca troppo. Dovevo sempre fermarmi per dormire. Un giorno sono quasi svenuto dopo aver guidato per dieci ore di fila. Ero completamente suonato, non sapevo più dove andavo e da dove venivo.
La ragazza gli sorrise di nuovo. Il tizio girò del tutto la sedia e chiese:
– Ma lei non è mai stanco?
– Certe volte sì.
– La strada è come una droga, ma quando guarisci non ci torni più, anche se fosse l'unico mestiere al mondo. Adesso vendo pezzi per idraulici. Li trasportano gli altri, io me ne sto fermo.
Rafael fece di sì col mento, finì la sua bibita e lasciò delle monete sul banco. Il tizio continuò a mangiare senza guardare nessuno. Mentre risaliva sul camion, ripensò a quella strana storia. Uno che finisce per non sapere più da dov'è partito, dove sta portando il carico. Cercò di immaginarsi a vendere tubi e rubinetti. Non era cosa per lui.

Accese la ricetrasmittente e lanciò un appello al suo amico Luis. Poco dopo lui gli rispose da Huesca, in transito. Ogni tanto mangiavano insieme, si davano appuntamento a seconda dell'itinerario. Parlavano via radio, certe volte anche a lungo, ciascuno seduto con le mani sul volante. Era facile parlare così, come pensare a voce alta. Quando si incontravano, tutto quel che si erano detti dal camion non contava. Guidando, si facevano discorsi strani, soprattutto a notte fonda. Alle tre del mattino capita di dire qualunque cosa, di parlare di donne o di lavoro. Luis era un tipo per bene, credeva nella famiglia, nei suoi diritti di lavoratore. Era inutile raccontargli storie di puttane, rideva e basta, lui non ci andava mai. Per Rafael, come facesse a divertirsi era un mistero. Giocava a pallone con i figli il fine settimana. Abitavano nella stessa città. Gli chiese di Emilia. Soffriva di una piccola lesione alla colonna vertebrale, e doveva stare a letto giornate intere quando il tempo era umido, ma non era da considerarsi una cosa grave. Si erano sposati tre anni dopo lui e Mercedes. Erano usciti a cena insieme, allora, e continuavano a farlo, ma non era mai stato un gran successo fra le mogli. Emilia aveva la faccia piccola, piena di lentiggini e macchie. Aveva lavorato in un'impresa di pulizie e raccontava cose del lavoro. Puliva supermercati, uffici, grandi banche, si dilungava su come si inceravano i pavimenti, sui tipi di prodotti che usava. A Mercedes non sembravano argomenti con cui riempire una serata. Avevano tre figli, e si preoccupavano che crescessero sani. Vivevano fuori città, in un quartiere dove c'erano alberi e aria pura. Le sere in cui cenavano insieme, Emilia si metteva certi vestiti a pois e dei camicioni con grandi fiocchi al collo. Non aveva un'aria molto elegante mentre parlava dei pavimenti che aveva tirato a lucido con quel fiocco che faceva su e giù. Mercedes preferiva le sue amiche, erano state commesse, manicure, avevano cose più interessanti da raccontare. Luis stava ad ascoltare le confidenze di Rafael, le storie delle sue fidanzate. Gli rispondeva consigliandogli prudenza, un uomo doveva spendere le sue energie per le cose che contavano veramente, la famiglia, il lavoro. Non poteva passare il tempo a correre dietro le donne. Un bel giorno la gioventù sarebbe finita e non gli sarebbe rimasto niente per cui lottare. Era la stessa cosa che pensava Rafael, solo che a lui sarebbero rimasti i ricordi, e gli sarebbero rimaste le donne, bisogna essere davvero vecchi perché non ti funzioni più. Ciascuno dei due continuava per la sua strada, senza cambiare idea. Luis avrebbe continuato a giocare a pallone, Rafael avrebbe continuato ad andare a puttane finché avesse avuto la forza per farlo, ragazze gentili, di quelle che non ti chiedono subito i soldi né ti mettono fretta, capaci di regalare un po' del loro tempo a un camionista, di ascoltarlo.

– Non sei stato a casa nemmeno questa domenica?

Lui sì, c'era stato, e aveva visto Mercedes. Si erano incontrati al mattino per prendere un caffellatte, c'erano anche le bambine, che gli avevano fatto vedere dei lavoretti di scuola. Le vedeva di più Luis le sue figlie, di quanto non le vedesse lui.

– Penso che dovresti stare un po' a casa la settimana prossima. Si può benissimo rinunciare a guadagnare per un paio di giorni.

– Pensavo di farlo.

Inutile dirgli che aveva avuto dei problemi con Adela, forse non si ricordava nemmeno come si chiamasse. Luis gli consigliava sempre di lasciar perdere con tutte le sue donne, non si sforzava di distinguerle o di sapere qualcosa di loro. Ti daranno solo delle complicazioni, questo era tutto quel che aveva da dire. Se magari, molto di rado, gli capitava di andare con una puttana, non gli sarebbe mai venuto in mente di uscire con una ragazza normale.

– Non importa che gli racconti delle balle. Loro non perdono mai la speranza.

Mai. Adela sapeva che lui non pensava di lasciare sua moglie, ma di sicuro credeva di aver fatto dei passi avanti. Una situazione assurda. Eppure, era difficile lasciarle, le ragazze come lei, rinunciare al piacere delle fidanzate che aspettano e amano. Malgrado lo rimproverasse, Luis lo ascoltava con piacere. Storie sempre diverse, donne che accettavano richieste impensate. La parrucchiera, per esempio. Rafael le aveva chiesto di fare l'amore nel salone vuoto, fra i flaconi di lacca e l'odore di tinture. Una volta lei l'aveva accontentato. L'avevano fatto sul pavimento. Lo eccitava pensare che il giorno dopo quel posto sarebbe stato pieno di donne che si sarebbero fatte fare la messa in piega tranquille, senza sapere niente. Luis ne era divertito, rideva. Ma per poco. Alla fine tornava a invitarlo alla prudenza. Tutti sanno che le donne tradite sono nemiche pericolose, che conservano il rancore per anni. Potevano nascerne incidenti spiacevoli, non era impensabile che una si presentasse un bel giorno a casa sua e cercasse di parlare con Mercedes. Oppure avrebbe potuto chiamare in ditta, raccontare tutta la storia. Ai capi non piace che i sottoposti vadano in giro a combinare pasticci. Pensava perfino alla possibilità che una di loro si rivolgesse a un avvocato dichiarandosi truffata, dicendo che lui le aveva fatto una proposta di matrimonio. Tutti i giorni si leggono storie simili sui giornali. Rafael si metteva a ridere.

– Sì, dài, ceniamo insieme sabato prossimo.
– Lo dirò a Emilia.
– Ti chiamo. Non voglio stare tutto il tempo da solo con Mercedes.
– Credi che possa sapere qualcosa?
– No, però, sai com'è.
Lunghi fine settimana con Mercedes sempre seria, risposte ridotte all'essenziale. Lei non sapeva niente di preciso, ma le donne sanno sempre, intuiscono, e si comportano come animali in cerca di un odore. E poi c'era il sesso, sempre con meno passione. «Questo è tutto quel che c'è» le aveva detto una volta dinanzi alle sue proteste, e lei non aveva risposto. Era la verità. Non c'era altro.
Interruppe la comunicazione con Luis. I raggi del sole declinante gli arrivavano negli occhi. Il tramonto veniva molto presto, d'inverno, erano solo le cinque. Nella cabina si formò l'atmosfera speciale dell'imbrunire, il tepore del riscaldamento, l'odore di sigaretta. Accese la radio, gli parve che la musica fluisse dall'asfalto, mescolata al rumore monotono del motore. Mosse impercettibilmente il volante a destra e a sinistra, facendo ballare il camion. Sarebbe stato divertente poterlo portare dappertutto con sé, oltre le linee continue della strada, fin nelle stanze d'albergo. Il camion dondolò dolcemente, poi tornò alla sua posizione stabile. Dieci ore per arrivare a Siviglia, meglio non fare sciocchezze, meglio non sognare né perdersi nei vapori di fumo e di ricordi.
Si fermò a dormire in un motel sulla strada. La sala da pranzo era grande, quasi vuota. Una coppia di vecchi sorbiva la minestra alzando di tanto in tanto gli occhi verso il televisore. C'era il telegiornale, si vedevano dei parlamentari riuniti in commissione. Notò gli impec-

cabili abiti grigi, le cravatte a strisce sottili, si davano la mano, sorridevano. Chiese del vino, per accompagnare la cena, e cominciò a mangiare piano, guardando dalla finestra buia. La strada smetteva di esistere finché dei fari non ne indicavano la presenza. Una serata fredda, c'era poca gente ormai. Pensò di chiamare a casa, avrebbe trovato le bambine ancora sveglie. Il telefono era nel corridoio, da dove si vedevano i vecchi che finivano la cena.

Ascoltava le voci delle bambine contemplando quella masticazione lenta, le due facce silenziose e assorte. La bambina più piccola raccontava qualcosa di incomprensibile sulla perdita di certe chiavi.

– Le hai perse tu?

– No, le ha perse la mamma, poi abbiamo dovuto chiamare un signore per farne delle altre.

Non era facile capire le bambine per telefono, non erano capaci di riassumere o di parlare delle cose in generale, raccontavano sempre pezzi di storie che poi bisognava riordinare. A volte veniva coinvolto in piccole liti fra le due sorelle, una accusava l'altra di averle preso qualcosa senza chiedere il permesso, una bambola, una matita. Poteva fare ben poco per mettere pace a distanza.

– Dov'è la mamma?

– Stasera è dovuta uscire. È venuta a guardarci la Pili. C'era la riunione dei genitori a scuola.

– Diteglielo che ho chiamato.

– Sì.

La voce della più grande suonava distratta. Di sicuro, mentre parlava con lui, stava leggendo qualcosa o guardando la televisione. No, non era facile comunicare con loro, non sapeva mai cosa dire, si perdevano in spiegazioni inutili o rispondevano a monosillabi. Lui

riusciva a malapena a dare un consiglio, a dire di andare a letto presto, di spegnere il televisore. Si ricordò di suo padre. Nemmeno lui parlava troppo, sempre frasi brevi, ordini precisi.
– Ti ricordi di dirglielo?
– Sì.
I vecchi si stavano alzando da tavola, avevano finito, l'uomo camminava con più impaccio della moglie, che dovette aspettarlo un momento, seguire con pazienza i suoi preparativi per cominciare a camminare. Non rimaneva più nessuno nella sala. Il televisore era ancora acceso. Rafael tornò al tavolo, prese le sigarette e andò a dormire.

4

Quel pomeriggio non aveva fretta. Era partito presto da Siviglia, col camion pieno. Lo aspettava un tranquillo viaggio di ritorno. Aveva mangiato in un ristorante lungo la strada, vicino a Andújar, un buon pranzo completo di aperitivo e caffè. Il fine settimana lo avrebbe passato a casa. Si arrampicò in cabina con la sensazione di essere in perfetta forma, ma dopo qualche chilometro il sonno cominciò a vincerlo e dovette fermarsi per un nuovo caffè. Era uno di quei tramonti rossi delle giornate fredde e soleggiate d'inverno. Nel bar c'era poca gente. Dentro gli espositori del bancone si vedevano piatti poco appetitosi: polipi che sembravano affogati nella salsa, patate giallastre. Lo servì il padrone, un uomo corpulento che asciugava bicchieri con energia. Rafael osservò che le pareti erano coperte di bottigliette di liquore non più alte di una sigaretta. Erano allineate a centinaia sugli scaffali come in un museo. Si avvicinò a guardare le etichette. L'uomo dietro il banco lo interpellò subito.

– Le piace la mia collezione? – chiese, senza smettere di strofinare un bicchiere, con un sorriso ripetuto da sempre.

– Ne ha tantissime.

– Più di diecimila.

– Incredibile.

– Ne avevo anche di più.
Ne scelse una da una fila stipata, la tirò giù, ne tolse la polvere e gliela porse.
– Liquore di pompelmo, Francia.
Rafael annuì, osservando l'etichetta semicancellata.
– Ne ho di sakè, che vengono dal Giappone, e di liquori di molti monasteri.
Riprese il bicchiere appena posato e ricominciò a strofinarlo. Rafael sorrise.
– Bella collezione.
– È unica. C'è chi mi darebbe qualunque cosa per averla –. Guardò Rafael soppesando l'aria con una mano. – Qualunque cifra, se fosse ancora completa.
– Gliel'hanno rubata?
– No, mia moglie se ne è portata via una buona parte. Quasi tremila pezzi.
– Per venderli?
Il barista non rispose, andò da un cliente che voleva pagare. Poi tornò a passo lento, prese un altro bicchiere bagnato e cominciò ad asciugarlo coscienziosamente.
– No, se ne è andata di casa sei mesi fa.
Rafael non seppe cosa rispondere.
– Diceva che era stufa di lavorare al bar, e poi di lavorare a casa. Sua moglie lavora?
– No.
– Sa cos'era tutto quel che aveva da fare? Passare uno straccio per terra, friggere le patate per le *tortillas*, poco di più. Noi non mangiavamo diverso dai clienti. Il sabato una gran paella, e questo era tutto. Ma diceva che era stufa di lavorare come una schiava.
Non era la prima volta che Rafael sentiva storie simili, di mogli che improvvisamente si ribellavano, che se ne andavano di casa. Molti camionisti non ne potevano più delle lamentele delle loro mogli, se non erano le

faccende domestiche, erano le responsabilità dei figli. Disse qualcosa cercando di essere cortese.
– Lo sa come sono fatte le donne.
– Eccome se lo so.
Fuori stava venendo buio. Entrarono altri clienti. Un ometto in tuta blu ordinò un cognac, cominciò a berlo molto lentamente. Di tanto in tanto si avvicinava a una macchina mangiasoldi e infilava qualche moneta, che spariva facendo scaturire musichette meccaniche.
– Non ha voluto portare via niente, solo le bottiglie. Pura cattiveria. Era l'unica cosa che poteva darmi fastidio. Ha aspettato che io non fossi in casa e le ha messe in uno scatolone. Quando sono tornato, non c'erano più. Si rende conto?
Diede una pulita al banco con movimenti circolari.
– Sa cosa le dico, se cerca di tornare?
Rafael fece segno di no con la testa.
– Le dico che non ho più nessun bisogno di lei, ecco cosa le dico –. Fissò la superficie del bancone. – Anche se è probabile che non torni. Se non aveva voglia di lavorare la cosa più probabile è che sia finita in qualche bordello.
Rafael chiese dove fosse la toilette, si inoltrò in un corridoio scrostato e umido. Quando tornò, l'uomo era distratto, canticchiava, lucidando un bordo cromato. Lo salutò con una mano. Si arrampicò sul camion. Non capiva come la moglie di quel tipo potesse stare in un bordello, dal momento che doveva somigliare a lui: cinquant'anni suonati, stanca e sciupata. Nel frattempo si era fatta notte. Dai fossi si levavano nubi di umidità. Di storie come quella ne capitavano. Era una storia ridicola come tante, un bel giorno una moglie si stufa e prende la porta, ma non dimentica di portarsi via le bottigliette del marito, la cosa che po-

teva ferirlo di più. Forse pensava di trovare un altro, qualcuno disposto a lavorare per lasciarla riposare. Ma non poteva certo aver avuto tanta fortuna, di sicuro ora le toccava fare le pulizie nel bar di qualcun altro per tirare avanti. Nessuna donna si accontenta di quello che ha, Mercedes ne aveva sempre una, Adela voleva vederlo divorziato, pronto per un altro matrimonio. Non capiva perché non potessero starsene tranquille, apprezzando quello che avevano, vivendo la vita normalmente.

Sentì avvicinarsi una nuova ondata di sonno. Accese la radio. C'era un programma per camionisti. Ballate romantiche e flamenco, la voce di una speaker chiedeva ogni cinque minuti se tutti stessero rispettando i tempi di riposo regolamentari. Erano molti i suoi colleghi che seguivano quel programma, tutte le sere, come se davvero li facesse sentire in compagnia. Uomini grandi e grossi, duri, di quelli che per loro non c'è mai niente di nuovo, che se ne stavano ad ascoltare una voce alla radio come se davvero fosse un'amica. I camionisti potevano chiamare in trasmissione da tutte le strade di Spagna. Magari uno raccontava di una fidanzata che aveva avuto da giovane, diceva che portava le scarpe di vernice, dove andavano, cosa facevano insieme. Allora la conduttrice si attaccava a quel filo e parlava delle ragazze che tutti abbiamo avuto e dimenticato. Era come il colpo di pistola che dà il via a una gara. Chiamavano camionisti da tutta la Spagna dicendo che anche loro avevano avuto delle fidanzate giovani e carine. Rafael pensò che lui non avrebbe mai fatto una cosa simile. Commiserava i fessi che si prestavano a intrattenere gli altri con le loro stupide storie. C'erano anche programmi peggiori, però, di quelli che ricevevano telefonate, le telefonate di chiunque, a qualunque

ora della notte. A volte gli era capitato di ascoltarli, e non gli pareva vero che potesse esistere tanta spazzatura. Uomini che quasi piangevano, dicendo che non ne potevano più delle loro mogli, del loro lavoro, della loro vita. Uomini che avevano rovesciato la loro storia addosso a tutti quelli che conoscevano, che non trovavano più nessuno disposto ad ascoltarli. Bastonati, letteralmente massacrati. Certi erano malati, altri completamente soli, raccontavano quanto fosse triste arrivare alla domenica e sedersi davanti al televisore. Tutti immersi fino al collo nei loro problemi e incapaci di uscirne. Era come sentir parlare dei morti, morti incapaci di trovare una soluzione. Come il tipo del bar, che avrebbe continuato per anni a raccontare di sua moglie che se ne era andata perché non sopportava più l'odore di fritto. Morti, come quelli che si vedevano nei bar delle città, che andavano al lavoro ogni mattina.
Aspirò una boccata alla sigaretta, spense la radio. Erano pochi a saper vivere la vita alla giornata. Pochi a poter dire che non avevano bisogno di nessuno, che avevano la loro libertà. Lui era contento di essere riuscito a scegliere la sua vita, di poter fare quello che voleva. Decise che avrebbe cenato ad Albacete, e poi avrebbe tirato dritto per non fermarsi a dormire fuori. Non era più stanco. Un sabato e una domenica in casa non sarebbero stati troppo lunghi. Almeno avrebbe visto le bambine. Si divertiva ad ascoltare le loro storie di scuola, per un po'. Quando cominciavano a scocciarlo, Mercedes se le portava via.

Arrivò a casa alle dieci del mattino, dopo aver scaricato. Le bambine stavano facendo colazione in cucina. Lo salutarono come se fossero state con lui il giorno prima. Non gli saltarono al collo, ma gli parlarono subito con naturalezza. Lui le baciò e accarezzò i capelli

spettinati. Raquel aveva la bocca cerchiata di latte. Le prese la faccia fra le mani e la pulì con cura.
– La mamma non c'è?
– Dorme.
– Ancora?
– Forse è arrivata tardi ieri sera. Ha detto che faceva tardi.
Rafael prese un biscotto e lo inzuppò nella tazza della piccola.
– È uscita?
– Certe volte le vicine fanno delle cene. Lei ci va con Pili.
Rafael si alzò e andò a prendere un pentolino per fare il caffè. Silvia corse a dirgli dov'erano le tazze. Mercedes aveva la mania di cambiare di posto le cose, anche i mobili. Metteva il divano al posto delle sedie, toglieva le lampade e ne comprava di nuove. «Rinnovo l'arredamento» diceva. Comprava anche soprammobili, che disponeva sugli scaffali o sul comò. Statuine di ceramica, scatole di legno intagliato, qualche candelabro di ottone. Poi tutto rimaneva lì a prendere la polvere finché un bel giorno lei stessa faceva sparire ogni cosa. Trovò le tazze dove sua figlia gli indicava.
– Vi ha detto se dovevate svegliarla quando arrivavo?
– Non ha detto niente. È uscita e non ha detto niente.
– Sì, invece. Ha detto che oggi tu ci portavi al cinema.
Rafael aveva inzuppato una madeleine nel latte e ce l'aveva lasciata troppo a lungo. Quando la tirò fuori, gocciolante come una spugna, gli ricadde nella tazza schizzando il tavolo di latte. Cercò di pulire con un tovagliolino. Nel frattempo la piccola piangeva perché ora la sua tazza era piena di briciole. Gliela cambiò. Tornando al pentolino, si accorse di aver messo poca acqua. Ne aggiunse dell'altra. Le bambine adesso litigavano

perché tutte e due volevano l'unico dolce alla cannella rimasto. Rafael lo divise in due e ne diede un pezzo a ciascuna. Poi le mandò in camera a vestirsi. Poco dopo arrivò in cucina il suono stridente della televisione, e cessarono di sentirsi le voci delle bambine. Si sedette a prendere il caffè solubile. La tavola sembrava un campo di battaglia, con pezzi di pane sparsi dappertutto e macchie di cioccolata. Ricavò uno spazio spostando i tazzoni delle figlie. Mentre beveva, osservò con attenzione la cucina. Una delle bambine aveva usato uno sgabello per raggiungere un armadietto. Era evidente che si erano preparate la colazione da sole e che non era la prima volta. Mercedes si divertiva con le sue amiche. Erano vicine che conosceva da molto tempo. Si vedevano per giocare a carte. Ogni tanto, al venerdì, andavano a cena insieme in trattoria. Prendevano il caffè al bar dopo aver portato i bambini a scuola. Le aveva viste chiacchierare sul pianerottolo qualche volta. La confidenza era completa, come se fra loro non esistessero segreti. La migliore amica di Mercedes era Pili Monte. Abitava di sopra. Non doveva avere più di trent'anni. Era bionda, con la faccia tonda come una luna. Portava vestiti leggeri di colori allegri. A Rafael era capitato più volte di trovarsela in casa, passava spesso con qualunque scusa, un po' di zucchero, un uovo. Rideva sempre, con una risata contagiosa e breve. Suo marito faceva la guardia giurata in un grande ospedale e guadagnava abbastanza bene, non avevano grandi problemi economici. Le si poteva vedere insieme dappertutto, Pili e Mercedes, a far la coda dal macellaio, a chiacchierare alla fermata dell'autobus. Grazie a lei, Mercedes usciva più spesso. Nel periodo del salone di bellezza nessuno riusciva a tirarla fuori di lì, aveva preso quel lavoro come un obbligo. Una volta che aveva smesso, si era accorta di poter fare molte cose. Pili sapeva organizzare il proprio tempo. Prima di sposarsi aveva lavorato per anni in un grande magazzino, al reparto corsetteria. Passava la giornata in piedi, chiusa in quel cubo di cemento, con orari lunghi e scomodi. Le signore provavano montagne di reggiseni e poi compravano sempre il primo su cui avevano messo gli occhi. Ogni volta lei era costretta a fare marcia indietro e a cercare quello che volevano nel mucchio della roba scartata. Era capace di capire perfettamente che taglia portasse una donna anche guardandola completamente vestita. Suo marito la prendeva in giro per questo: «E se ti avessi aiutato io con qualche toccatina?». Aveva imparato a distinguere fra le persone. C'erano clienti che avevano solo voglia di chiacchierare, mentre altre non volevano perdere tempo. Il continuo contatto col pubblico l'aveva resa disinvolta e sicura. Eppure le era parsa una liberazione potersi sposare e lasciare il lavoro. Le era bastato il tempo trascorso al grande magazzino per avere una certa esperienza del mondo. Al suo reparto venivano signore piene di soldi, e sentire come parlavano, vedere come camminavano e si muovevano, le era servito. Anche se spesso si trattava di accontentare robuste massaie che cercavano solo un busto ben stretto o una camicia da notte di flanella pesante. In ogni caso, e grazie a quel lavoro, Pili aveva imparato ad apprezzare il tempo libero. Era stata lei a convincere Mercedes a partecipare, certi venerdì, alle cene organizzate da altre giovani donne, che avevano voglia di divertirsi tutte insieme. Dicevano addio al marito e si incontravano in qualche ristorante italiano. Andavano a mangiare una pizza, scherzavano col cameriere, si sbellicavano dalle risate. Poi parlavano e parlavano, abbassavano la voce per raccontarsi le cose più intime.

Rafael non badava molto a Pili, la vedeva entrare e uscire da casa sua con la sua larga faccia sorridente, o la trovava in cucina a chiacchierare con sua moglie. Quella mattina doveva essere rimasta a letto anche lei, per riprendersi dai bagordi femminili della sera prima. Guardò la tazza di caffè semivuota. Tempo prima sarebbe andato in camera da letto e si sarebbe sdraiato al buio, vicino a Mercedes. Adesso sapeva che se avesse fatto una cosa del genere, sua moglie svegliandosi l'avrebbe guardato con fastido. E così rimase seduto nella cucina in disordine sorseggiando il caffè troppo annacquato.

In sala da pranzo le bambine guardavano la televisione scalze e in pigiama. Gli chiesero di fare silenzio col dito quando lo videro entrare. Lui si buttò sul divano, si sbottonò la camicia e guardò lo schermo. Una ragazza giovane, con un cappellino ridicolo, era circondata di bambini che giravano a ritmo di musica. Rimase assorto a guardare.

Quando si svegliò, le bambine non c'erano. Qualcuno aveva abbassato il volume. Si accorse di avere addosso una coperta. Si strofinò gli occhi e, seguendo i rumori della casa, andò in cucina. Mercedes, di spalle, con i capelli bagnati, prendeva il caffè.

– Ah, ti sei svegliato.

Fece un breve sorriso, e sorrise anche lui.

– Ero stanchissimo.

– Non hai dormito stanotte?

– Sì, ma stamattina mi sono alzato presto per arrivare a casa.

Lei annuì, andò al frigorifero e tirò fuori un piatto di formaggio e prosciutto.

– Se vuoi ti faccio due uova.

– No, va bene così.

Mentre mangiava, lei si dava da fare in cucina, senza parlare.
– Come vanno le bambine a scuola?
– Bene.
– E l'inglese?
– Ieri hanno portato un libro nuovo. È il terzo che gli danno.
Vedeva i fianchi di sua moglie muoversi dolcemente sotto la gonna. Aveva le gambe avvolte nelle calze trasparenti.
– Vi siete divertite ieri sera?
– Era il compleanno di Mari Cruz. Siamo state in quel posto nuovo in plaza Libertad.
– Una pizzeria?
– No, uno di quei ristoranti marocchini che vanno di moda adesso. Il padrone è arabo. Lola dice che i marocchini sono sporchi, non ha fatto altro che strofinare le posate col tovagliolo.
– Chi ha deciso di andare lì?
– Sai, sono le idee di Pili, qualcuno gliel'aveva consigliato.
Una volta finito il formaggio, Rafael si accese una sigaretta e spinse fuori il fumo verso il soffitto. Lei si avvicinò e mise un portacenere sul tavolo.
– Dove sono le bambine?
– Sono scese a giocare fuori.
– Non devono fare i compiti?
– Sono ancora piccole.
Notò i suoi seni, che sporgevano leggermente dall'abbottonatura della camicetta. La prese per un braccio e la tirò verso di sé.
– Lasciami, possono venire le bambine.
– Hanno le chiavi?
– No, ma può salire Pili con loro.

– Pili ha le chiavi?
– Sì.
– E perché gliele hai date?
– Certe volte viene a guardare le bambine o mi dà una mano. Cosa te ne importa, se tu non ci sei mai?
Lui la tirò di nuovo, cominciò a morderle il collo, le infilò le dita nella camicetta e le toccò un capezzolo, rugoso e tiepido.
– Questa è casa mia, e non mi va che entri nessuno se non lo decido io.
Mercedes lo guardò con occhi rabbiosi, ma non disse niente.
– Vado a mettere il catenaccio, se Pili sale con le bambine può tenerle per un po' a casa sua.
Non pensò di dirgli di no, lo vide togliersi la camicia ed entrare in camera. Era ancora un uomo attraente, ma non per lei. Si sentiva solo indignata. Arrivava quando voleva e reclamava il suo, come se fosse innamorato, senza neanche aspettare la sera. Il letto era già fatto. Tirò via il copriletto con uno strattone.
– Mi spoglio anch'io.
– Sì, spogliati.
Si muoveva come un automa, aveva la faccia seria e le labbra leggermente corrugate. Lui buttò via i calzini, la guardò stendersi obbediente e passiva.
– A vederti, sembra che ti tocca fare un sacrificio.
Lei non rispose. Sacrificio o no, era suo marito e tornava dal lavoro. Lui la baciò, le aprì le gambe e la sentì asciutta e ruvida come la cartavetro di una scatola di cerini. Continuò a dare colpi, perché era eccitato e perché nessuno, in casa sua, poteva dirgli quand'era il momento di fare l'amore. Lei non si muoveva. Quando sentì arrivare l'orgasmo, fu come precipitare da solo in una caverna vuota.

Nel pomeriggio seppe che Pili sarebbe stata a cena da loro. Poteva venire qualunque altro giorno, perché proprio quella sera?
– Suo marito è di turno. Ho pensato che, con un'ospite, avremmo fatto un po' di festa.
Lui la informò che aveva invitato Luis e sua moglie. Li chiamò per confermare l'appuntamento. Alla fine disse a Mercedes di mettere in forno dell'altro pollo. Lei non si oppose né protestò, acconsentì automaticamente e andò in cucina a sbucciare le patate. Lui stava sdraiato sul divano davanti al televisore, con un bicchiere di whisky. Le bambine erano uscite di nuovo. Nei fine settimana in cui tornava a casa si impadroniva di lui una pigrizia completa. Passava il tempo senza far niente, stava sdraiato a guardare la televisione e basta. A volte dormicchiava. Nelle prime ore riposava davvero, poi si sentiva come stordito, la passività lo rendeva irrequieto. Senza il camion ad aspettarlo in strada, era come se qualcuno gli avesse tagliato la ritirata, accerchiandolo. Nemmeno il whisky aveva lo stesso sapore di quello che prendeva in strada. Mercedes si muoveva di continuo per la casa. Come se rimandasse tutti i lavori domestici per farli proprio quando c'era lui. Prima era diverso. Quando le bambine erano piccole, avevano voglia di uscire. Gli piaceva andare al cinema o a cena con amici. Chiamavano la figlia di una vicina perché si occupasse della casa mentre loro non c'erano. Tornavano tardi, con la sensazione di essersi divertiti. Mercedes faceva di tutto per rendere piacevole il ritorno di Rafael. Gli preparava i suoi piatti preferiti, insisteva per portargli la colazione a letto. Lui non sempre accoglieva bene questi omaggi, a volte protestava asserragliato fra le lenzuola, dinanzi al grande vassoio. Lo infastidivano tante attenzioni. Anche dopo, quando le cose erano cambiate,

Mercedes era rimasta attenta ai suoi gusti e alle sue necessità, lo considerava un dovere. Non mancava mai una bottiglia di whisky in casa, del migliore, e le bambine non facevano chiasso mentre lui riposava.

Si alzò e andò in cucina, era curioso di sapere cosa stesse facendo sua moglie. Spesso si era domandato che cosa combinasse una donna chiusa in casa tutto il giorno. Era inconcepibile che si lamentasse di avere tanto da fare. La trovò seduta al tavolo di cucina, davanti a un mucchio di talloncini colorati.

– Cosa fai?

Lei cominciò a infilarli in una grossa busta.

– Sai, con i tagliandi che trovi sulle confezioni di certi prodotti partecipi a dei sorteggi. Con le etichette del caffè puoi anche vincere una specie di stipendio che dura tutta la vita. E con i bollini del purè puoi avere perfino uno yacht.

– Uno yacht –. Scosse la testa considerando l'assurdità della cosa. – E tu che te ne faresti di uno yacht?

Lei si strinse nelle spalle.

– Non ho mai avuto fortuna, posso mandarne finché voglio. Anche Pili lo fa.

– Anche lei ha bisogno di uno yacht?

– No, di uno stipendio per tutta la vita.

– Ha quello del marito.

– Così ne avrebbero due.

Prese le forbici e continuò a ritagliare bollini. Lui si sedette e ne raccolse uno.

– E questo?

– È del detersivo. C'è in palio un diamante.

Giocherellò coi ritagli, riflettendo.

– In America i camionisti guadagnano tantissimo.

Lei lo guardò senza capire. Lisciò un'etichetta sgualcita e riprese a ritagliare.

– Se vuoi un diamante, posso anche comprartelo, come ti ho comprato il braccialetto d'oro e il cappotto.
Lei scosse la testa.
– Non sono così scema da volere un diamante. Non saprei nemmeno quando portarlo.
– Le cose non c'è mica bisogno di portarle. È bello sapere di averle, se uno le vuole.
– Non voglio un diamante.
– Hai soldi a sufficienza per comprarti quello che ti pare.
Lei cominciò a mettere via le etichette. In realtà non desiderava niente. Tutti quei sorteggi erano pura fantasia, uno yacht, un diamante. Lo stipendio sì che era un'idea allettante. Lei e Pili ne avevano parlato tante volte, dei soldi che arrivano puntuali tutti i mesi. Era completamente diverso, avrebbero potuto spenderli come volevano, aprire un conto in banca intestato a loro. Si erano domandate se davvero valesse per tutta la vita. Scherzando, dicevano che di sicuro la ditta se ne sarebbe dimenticata dopo qualche anno, quando il fortunato vincitore era ormai vecchio. Tutta la vita è un tempo lunghissimo. Ci avevano almanaccato su all'infinito davanti alle tazze di caffè. Uno stipendio tutto per loro.
Nel pomeriggio arrivò Pili a dare una mano in cucina. Mercedes la aspettava. Salutò Rafael, che le lasciò sole in cucina tutte e due. Portava una gonna nera e un maglione blu. Anche se suo marito aveva un buon posto, non guadagnava come Rafael, e così comprava roba da pochi soldi e mandava la figlia alla scuola pubblica. Il suo sogno era mettere su un negozio insieme a Mercedes. Uno di quei negozi piccolini e allegri dove si vendono vestiti per neonati.
Quando Rafael andò a prendere dell'acqua per il whi-

sky, le trovò intente a farcire un pasticcio di patate. Seguivano una complicata ricetta dell'*Enciclopedía ilustrada de la cocina*. Mercedes possedeva tutti i volumi, con abbaglianti foto a colori. Erano piatti elaborati e presentati con fantasia, che raramente si potevano fare in casa. Ma con Pili si divertiva a provarci. Riunivano tutti gli ingredienti, li preparavano chiacchierando tutto il tempo, scambiandosi confidenze, parlando dei figli o della vita scandalosa delle attrici.
Verso le nove arrivarono Luis ed Emilia. Pili era andata a casa a cambiarsi. Aveva portato con sé le bambine, che sarebbero rimaste a dormire con sua figlia. Quando tornò, salutò prima Emilia, poi strinse la mano a Luis e sedette accanto a Mercedes con il bicchiere dell'aperitivo. Luis e Rafael parlavano fitto fitto, scambiandosi notizie sugli ultimi viaggi effettuati. Le donne all'inizio rimasero ad ascoltare, ma presto fecero gruppo a parte. Emilia si lamentava perché i suoi figli avevano modi bruschi, distruggevano le scarpe, logoravano i gomiti delle maglie. Diceva che loro erano fortunate ad avere solo figlie femmine. Mercedes e Pili la ascoltavano senza troppo interesse. Parlava sempre di cose ragionevoli che dovrebbero interessare alle brave casalinghe. Non si sarebbe mai lanciata a discutere idee folli come quella di mettere su un negozio. Non aveva molta immaginazione, le bastava parlare degli abiti rovinati dei suoi figli. Pili e Mercedes la guardavano con commiserazione, loro erano di un'altra pasta, sapevano vedere in modo diverso la realtà di ogni giorno, ridere per una battuta maliziosa, provarsi un vestito stravagante in un negozio. Emilia si era messa una camicetta chiusa fino al collo, e portava gli orecchini di quando era bambina. Sembrava che tutto andasse bene per lei.

Cenarono in sala da pranzo. Mercedes aveva comprato dei garofani al mercato e ne aveva messo uno davanti a ogni piatto. Aveva un servizio di bicchieri di cristallo e delle tovaglie nuove, avrebbe potuto dare una festa senza che mancasse niente. Certo usava tutto molto di rado, le poche volte che veniva qualcuno, che erano poche. Quando si era sposata le era toccato metter su casa senza niente, per questo dopo aveva comprato molta roba, che da anni giaceva negli armadi: saliere d'argento, vassoi, tutto quel che vedeva sulle riviste.

Luis era contento, sembrava sempre contento. Chiedeva un altro aperitivo e sua moglie lo sgridava, spiegando che a suo marito faceva male bere prima di cena. «Gli viene mal di stomaco» diceva. Luis la prendeva in giro, con frasi velate che Rafael accoglieva ridendo.

– Gli viene mal di stomaco anche quando fuma prima di colazione.

Mercedes e Pili si guardarono annoiate, ma Emilia non aveva nessuna intenzione di lasciar cadere l'argomento. Arrivò a dire che Luis doveva stare attento anche alle correnti d'aria. Pili capì che non poteva non dire niente e rivelò che suo marito aveva dei dolori quando il tempo era umido. Che doveva stare seduto diritto, altrimenti gli veniva mal di schiena. Mercedes stava zitta, si era abituata a non partecipare quando le altre donne parlavano delle malattie dei mariti, delle loro manie. Sapeva che era come mettere il marito e i figli sullo stesso piano. E per lei Rafael non era un bambino, né qualcuno da coccolare e viziare.

Poi Emilia raccontò che l'avevano di nuovo chiamata dal suo vecchio lavoro. Lo facevano, di tanto in tanto, anche dopo parecchi anni. Aveva lasciato il posto quando si era sposata. Ma si ricordavano di lei quando una delle donne della squadra andava in pensione o si licenziava. Il suo capo non la dimenticava mai, lei era di quelle che rimanevano a lavorare finché i locali non erano perfettamente puliti, senza guardare l'orologio. Le ragazze di oggi non ci pensavano nemmeno. Per questo le chiedevano di tornare. Ma ormai era impensabile, doveva occuparsi della casa e dei figli, diceva sempre di no.

Si disposero debitamente intorno al tavolo. Mercedes sapeva fare le cose bene, l'aveva imparato dalle riviste e dai film. Lei e Pili andavano e venivano dalla cucina per portare i piatti e ogni volta, anche se non ne avevano bisogno, Emilia si offriva di aiutarle. Mercedes pensava che non sapeva fare l'ospite, un'ospite come si deve non si alza continuamente per andare in cucina. Rimane seduta al suo posto, sorride e si mostra ammirata quando compaiono le vivande. Portarono in tavola il pasticcio di patate ripieno di carne. Avevano fatto una bella decorazione di purè, un fregio tutt'intorno al vassoio. Luis assicurava che non c'era posto al mondo dove si servissero piatti belli come a casa di Mercedes e Rafael. Nemmeno al suo banchetto di nozze si erano viste cose simili. Pili si assunse il compito di fare le porzioni. Aprirono una bottiglia di spumante. Rafael cominciò a bere un bicchiere dopo l'altro. Emilia si faceva spiegare tutte le ricette. Luis si era messo a parlare del camion, del sindacato, dell'acquisto dell'appartamento. Calcolava il tempo che gli rimaneva per finire di pagare il mutuo.

– A quel punto ci compreremo una casetta in campagna.

– E per cosa?

– Per il fine settimana e le vacanze. Voglio svegliarmi alla mattina sentendo cantare gli uccellini.

Rafael guardò il suo amico senza capire. Per lui gli uccellini potevano benissimo cantare da un'altra parte. Emilia alzava gli occhi al cielo, per mostrare quanto quel progetto la mandasse in estasi. Qualche metro di giardino, non troppi, per poter coltivare dei fiori. I ragazzi avrebbero giocato all'aria aperta, sarebbero stati al sole. Mercedes non avrebbe mai desiderato una casa così, per nulla al mondo sarebbe andata a passare i fine settimana da sola con le bambine. Preferiva andare in centro con Pili, il sabato pomeriggio, mescolarsi alla gente e guardare le vetrine. Lei non avrebbe saputo cosa fare in campagna, e non aveva nessuna voglia di avere un'altra casa. La sua le sembrava già una tomba in cui era sepolta per la maggior parte della settimana.
– Bisogna avere dei progetti nella vita – diceva Emilia, strofinandosi scrupolosamente la faccia col tovagliolo.
Pili guardò Mercedes e non osò sorridere.
Quando venne sfornato il pollo con le verdure, ormai quasi nessuno aveva fame. Avevano bevuto parecchio, e così distribuirono piccole porzioni che spiluccarono chiacchierando. Emilia non la smetteva più di parlare della scuola dei suoi figli, ma gli altri non la ascoltavano. Poi le donne portarono i piatti in cucina e, al ritorno, servirono il caffè. Rafael offrì del cognac all'amico. Fecero qualche commento generale sulla televisione, ma i camionisti di rado hanno la possibilità di vederla. Erano le donne a essere informate. Mercedes e Pili preferivano i film di ambiente sofisticato, ed Emilia le serie con un protagonista maschile importante. Rafael pensò che nulla di quel che aveva sentito dire quella sera aveva importanza per lui. I progetti di Luis, le case in campagna, i bambini, la televisione. Lui apparteneva a un mondo diverso, il mondo di quelli che sanno vivere, starsene da soli. Aveva una

gran voglia di uscire a bere qualcosa. Si sentì prigioniero di quel divano, costretto a respirare l'aria viziata dal fumo di sigaretta. Lo propose a Luis ridendo. Mercedes non lo lasciò finire.
– Rafael ha già voglia di scappare.
Lui le lanciò uno sguardo gelido. Ma Mercedes aveva bevuto e non aveva intenzione di star zitta.
– Chissà quanto gli piacerebbe passare le domeniche in campagna. Con sua moglie e le sue figlie, naturalmente.
Lui non alzò la voce.
– Sta' zitta, Mercedes, e non bere più.
Luis si alzò da tavola.
– Su, Rafael, andiamo fino all'angolo, solo per prendere una boccata d'aria. Fra dieci minuti siamo di ritorno. Dobbiamo andare a casa presto, domani i ragazzi si aspettano che giochi con loro a pallone.
Quando furono usciti, le tre donne rimasero in silenzio. Emilia propose di lavare i piatti.
– Ci metteranno ben più di dieci minuti, sapete come sono fatti. Gli basta stare a casa mezza giornata che hanno come un prurito, non riescono a star fermi. Anche Luis è fatto così, esce continuamente, anche solo per tirare calci al pallone coi ragazzi.
– Se dovessero passare la vita chiusi in casa come noi, non so cosa farebbero. Diventerebbero pazzi, credo – disse freddamente Pili.
Mercedes non rispose. Si avviarono verso la cucina. Emilia chiese in prestito un grembiule, non voleva rovinare la sua gonna nuova.

5

La radio era accesa e le finestre aperte. Le tendine svolazzavano leggere. Le due ragazze entrarono di corsa. Josefina chiuse tutto, abbassò il volume della musica. La valigia degli ospiti era su un treppiede, non l'avevano chiusa. Adela si avvicinò a dare un'occhiata. Sopra i vestiti c'erano un pettine di tartaruga e vari dépliant di viaggi, carta intestata di un altro albergo. Frugò nelle tasche laterali e trovò un paio di orecchini di bigiotteria. Se li provò davanti allo specchio. La sua collega aveva lasciato l'aspirapolvere in mezzo alla stanza e stava tirando via le lenzuola in disordine.

– Credi che abbiano fatto l'amore, stanotte? – chiese Adela, con gli orecchini ancora addosso.

L'altra ragazza alzò le spalle, e si diede a togliere le federe.

– Che te ne importa?

E invece gliene importava. Passava in rassegna tutti gli indizi che potevano dirle qualcosa sugli sconosciuti per cui indirettamente lavorava. Si tolse gli orecchini e li tenne sul palmo della mano, li annusò.

– Che profumo credi che usi? Sei entrata nel bagno?

– No, puliscilo pure tu. Non star lì a perdere tempo.

Adela aprì la porta del bagno. Riordinò i flaconi di acqua di colonia e i vasetti di creme, ne aspirò gli odori. Si soffermò sulle etichette, erano in inglese, dovevano essere inglesi o americani. Lasciò tutto da parte e si mise a strofinare le superfici di marmo. Non c'era niente di particolarmente interessante, solo un balsamo per capelli biondi. La donna doveva esser bionda, e non troppo vecchia, a giudicare dai prodotti che usava. Di certo viaggiava col marito, seguendolo nei suoi spostamenti per affari. Mentre sciacquava il lavabo, rimase assorta pensando che anche lei avrebbe potuto seguire Rafael. Se fosse stata la sua donna non sarebbe rimasta sempre a casa lasciandolo solo. E non avrebbero avuto figli. Rafael aveva bisogno di qualcuno che si prendesse cura di lui, che si occupasse delle sue camicie e di mille piccoli particolari. Non era un uomo qualunque. Ci sono uomini che è meglio che non abbiano figli, così le mogli possono dedicarsi completamente a loro. Lei l'avrebbe fatto, avrebbe saputo farlo felice. Sarebbe stata una vita intensa per entrambi, la soluzione giusta, per godere insieme delle cose che il mondo può offrire: serate, cene, bei vestiti. Sua moglie e le sue figlie non erano altro che una macchina per spendere soldi. A loro non importava niente di lui, volevano solo vederlo lavorare. Rafael non le amava più, ne era sicura.

– Su, Adela, dammi una mano con il letto!

Si misero ai due lati del materasso e fecero volare il lenzuolo. I loro erano movimenti esperti e precisi.

– Da che parte credi che dorma lei?

– Ma che te ne frega!

A Josefina quei particolari non interessavano. Sistemò il risvolto, rimise il copriletto color pastello. I problemi di Adela non la toccavano. Quando avesse avuto un po' di soldi da parte, si sarebbe sposata col suo fidanzato, un ebanista. Non avrebbero comprato un appartamento con terrazzo, né avrebbero preteso

di abitare in centro. Non sarebbero mai andati a cena in un ristorante con le candele sul tavolo, né avrebbero speso il guadagno di una giornata di lavoro in un profumo. Forse Adela avrebbe dovuto invidiarla, perché il suo ragazzo era libero, e invece no, la compativa. Una ragazza così sarebbe vissuta senza conoscere il bello della vita, fino alla morte. Forse lei non sarebbe mai riuscita a convincere Rafael a lasciare sua moglie, ma aveva capito cos'era la passione. Lui le aveva detto che le cose belle erano fatte per loro. Certo, poi risaliva sul suo camion e spariva. Ma un giorno avrebbe smesso, si sarebbe accorto che se c'era una donna che poteva capirlo quella donna era lei. Josefina sarebbe sempre vissuta in una casa minuscola, senza tende o poltrone che valessero la pena, e non avrebbe mai avuto il vero amore.
– Che te ne frega di saper come vivono i ricchi?
– Mi trovo sempre intorno le loro cose. Anche se non voglio, sono costretta a vederle.
Josefina la guardò con commiserazione; passò l'aspirapolvere con gran fragore, mentre Adela toglieva la polvere dai mobili. Vuotò il portacenere. Era pieno di mozziconi dal filtro dorato.

Si fermò sull'autostrada a fare gasolio. Il vento era così forte che le falde del giubbotto svolazzavano sbatacchiando. Le fermò con le mani e tirò su la lampo. Saltellava per combattere il freddo. Il benzinaio aveva un berretto di lana calato fino agli occhi.
– È tutto il giorno che tira tanto vento?
L'uomo annuì, indicò il bar e disse:
– Molti si son fermati per vedere se verso sera smetteva.
Rafael guardò le vetrine illuminate, i tavoli occupati.
– Ma non ne vuole sapere. Ormai è quasi buio e non si

è calmato. Qui può tirare vento anche per due o tre giorni di fila.
Il cielo era pieno di nubi rossastre e la luce del giorno spariva rapidamente. C'era quasi sempre vento in quella zona. Rafael guidò il camion fino al parcheggio e andò al bar. Dentro, faceva caldo. In televisione c'era una partita di calcio. Alcuni avventori la guardavano distrattamente. Ordinò un caffè e si fermò al banco, a guardare la gente. Sentì una voce:
– Crede che smetterà?
Rimase immobile. Non era sicuro che la domanda fosse rivolta a lui. La ragazza portava l'uniforme da cameriera e sorrideva mostrando due file di denti regolari. Rafael la guardò come se non riuscisse a trovare una risposta.
– Mi sa che andrà avanti per un po'.
La ragazza fece una faccia infastidita e passò uno straccio sul banco.
– Non trova assurdo che sulle autostrade ci siano solo bar?
Rafael la osservò incredulo. Sorrideva, aveva gli occhi color del miele. Non doveva avere meno di trentacinque anni.
– Non vedo perché non potrebbero esserci negozi, cinema, sale da ballo – disse lei, con indifferenza. – Scherzo. Però credo che non ci siano molte possibilità per noi che passiamo la vita sulla strada.
Rafael girò il cucchiaino nella tazza, alzò gli occhi.
– Lei passa la vita sulla strada?
Lei si voltò verso la macchina del caffè, e poi tornò a guardarlo.
– Be', più o meno, io lavoro qui.
Sembrava che si fosse stufata di dare informazioni, e che adesso avrebbe parlato solo dietro insistenza di Rafael.

– Dev'essere un buon lavoro, il suo.
Osservò che sulla camicetta dell'uniforme portava una piccola spilla d'argento.
– C'è di peggio.
– Anch'io passo la vita sulla strada.
Lei scoppiò a ridere.
– Be', lo so, l'ho vista scendere dal camion!
– Certo – rispose lui, imbarazzato.
– E poi l'ho vista al distributore.
– Ah, sì?
Un po' assurdo perdere tempo parlando con quella donna. Era quasi buio, ormai, e la guida, con tutto quel vento, sarebbe stata lentissima. Finì il caffè. Si voltò verso di lei.
– Buonasera. E buon lavoro.
– Se ne va già?
– Ho ancora settanta chilometri da fare, è tardi.
– Buon lavoro anche a lei, allora.
Uscì con un sorriso sulla faccia. In fondo non era così male poter parlare con qualcuno. Era una donna strana. Forse anche lei la dava via per soldi. Di quelle che lo fanno per arrotondare lo stipendio. Sorrise di nuovo. Quando aveva già un piede sul predellino, una voce lo costrinse a voltarsi.
– Ehi, senta!
La cameriera camminava in fretta. Vide che era alta, magra, che portava scarpe coi tacchi bassi. Quando fu davanti a lui, fece un sospiro profondo, come per riprendere fiato.
– Non ci siamo neppure detti i nostri nomi.
Non riusciva a capire cosa volesse. Forse era davvero una che faceva la vita e che voleva concludere la giornata. Non era disposto a lasciarsi catturare così, preferiva fermarsi quando pareva a lui in un bar di put-

tane. La guardò. Forse in quei posti non avrebbe mai trovato una ragazza come quella. Lei stava aspettando, sorrideva con un brillio canzonatorio negli occhi.
– Non vuole dirmelo il suo nome?
– Mi chiamo Rafael.
Lei sorrise compiaciuta.
– Io sono Tona.
Gli porse la mano. Lui la strinse senza forza. Allora lei gli si avvicinò così tanto che non riuscì più a guardarla. Rimasero fermi tutti e due. Rafael non si ritrasse. La donna gli mise una mano dietro la testa e, tirandolo verso di sé, gli affondò la lingua in bocca. Lui sentì un fluido caldo avvolgergli la faccia, lentamente. Un intenso profumo corporale lo soffocò. Sentì immediatamente un desiderio cieco. La tirò verso la cabina, si appoggiarono lì. Il vento agitava i capelli biondi della ragazza, che gli sbattevano in faccia. Anche la gonna gli sbatteva contro le gambe. Abbassò una mano, combatté contro il tessuto ruvido. Lei non lo lasciò proseguire, lo trattenne. Smisero di baciarsi un istante. Gli parlò a voce bassa:
– Non posso rimanere fuori molto, ho detto che avevi dimenticato l'accendino.
Lui temette che se ne andasse. Indicò la cabina.
– Lì possiamo sdraiarci.
– Va bene.
La issò sul predellino prendendola per la vita. Mentre anche lui stava saltando su, lei lo fermò.
– No, qui no, meglio dietro.
Lui parve non capire, lei glielo sussurrò all'orecchio.
– Dietro, nel cassone.
– Ma c'è il carico!
– Fa lo stesso.
Scesero, raggiunsero il portellone posteriore. Lui aprì la serratura di sicurezza. In tutta l'area di servizio non

c'era nessuno, il vento continuava a soffiare forte. Le vide volare la gonna mentre la spingeva per farla salire su, indovinò l'attaccatura delle gambe nel buio. Riuscì a ricavare un piccolo spazio fra le casse di legno. Lei sorrideva osservando l'operazione. Poi Rafael si piegò e cercò di tirarla a sé per sdraiarsi con lei sul pavimento, ma lei si liberò del braccio che l'attanagliava e si sedette sul bordo di una cassa. Si tolse con cura le mutandine e le mise da parte. Spinse il bacino in fuori, aprì molto le gambe, fece un cenno col capo e disse:

– Vieni.

Allora Rafael si avvicinò, senza riaversi dalla sorpresa, ma senza riuscire a trattenersi neppure un secondo, desiderandola con rabbia. Si inginocchiò davanti a lei e le mise una mano fra le gambe, sentì l'interno delle cosce umido e caldo. Lei lo chiamò, lo incitò, doveva fare in fretta. Lui era così fuori di sé che non sentì nemmeno i suoi gemiti di piacere, nemmeno i propri ansiti, nel prenderla.

Poi aveva il capogiro, gli ronzavano le orecchie. Lei, appoggiata a una cassa, teneva la testa piegata all'indietro. Dopo un attimo si alzò, scosse i capelli con tutte e due le mani e raccolse le mutandine. Saltò giù dal camion senza dir niente. La vide andare verso la cabina. Lui rimase in piedi al buio, nel freddo, ad aspettarla. Lei tornò dopo un istante, sempre scossa dal vento. Sorrideva come prima.

– Chissà se ci crede, il responsabile, che ci ho messo tanto a darti l'accendino.

Lui si aspettava che tirasse fuori un portafogli, che dicesse una cifra. Le dilettanti non sembrano puttane. Calcolò mentalmente quanto avesse con sé. Non era tenuto a pagarla, non si erano accordati prima. Eppure

non se la sentiva di lasciarla lì senza darle niente. Ma lei non parlò di soldi.
– Magari possiamo rivederci.
Rideva e faceva lampeggiare nell'ombra i suoi occhi color miele. Lui le chiese:
– Dove abiti?
– A Tarragona. Vengo qui tutte le mattine.
Continuò a ridere apparentemente senza motivo. Lui era serio, non sapeva come reagire.
– Dammi un numero di telefono.
Lei tirò fuori dalla tasca dell'uniforme il taccuino del bar, glielo porse tranquillamente.
– Scrivi, io detto.
Rafael strappò il foglietto dove aveva scritto il numero. Lei si girò e agitò le dita in segno di saluto. Lui rimase fermo, guardandola allontanarsi col taccuino in mano. A un tratto si girò:
– Senti, non stare lì a farti domande, non sono una puttana.
Superò le porte a vetri. Starsene lì in piedi vicino al camion non era da lui. Ma niente di quel che era successo era normale. Salì e si mise al volante, accese una sigaretta. Aveva un freddo terribile e si sentiva come intontito. Accese il riscaldamento. Prese il foglietto, accese la luce, e lesse, scritto di suo pugno: «ANTONIA LAYAS». Era una cameriera che aveva voglia di stupire, niente a che vedere con una sgualdrina. Rifletté: una donna poteva fare una cosa del genere solo perché le piaceva. E forse nemmeno per questo. I camionisti hanno fama di essere degli stalloni, tipi tosti. Forse aveva solo voluto provare. Aveva fatto tutto lei: l'abbordaggio, la proposta, aveva perfino scelto quella strana posizione. Di solito per portare a letto una donna bisognava darsi da fare per un po', spesso ci volevano di-

versi appuntamenti, il tira e molla, la lotta per infrangere le ultime barriere. Nessuna accettava subito, c'erano dei passi da compiere. Lui non faceva mai proposte immediate, a meno che non si trattasse di puttane. Con lei era stato troppo facile. Di sicuro ogni tanto ripeteva quella scena con altri camionisti. Strano che non l'avesse mai sentito raccontare dai colleghi. Forse non si scopava solo i camionisti, forse lo faceva con chiunque, quando ne aveva voglia.

Gli alberi lungo la strada si agitavano spasmodici nel vento. Non riusciva a tornare del tutto alla realtà, era ancora nel parcheggio dell'autostrada, con quella donna. Era carina, con le gambe lunghe e i fianchi sottili. I vestiti non troppo aderenti lasciavano indovinare un'ossatura perfetta. Forse non l'avrebbe scelta per andarci a letto. Forse l'avrebbe allontanato quel suo modo energico di muoversi, la sua risata divertita. Ma, per una volta, era stato lui a essere scelto. Di sicuro lei lo aveva osservato, magari aveva deciso di farselo non appena l'aveva visto. Sorrise. Pensò di mettersi in contatto con Luis, di dirglielo, ma scartò subito l'idea, senza sapere esattamente perché. Luis gli avrebbe dato dei consigli ragionevoli, gli avrebbe fatto un mucchio di raccomandazioni. Forse era per questo. Accese la ricetrasmittente, ascoltò chiacchiere sparse, le sciocchezze di sempre, qualche battibecco fra camionisti nella notte lunga e noiosa. Riconobbe la voce di Sebastián Rápalo, un ometto indurito e rozzo, parecchio più vecchio di lui, che passava la vita a vantarsi. Aveva i capelli tinti di biondo e portava sempre certe camicie a fiori colorati. Raccontava un sacco di storie della sua gioventù, magari qualcuna era vera. Era stato magnaccia a Barcellona, a un certo punto aveva avuto cinque ragazze che lavoravano per lui. Non era difficile convincerlo a raccontare qualcuna delle sue avventure. Diceva che sapeva far impazzire le puttane, che era stato in tutti i bordelli di strada della Spagna, viaggiando col camion. Rafael si fece riconoscere. Rápalo sembrava molto contento. Stava viaggiando non lontano da lì, avrebbero potuto incontrarsi in un posto comodo per tutti e due. Rafael sapeva che prendere un appuntamento con Rápalo significava andare a puttane, passare tutta la notte in un bordello. L'idea non gli dispiacque.

6

Mercedes si aggiustò i capelli davanti allo specchio del corridoio e andò ad aprire. Pili arrivava tutti i pomeriggi verso le cinque. Rimanevano un'oretta in cucina a prendere il caffè, finché le bambine non arrivavano da scuola. Poi ciascuna tornava a casa sua per preparare la cena e fare il bagno alle piccole.

Pili strizzò un occhio ed entrò, ma Mercedes non era dell'umore giusto. Non si era truccata e una vecchia gonna le pendeva da tutte le parti.

– Come mai sei in questo stato?

Mercedes alzò le spalle e la invitò a passare in cucina. Il servizio da caffè era già pronto sul tavolo. Aveva disposto delle paste su un piattino. Pili guardò le tazze di porcellana.

– È tutto perfetto, tranne te.

Tirò fuori un rossetto dalla tasca del golfino.

– Sono venuta attrezzata. Hai una matita per gli occhi?

– È nel bagno.

Pili sparì e tornò con aria decisa, Mercedes nel frattempo si era seduta.

– Con questo basterà. Voglio che provi il mio rossetto.

Prese fra le mani la faccia di Mercedes e la costrinse a guardare in su. Le scurì lentamente la linea delle ciglia, con tocchi leggeri.

– Non so perché ti preoccupi tanto. Non ho intenzione di andare da nessuna parte.

– E cosa importa?
La caffettiera cominciò a gorgogliare. Mercedes spense il fuoco.
– E quella gonna orribile! Basta che venga lui e poi sei di cattivo umore per giorni.
Mercedes aspettò che uscisse il caffè, senza risponderle.
– Dovresti cercare di reagire – insistette Pili.
Entrambe conoscevano bene il linguaggio adatto per le crisi sentimentali. Leggevano le riviste femminili, i romanzi di Victoria Holt.
– Voglio dire che non devi lasciarti abbattere. Tirati un po' su.
Mercedes non rispondeva. Versò il caffè fumante nelle tazze.
– Latte? – chiese con voce incolore.
– È l'unica cosa che sai dire?
– Ma cosa vuoi che dica? Credo che dovrei andare da uno psichiatra.
Le protagoniste dei loro telefilm preferiti andavano dallo psichiatra quando avevano problemi amorosi. Era emozionante vederle accavallare le gambe su una bella poltrona e cominciare a raccontare la loro vita. Pili agitò nervosamente il cucchiaino nella tazza.
– È successo qualcosa?
– No, ma ogni volta che viene sto male per tre o quattro giorni.
– Litigate?
– No. Vuole subito che andiamo a letto.
– E tu non ne hai voglia.
– Sempre di meno. Mi fa schifo che venga con me dopo essere stato con tutte quelle puttane.
– Questa non è una novità.
– Prima non ne ero certa, adesso lo so.
– Prima non volevi vederlo, adesso sì.

Pili riusciva a vivere con suo marito senza disperarsi, non gli dava molta retta, e lui non era esigente. Andava a lavorare il pomeriggio, il mattino dormiva. A volte sostituiva dei colleghi nei turni festivi, così guadagnava qualcosa in più. Il venerdì giocava a carte con gli amici. Non avevano molto tempo per parlare. Lui le raccontava di quel che aveva visto al pronto soccorso durante la notte, storie che gli sembravano degne di nota: vecchi denutriti o infartati che vivevano da soli, qualcuno pugnalato in un bar. Erano episodi truculenti che riferiva senza grande emozione. Altre volte, se era più allegro, le parlava delle tresche fra medici e infermiere, fra portantini e impiegate. Non era così noioso ascoltarlo. Le sue esigenze sessuali erano sempre più modeste. Pili poteva continuare a vivere con lui anche senza amarlo. Non aveva amanti, non andava a puttane. Cercò di capire Mercedes. Ci voleva stomaco per mandar giù una cosa simile. Eppure tutte le mogli dei camionisti sapevano e stavano zitte. Anche Mercedes aveva tollerato, finché la cosa non era diventata troppo evidente. Allora tutto era andato in pezzi.

– Dovresti separarti.

– Sei pazza?

Non era una cosa semplice, c'erano i problemi di soldi, e poi le bambine.

– Cercati un lavoro.

– Ormai è troppo tardi.

– Ti sei abituata a fare la signora.

Mercedes non rispose. Andò a prendere un pacchetto di zucchero nell'armadio. Tornando, vide che Pili si era versata dell'altro caffè, e che girava il cucchiaino assorta.

– Forse potremmo andare a fare le apprendiste da una parrucchiera.

Mercedes sorrise tristemente.
– Anche tu vuoi separarti?
Pili scoppiò a ridere.
– Non si può mai sapere!
– Per te non è mai tardi, vero, Pili? Ma io mi sono abituata a un certo tipo di vita.
Pili sospirò, guardò la tazza vuota.
– Smettila di preoccuparti! Queste cose non conteranno niente quando avremo il nostro negozietto.
Ogni volta che le cose si facevano troppo serie, Pili fantasticava sul negozio. L'avrebbero aperto sulla via principale del quartiere. I vestitini delle bambine sarebbero stati appesi tutti in fila a grucce colorate, e ci sarebbero stati lunghi scaffali per i maglioncini. Naturalmente, sarebbe stato possibile mettere su il tutto con un buon prestito bancario. Un giorno avrebbero potuto farlo, loro due insieme. Pili sorrise.
– Vedrai, tutto sarà diverso.

Il Club Lili era uno dei più miserabili della Nazionale 340. L'insegna era direttamente dipinta sulla porta: Club Lili, a vernice rossa. Avrebbe potuto fare affari come qualunque altro posto, ma il padrone non aveva nessuna voglia di sforzarsi. Per questo il locale aveva le pareti sordidamente dipinte di rosa e i tavoli luridi. A Sebastián Rápalo piaceva così, lo preferiva a tutti gli altri, perché le ragazze erano allegre. Lì aveva una fidanzatina. Lui aveva fidanzatine sparse in tutti i postriboli di tutte le strade. Gli saltellavano incontro appena lo vedevano sulla porta. Lui regalava soldi extra per i loro capricci. Nessuna di quelle ragazze aveva più di vent'anni. «Poi fanno schifo» spiegava, «diventano delle vacche e non vale più la pena». Piuttosto che andare con una che non era più una ragazzina, rinunciava.

Rafael non era mai entrato al Club Lili, non l'avrebbe mai fatto se non ce l'avesse portato qualcuno. Rápalo beveva molto la sera, quando non doveva più guidare. Ordinò rum e limonata. Chiese di una certa Lorena, che però non era libera. Rafael osservò gli sgabelli rivestiti di velluto logoro, gli specchi polverosi, le ragazze sparse. Il padrone era dietro il banco. Sorrise di malavoglia.
– Non ne volete altre?
– No, quelle sono tutte vacche.
– E allora dovrete aspettare.
Si avvicinarono due donne, uscite dal retro. Rápalo respinse con la mano quella che l'aveva affiancato.
– Adesso no, bambina, che sto aspettando.
L'altra rimase accanto a Rafael, gli chiese di offrirle un whisky. Lui acconsentì. Rápalo la conosceva.
– Com'è il giro, Pepa?
Lei, per tutta risposta, scosse le spalle. Aveva un vestito arancione e si muoveva con indolenza, come se niente potesse importarle. Rafael si sentiva a suo agio in quel locale, che in un altro momento avrebbe disprezzato. Ma quando era con Rápalo gli piaceva involgarirsi, godere dei posti squallidi, delle battute pesanti. Rápalo era un maestro in questo, faceva ridere le puttane. Anche adesso, provocò la donna:
– Non è un bel tipo, il mio amico? Non muori dalla voglia di fartelo?
Lei lo guardava con occhi da gufo, senza reagire, come se fosse stanca di sentire cose simili. Il volume della musica salì, era un ballabile. Rápalo prese la ragazza per i polsi e accennò qualche movimento di danza, senza muoversi dal suo posto al bancone. Le altre risero. Entrarono altri clienti, che Rápalo conosceva, si misero a parlare. Rafael si avvicinò alla ragazza.
– Non parli granché.

– Tu li conosci quelli?
Rafael scosse la testa.
– Rápalo ci viene spesso qui?
– A volte.
Aveva i capelli distribuiti in riccioli sottili che le cadevano sulla schiena. Era tinta di rosso.
– È tuo amico?
Rafael fece un gesto vago. Rápalo non era suo amico, ogni tanto andavano a bere insieme. Essere amico di Rápalo non era ben visto fra i colleghi. Luis non avrebbe neanche preso una birra con lui. Se lo invitavano, trovava una scusa per scappare.
– Me lo offri un altro whisky?
Rafael acconsentì, bevve un sorso. La ragazza lo guardò scoraggiata.
– Senti, non andiamo di sopra?
Rafael storse la bocca.
– Non mettermi fretta, quando ne ho voglia te lo dico.
La rossa alzò le spalle, guardò il fumo che aleggiava nell'aria. Le puttane da pochi soldi erano come bestie, Rafael non capiva come qualcuno potesse preferirle a quelle più raffinate. Goffe e maleducate, non sapevano nemmeno quando era il caso di parlare o di star zitte. La guardò con la coda dell'occhio, inespressiva. Una puttana così non poteva far altro che aspettare. L'avrebbe deciso lui quando era ora di andare di sopra. Rimpianse i locali che frequentava di solito. Lì le ragazze avevano una certa classe, si comportavano come si deve. Non si spazientivano, non facevano la faccia annoiata. Sorridevano sempre e sapevano fare discorsi sensati. Avevano un buon odore, profumi delicati. Si ricordava diverse chiacchierate interessanti con le puttane, forse le più interessanti della sua vita. In un bordello della provincia di Cácerers aveva parlato del-

l'amicizia per una serata intera. La ragazza era portoghese, e gli aveva raccontato di tutte le volte che era stata delusa dagli amici nel corso della sua vita. Erano arrivati a conclusioni importanti, come il fatto che solo da giovani è possibile avere degli amici. Lui si era ricordato di quando aveva cominciato a lavorare giovanissimo, sposato, e che in quella situazione non c'era il tempo di farsi degli amici. Nemmeno a lei erano rimasti molti amici. Per questo, come lui, preferiva circondarsi delle cose migliori invece di rimpiangerli. Tutto quel che aveva addosso era d'oro massiccio: gli orecchini, gli anelli, perfino la fibbia della cintura. Una donna di classe.
Gli amici di Rápalo erano viaggiatori di commercio, vecchi e grassi. Rafael aveva l'impressione di averli già visti da qualche parte. Parlavano forte, avevano ordinato dello spumante e tutte le ragazze erano intorno a loro. Di colpo, si pentì di essere venuto. Rápalo insisteva perché bevesse con loro. Accettò controvoglia. Dicevano sciocchezze alle puttane, che ridevano forte. Non erano capaci di parlare tranquillamente, quelle ragazze, tutto quel che sapevano fare era raccontare stupidaggini, strofinare la patta di quegli uomini dicendo: «Povero uccellino, lascialo uscire, ha fame». Finalmente arrivò la ragazza che Rápalo stava aspettando. Congedò un uomo sceso dietro di lei. Non doveva avere più di diciassette anni. Rafael fu colpito dai suoi occhi piccoli, duri. Era grassa e in disordine, coi capelli sporchi. Si sbracciò nel vedere Rápalo. Lui la prese per la vita e continuò a bere con gli altri, che si divertivano a infilare cubetti di ghiaccio nella scollatura delle ragazze. Loro strillavano come coniglie sul punto di essere ammazzate. Rafael avrebbe voluto andarsene, non sopportava quei tipi. Con un cenno fece capire al-

la sua puttana che era ora di andare di sopra. Si allontanarono dal gruppo.
La stanza non era piccola, i mobili sembravano abbandonati in mezzo a quel grande spazio. Una parete era occupata da un vecchio armadio. Sui comodini c'erano due lampade ridicole. Le lampadine erano state dipinte di rosso. Sul letto matrimoniale c'era una trapunta di seta sintetica. La ragazza cominciò a spogliarsi. Sistemava ordinatamente gli indumenti sulla spalliera di una sedia. Aveva l'addome prominente e due seni voluminosi dai capezzoli granata. Aprì il letto, avvicinò la stufa. Cercò un preservativo nel comò. Rafael era rimasto vestito. Lei lo guardò con aria torva.
– Non ti spogli? – domandò, infilandosi nel letto.
Lo osservava fra le ciglia intrise di rimmel, in quella luce rossastra. Da sotto venivano i rumori della festa al bar. Era come se gli serbasse rancore per averla sottratta a quel divertimento. Lui si avvicinò.
– Senti, meglio che scendi. Di' alla giovane di salire.
– Ma lei sta con Rápalo.
– La faccio scendere subito.
La ragazza sospirò infastidita, come se si fosse aspettata che potesse finire così. Scosse le spalle e cominciò a vestirsi. Rafael pensò che forse Rápalo l'avrebbe presa male. Gliene importava poco. Si tolse il giubbotto e lo buttò su una sedia. Era di pessimo umore. Continuò a spogliarsi. Si sdraiò dalla parte del letto dove non era stata la rossa e si accese una sigaretta. Dopo un attimo arrivò la più giovane. La trovò brutta come prima.
– Ciao – cantilenò lei. – Non funzionava con Pepa?
Lui non rispose, le fece cenno di stenderglisi accanto. Lei cominciò ad ancheggiare al ritmo della musica che

veniva dal bar. Sembrava trionfante per il solo fatto di essere stata scelta. Lui continuò a fumare, senza ridere.
– Rápalo ha detto solo un attimo, poi devo scendere. E solo perché sei suo amico!
– Spogliati subito.
Alla ragazza scappò da ridere. Non smise di ballare, mentre si sbottonava la camicetta. Rimase nuda, immobile, perché lui potesse vederla bene. Rafael la guardò senza soffermarsi, aveva la vita larga e corta.
– Ti piaccio, tesoro?
Lui non disse niente. La ragazza socchiuse gli occhi e lo chiamò di nuovo:
– Tesoro…
– Vieni qui, e piantala di dire cazzate.
Lei non si stupì troppo di quel tono brusco. Si avvicinò al comò.
– Senza preservativo. Muoviti!
– Ti costerà di più.
Quando gli fu vicina, lui la prese per il polso e la fece cadere sul letto. Lei si spaventò.
– Senti, se dobbiamo farlo così…
Rafael si rese conto che a spingerlo non era l'eccitazione, ma un impulso violento, che voleva essere obbedito senza discussioni. Cercò di calmarsi.
– Va bene, sta' tranquilla, sdraiati.
Le si buttò addosso, sentì arrivare il desiderio, glielo spinse dentro con forza. Aveva un odore di fiori, volgare, qualcosa di simile ai deodoranti da cucina. Si ricordò del profumo delicato della donna sull'autostrada. Ne fu disgustato, e immediatamente si girò di spalle per riprendere fiato. La ragazza aveva gli occhi aperti nella penombra.
– Me ne vado.
– No, rimani, finché non te lo dico io di andartene.

– Va bene, ma anche il tempo ha un prezzo.
Lei cominciò ad avvolgersi una ciocca di capelli sulle dita, a giocherellare.
– Sei molto bello – disse. – Ti ho notato subito. Sai, mi ha fatto rabbia che fossi venuto con Rápalo. Non mi aspettavo che mandassi giù l'altra a chiamarmi. Aveva una faccia!
Rafael si accese un'altra sigaretta. La ragazza guardava il suo bel profilo.
– Anche se sono giovane le cose le capisco. Anch'io ho i miei gusti.
Si domandò che cosa poteva trovarci quella ragazza in un posto così miserabile. Ma non gli faceva pena, non gli faceva mai pena nessuno. Si immaginò una quantità di camionisti in mutande sdraiati in quella stanza. Pensò come poteva essere passare una notte dopo l'altra al Club Lili, sempre con uno diverso, anche due o tre diversi, tutte le sere della settimana. Quando avesse avuto quarant'anni, nessuno avrebbe potuto calcolare quanti uomini fossero passati nel suo letto. Gli fece schifo, non aveva mai pensato una cosa simile prima di allora.
– Ti piace la vita che fai? – chiese.
– Non è male. Il padrone non si impiccia. Lavoro più delle altre ragazze perché sono più giovane. Loro mi invidiano ma non dicono niente.
La guardò, era stanco. Anche lui aveva passato molte notti con le puttane. In antri ancora più squallidi di quello. Soprattutto quando aveva cominciato a guidare il camion. Certi postacci dove mancavano perfino le lenzuola sul materasso. Ma era passato molto tempo. Adesso poteva permettersi di meglio, anche se poi era sempre la stessa storia: scegliere un posto, scegliere una donna, pagare. Ma almeno era lui a decide-

re, a dire alla donna cosa doveva fare. Tante di quelle puttane aveva conosciuto. Gli si erano confuse nella memoria, con le loro ciglia impiastrate di rimmel e le loro bocche molli.

– Vado, adesso?

– No, rimani. Fra un po' lo rifacciamo.

La guardò nella penombra. Aveva il naso grosso e volgare. Malgrado i suoi pochi anni, era difficile trovarla attraente. Non sapeva nemmeno perché l'avesse fatta chiamare. Gli venne voglia di vederla fare esattamente quel che le ordinava.

– Perché non ti rimetti a ballare?

Lei lo guardò come se fosse pazzo.

– Adesso?

Obbedì. Si mosse nuda per la stanza, senza musica, come uno strano cetaceo. Di colpo smise, si voltò verso di lui, implorante.

– Senti, posso smettere? Fa freddo.

Lui fece di no con la testa.

– Continua.

Lei continuò a muoversi, sempre più lenta e scoordinata. Girava, imprimendo al proprio corpo un pesante dondolio, come un elefante in gabbia. Lui la costrinse a farlo per un tempo imprecisato. Poi la fece tornare a letto. La ragazza aveva un'espressione seria, risentita, forse annoiata.

– E adesso?

– Adesso voglio una cosa speciale.

– Da dietro costa il doppio.

La guardò con odio, era troppo stupida, troppo volgare.

– Non puoi aspettare che te lo dica io quello che devi fare?

Lei tacque, sottomessa, tirando verso di sé il lembo della coperta.

– Voglio che mi succhi i piedi.
La ragazza abbassò gli occhi, guardò il promontorio formato dai piedi di Rafael sotto le lenzuola. Vi si trascinò. Rafael piegò le gambe.
– No, così no, scendi dal letto. Mettiti sul tappetino.
Si mise di traverso, coi piedi fuori. La ragazza non sapeva da che parte cominciare. Gli prese un piede e cominciò a succhiare le dita a una a una.
– Infilati tutte le dita in bocca. E leccami la pianta.
Lei alzava gli occhi di tanto in tanto, per vedere se Rafael si stesse eccitando. Constatò che non era così. Dopo qualche minuto staccò la bocca indolenzita.
– Posso farti delle altre cose che ti faranno impazzire.
Lui alzò appena la voce.
– Ti ho detto che voglio impazzire? Va' avanti.
Lei continuò a succhiare, e quando si stancava, leccava. Non aveva più saliva. Sentiva in bocca un sapore acido. Di colpo si fermò.
– Non ho più voglia.
Lui si tirò su, la prese per i capelli.
– Continua, non hai ancora finito!
Lei si mise a piangere. Continuò a succhiare mentre la faccia le si copriva di lacrime.
La lasciò andare che erano le tre del mattino. Lei uscì quasi di corsa, con un accappatoio addosso. Aveva le labbra gonfie con un cerchio rosso tutt'intorno. Di sotto, il rumore era cessato. Quando Rafael scese, il padrone lo ricevette in malo modo.
– Rápalo è andato via.
Lui chiese quanto doveva. Tirò fuori i soldi, li contò lentamente.
– Rápalo ha aspettato per niente.
Rafael lo guardò senza nessuna espressione. Si tirò su la cerniera del giubbotto, si girò.

– Non era contento.
Per tutta risposta, Rafael fece una smorfia. La porta sbatté dietro di lui con un rumore metallico. L'aria fredda della notte gli tagliò le orecchie. Il camion lo aspettava, solo, sul piazzale. Era rimasto l'ultimo. Mise in moto e si accese una sigaretta. Non capiva nemmeno lui come avesse fatto a sopportare per tutto quel tempo quella schifosa pompinara.

7

La chiamò il giorno dopo, da un bar. Ci provò due volte, inutilmente. Riuscì a parlarle solo il giorno successivo. Lei reagì senza la minima sorpresa.
– Il camionista? Ah, sì, il camionista.
– Non dirmi che non ti ricordi chi sono.
– Sì, mi ricordo. Cosa vuoi?
– Parlare con te.
– Sono appena rientrata e devo lavare i piatti.
La voce sembrava diversa, nell'autogrill non suonava così sorda e indifferente. Non aveva molto da dirle.
– Voglio vederti.
Lei rimase in silenzio, attaccò a parlare dopo una pausa.
– Ma cosa dici? Dove sei?
– Per la strada.
Lei scoppiò a ridere forte. Lui la interruppe subito:
– Però domani sono a Tarragona.
– Domani?
Rise di nuovo, in un tono più basso.
– Ma io non posso.
– Perché?
– Come, perché? Perché devo lavorare.
– Alle sette avrò già caricato e mi fermerò a dormire.
Per qualche istante non sentì niente. Poi un'altra risata, e silenzio di nuovo.

– Aspettami alle otto e mezzo al caffè Callipolis, sulle Ramblas. Sai dov'è?
– Sì.
Lei riattaccò senza salutare.
Sembrava una donna molto sicura di sé, capace nel suo lavoro, ma forse non era così educata, non aveva imparato a parlare al telefono.

Era quasi un mese che non sapeva niente di lui. Un mese passato a pulire camere, a ritirare i vassoi delle colazioni. Un mese a disfare letti dove qualcun altro aveva fatto l'amore. Josefina glielo diceva, stava perdendo tempo con quell'uomo, un uomo sposato, che nemmeno si ricordava di telefonarle. Anche Lola, che divideva con lei l'appartamento, la pensava a quel modo. Ma per Lola non c'era mai niente di troppo drammatico, che un uomo sia sposato o scapolo, che telefoni o non telefoni. Queste non erano cose importanti. Aveva divorziato da due anni. Suo marito aveva saputo cavarsela bene nella vita. Faceva il rappresentante di bigiotteria ed era riuscito ad avere l'esclusiva di una marca di orologi svizzeri. Però, quando avevano divorziato, aveva smesso quasi subito di passarle gli alimenti. Lei aveva deciso che era inutile insistere e aveva prolungato l'orario all'asilo nido dove lavorava. Anche se non aveva figli, era molto brava a occuparsi di quelli degli altri. Non parlava mai di uomini o di matrimoni, e poche cose la interessavano oltre al suo lavoro. Il sabato sera di solito andava a fare la baby-sitter. Arrivare alla fine del mese senza problemi economici era la sua unica preoccupazione. Non era certo la confidente ideale. Eppure, l'aveva messa in guardia nei confronti di Rafael. La sua esperienza fallimentare la portava a vedere le cose con pessimismo e diffidenza.

Adela aveva telefonato alla ditta di trasporti di Rafael, non una, ma due volte, chiedendo di lui. L'aveva raccontato a Lola, e lei le aveva detto che aveva fatto male. Se lui glielo aveva proibito, non avrebbe ottenuto altro che irritarlo, allontanandolo ancora di più. Ma Adela non sopportava più quel silenzio. Se Rafael aveva deciso di lasciarla, doveva dirglielo. Era disumano aspettare notizie con le mani legate. La sera tornava a casa stanca, col mal di schiena. Faceva una doccia e si preparava qualcosa da mangiare. Lola era a casa da un po' e aveva già cenato. La trovava seduta sul divano, davanti al televisore. Ma quei momenti di attività passavano in fretta. Una volta che aveva finito lo yogurt o raccolto le bucce d'arancia, un'angoscia liquida le invadeva tutto il corpo. Aveva nelle orecchie lo squillo del telefono come se stesse suonando davvero. La serata scorreva lenta. Certe volte Lola le parlava di cose che succedevano sul lavoro, di madri che non si occupavano come dovevano dei bambini, che li portavano al nido sporchi o malvestiti, che li andavano a prendere regolarmente in ritardo. Era come se quelle donne si aspettassero dalle educatrici le cure quotidiane che loro erano incapaci di dispensare ai loro figli. Adela la ascoltava, ma intanto, nella sua mente, si ripeteva lo squillo tanto atteso. Altre volte guardavano la televisione insieme, ma per lei era come essere costretta a infilarsi in un sacchetto di plastica e a respirarne l'aria viziata.
Finalmente, lui chiamò. Quando sentì il telefono, ci mise un po' a capire se il suono fosse reale o immaginario. Tre giorni dopo sarebbe stato a Valenza. Promise di raggiungerla a casa non appena avesse scaricato. Finalmente, lei riuscì di nuovo a dormire bene. Non le era parso arrabbiato al telefono, forse nessuno gli ave-

va detto delle sue telefonate alla ditta. Ventiquattr'ore prima, cominciò i preparativi. Si lavò i capelli con uno shampoo speciale. Si diede lo smalto alle unghie. Era importantissimo che lui non avesse nulla da rimproverarle, riuscire a non piangere davanti a lui. Il soggiorno a casa sua doveva essere piacevole, niente doveva rovinarlo. Sapeva che sarebbe rimasto una sola notte, poi, se ne sarebbe andato. Ma forse, se lei quella volta non avesse fatto brutta figura, se fosse riuscita a essere sempre felice e allegra, allora lui se ne sarebbe andato con l'intenzione di chiamarla più spesso, di non mancare mai di fermarsi. Era sicura che il tempo avrebbe lavorato a suo favore. Certe sue amiche avevano avuto storie a lieto fine con uomini sposati. Non c'era nessuna ragione perché il suo caso dovesse essere diverso. Il matrimonio di Rafael si era esaurito, e oggigiorno nessuno è disposto a prolungare una relazione che non dà più niente. Ma ora non doveva pensarci, se lui doveva separarsi, questo sarebbe successo più avanti, spontaneamente, era una seconda fase che doveva venire da sé.
Rafael arrivò, come al solito, alle otto. Era contento e non parlò delle telefonate. Ma nemmeno si scusò per non aver dato segni di vita per un mese. Lei la prese come una piccola punizione per la scena della volta prima. Lui la abbracciò subito e la riempì di baci caldi. Non ci fu tempo per parlare, dopo un attimo già si avviavano abbracciati verso la camera da letto. Non ce la faceva ad aspettare. Lei sorrise fiduciosa, perché aveva temuto che si presentasse per dirle addio. Volle spogliarla. Poi pretese che lei facesse la stessa cosa con lui. Aveva un'erezione imponente. La fece sdraiare sul suo corpo, e poi di fianco. Era come se, a un tratto, non trovasse la posizione giusta. Alla fine la penetrò

frontalmente, entrò eccitato nel suo corpo, che bruciava. Non riuscì a controllare a lungo il suo ardore, ma Adela era felice, grata, lo stringeva forte e gli copriva la faccia di piccoli baci dicendo sciocchezze, trattandolo come un bambino.

Lui la invitò a cena fuori. Scelsero un ristorante francese. Su ogni tavolo un vaso sottile con un unico fiore. Accanto, una candela. La loro era spenta, e Rafael chiamò il cameriere perché la accendesse. Una sensazione di comfort li avvolgeva. Adela era carina, aveva raccolto i capelli sulla nuca, guardava la gente pensando che chiunque fra quelle persone avrebbe potuto essere un ospite del suo albergo. C'era una gradevole musica di sottofondo. Non parlarono molto, lei aveva paura di parlare, quella sera. Era meglio chiudere gli occhi, non pensare a niente. Il cameriere preparò il pesce, lo dispose nei piatti, senza nessuna spina. Era facile mangiare così, vivere così. Al momento del dolce, Rafael ordinò un cognac, che gli fu servito in un bicchiere enorme. Faceva girare il liquido con un movimento delicato della mano. Prima di bere, lo annusava. Poi andarono in una whiskeria dove passarono il resto della serata ad ascoltare musica romantica. Tornarono a casa in taxi. Rafael le tolse di mano le chiavi per aprire lui. Fecero di nuovo l'amore. Poi lui si addormentò, esausto, con un russare profondo dentro la gola. Adela si ricordò che aveva il primo turno del mattino. Sul metrò, andando al lavoro, non avrebbe potuto evitare i colpi di sonno. Accese una lampadina bassa. Mise la sveglia cercando di non fare rumore. Rafael non si mosse neppure. Non spense la luce, rimase distesa, col braccio sotto la testa, per continuare a guardarlo.

8

Sarebbe stato facile dimenticarsi di tutto quanto. Con Adela era stato bene. Anche se esagerava un po' con le sue pretese amorose, le sue manfrine. Era una ragazza di valore, una ragazza con cui si poteva andare dappertutto, era sempre all'altezza. Aveva un culo sodo e rotondo. Non gli sarebbe dispiaciuto continuare a vederla, se solo non avesse fatto tante scene. In ogni caso era meglio di una sconosciuta che si toglie le mutande senza dire una parola. Eppure era deciso a incontrare di nuovo la cameriera dell'autogrill.

Era una mattina di sole, abbassò il finestrino, ma l'aria era ancora fredda. I ciuffi d'erba verdeggiavano nei fossi. Fra poco sarebbe stata primavera. Un camionista la sente subito la primavera. Vede i campi, assiste al prolungarsi dei crepuscoli e misura di giorno in giorno l'anticipare dell'alba. Allora gli veniva voglia di fermarsi in una piazzola, di scendere dal camion e di correre e rotolarsi nell'erba. Da piccolo qualcuno gli aveva regalato un libro illustrato in cui una locomotiva si rifiutava di continuare a correre lungo i binari, tagliava per la campagna, si fermava in una radura. I viaggiatori scendevano dal treno e posavano i piedi sull'erba. All'improvviso saltavano fuori cestini delle merende e tutti sbocconcellavano cosce di pollo e mangiavano fette di torta. Non aveva più avuto altri libri illustrati. Sua madre aveva fin troppi problemi per pensare a comprargli dei libri. Suo padre era spesso disoccupato, cambiava sempre lavoro, non aveva un mestiere. Sua madre faceva la donna di servizio, sempre nella stessa casa, dov'era rimasta per tanti anni. I suoi non si erano mai goduti niente nella vita, mai. Nemmeno i suoi due fratelli, uno era ancora nel negozio dove il loro padre gli aveva trovato un posto da apprendista. L'altro faceva il pony express e si sbatteva tutto il giorno da un capo all'altro della città con la testa sempre infilata dentro un casco. Non si vedevano mai. Non vedeva neanche sua madre. È più facile vivere senza l'obbligo di ricordare le cose del passato. Suo padre era morto di cancro, nel giro di un paio di settimane, tre al massimo. Luis invece aveva una famiglia che andava a trovare di tanto in tanto, non gli dispiaceva perdere un po' di tempo con i suoi, molto vecchi tutti e due. Gli venne voglia di chiamare Luis, di dirgli che aveva fatto una conquista. Anche se non era vero, perché era stata lei a conquistarlo, ma questo non glielo avrebbe detto. Forse non ci avrebbe nemmeno creduto. Ricordò la voce della donna, la sua tranquillità, la sua freddezza. Come si era tirata su la gonna. Ricordò il suo viso, velato dalle ombre all'interno del camion. Non era riuscito nemmeno a vederla bene. La sua immagine dietro il bancone gli svaniva nella mente. Molti si sarebbero sentiti compiaciuti di quella fortuna, e si sarebbero affrettati ad assicurarsi che quel dono del cielo non gli sfuggisse dalle mani, per lo meno non prima di averne approfittato un altro paio di volte. Non riusciva più a raffigurarsene la faccia, ma ricordava perfettamente l'odore animale che si era diffuso ovunque quando era stato con lei, come quei profumi che ti restano appiccicati e non riesci più a toglierti di dosso. La sua pelle era liscia sotto le dita. Ricordava le gambe sottili aperte, mentre lei sedeva su quella maledetta cassa. Aveva bisogno di possederla davvero, quella donna, su un letto. Vederla spogliarsi, e vederla bere un bicchiere, dopo, come tutte le altre. Non poteva rimanere un fantasma che girava nella sua testa, sempre con le gambe aperte nel buio del camion.

Arrivò a Tarragona nel pomeriggio. Era venerdì, e tutti si affrettavano a scaricare. Gli uomini, stanchi dopo una settimana di lavoro, sembravano bambini, si picchiavano, si inseguivano, gridavano fingendo di farsi male. Diversi colleghi lo invitarono a bere qualcosa con loro, ma lui aveva da fare. Prese un taxi e raggiunse una zona turistica, quasi vuota. Passò in rivista gli alberghi a tre stelle. Erano quasi tutti chiusi, ma ne trovò uno che gli piacque. Aveva un'ampia hall di marmo e poltrone rivestite in velluto. Prese una stanza per la notte. Gli parve bella, grande e con le tende a fiori. Fece un bagno e mandò a lavare le camicie. Si sistemò bene davanti allo specchio. I suoi capelli neri brillavano sotto la luce. Si frizionò il torace con l'acqua di colonia. Si stava preparando come se quello fosse un incontro speciale. E invece no. Era stato con tante donne, anche se forse nessuna era stata come quella. Era un uomo fortunato, di quelli che sanno vivere e godersi la vita, solo a loro succedono le cose. Forse era sposata. Era anche possibile che non venisse all'appuntamento, che ci avesse ripensato. Se non fosse venuta si sarebbe cercato una puttana che valesse la pena e avrebbe usato ugualmente la stanza. Si tagliò le unghie cercando di dargli una forma arrotondata. Le sue non erano mani da camionista, aveva le dita lunghe e la pelle bianca. Mercedes glielo diceva, anni prima: «Hai le mani di un signore».

Entrò nel caffè con due minuti di anticipo. Diede una prima occhiata di ispezione fra la gente e lei non c'era. Decise di rimanere al banco. Se avesse tardato, non gli sarebbe toccato rimanere al tavolo come una macchina parcheggiata. Ordinò un whisky. Lei poteva comparire in qualunque momento e non era sicuro di riconoscerla. Le donne cambiano molto quando non sono in tenuta da lavoro. Avrebbe aspettato soltanto un po'. Non aveva mai dovuto aspettare nessuno, nemmeno Mercedes, né prima né dopo averla sposata. Non l'avrebbe certo fatto adesso. Lei arrivò dopo venti minuti. Non si scusò, disse solo che faceva freddo. Si sedette accanto a lui senza nessuna espressione particolare. Lui la guardò con la coda dell'occhio, era più carina di quanto non gli fosse parsa la sera dell'autostrada, e anche più vecchia. Portava una gonna blu molto semplice, una maglia a righe.

– Mi hai riconosciuto quando sei entrata?

Lei sorrise.

– Sì.

Si pentì di averlo detto. Non era delicato alludere immediatamente al loro incontro, lei poteva sentirsi imbarazzata per quel che era successo. Spesso le donne hanno manie del genere. Ma lei non sembrava provare nessuna emozione speciale. Ordinò una birra.

– L'ha servita con troppa schiuma – osservò.

Lui rimase intimidito, senza idee né parole. Con le ragazze bisognava parlare, dare corda, preparare la strada verso il letto. Con lei quel problema non esisteva. Le puttane sono più facili, basta rispondere alle loro idiozie, ma solo se ne hai voglia. Invece in quel momento non c'era niente da dire. Lei era tranquilla.

– Hai già un'idea su dove andare?

– Possiamo andare a cena.

Lei assentì giudiziosamente.
– Sì, ci avevo già pensato. Conosci Tarragona? C'è un ristorante italiano che non è male, a volte ci vado.
Sarebbero andati lì. Gli parve strano che lei volesse andare in un locale della sua città con uno sconosciuto. Forse usciva spesso con sconosciuti. Il ristorante non era granché, ma le pizze erano grandi e il vino andava bene. Bevvero abbastanza durante la cena, lei non si tirava mai indietro, e lui le riempiva il bicchiere come se da ciò dipendesse il successo della serata. Non parlava molto, rispondeva alle domande con frasi brevi e concrete. Neanche lui era un gran conversatore. Parlarono del mangiare, di altri ristoranti italiani. Lui osservò che non era agitata, che muoveva le mani con sicurezza, che voltava la testa verso gli altri tavoli, verso la porta quando entravano nuovi clienti.
– All'autogrill mi era sembrato che sorridessi di più.
– Sorrido sempre ai clienti, fa parte del lavoro.
Erano cinque anni che lavorava all'autogrill, prima era stata cameriera in un fast-food. Aveva smesso perché era troppo duro. Doveva stare in piedi dieci o dodici ore al giorno, e non era neanche assunta regolarmente. Lavorava anche in cucina, friggeva gli hamburger, e al mattino doveva arrivare un'ora prima dell'apertura per tagliare l'insalata. All'autogrill stava meglio. Doveva solo servire i clienti, prendere gli ordini, poi la gente pagava alla cassa. Le sue spiegazioni erano piene di pause. Rafael era stupito. Con le altre ragazze bisognava ridere tutto il tempo, fare battute e ridere. Non era così divertente, preferiva il modo di parlare tranquillo di Tona. Lei sembrava a suo agio. Abitava da sola, in un appartamento di due stanze. Non aggiunse altro. Gli chiese del suo lavoro col camion. Poche donne lo fanno, e così si mise a spiegarle

che alla ditta era stimato, che gli affidavano lavori di fiducia, o particolarmente urgenti. Gli parlò delle durezze della strada in inverno, delle notti in bianco. Lei ascoltava. Cercò di essere spiritoso:
– E non è vero che siamo tutti dei mascalzoni.
Lei alzò le spalle, sorrise con indolenza.
– Non sono affari miei.
– Ne dovete sentire delle belle lì dietro il banco.
– Non so, la gente parla delle sue cose.
– Ma qualcuno cercherà pure di farti il filo.
Lei sorrise.
– Passa tanta gente.
Lui la guardò negli occhi, cercò di vedervi qualche traccia di turbamento o di sfida, ma non trovò altro che uno sguardo grave, impreciso. Era strano il suo modo di parlare, senza civetteria né sottintesi. Certo che di lì passava molta gente, e lei sapeva molto bene chi voleva portarsi a letto.
Mentre prendevano il caffè, lui le chiese se era sposata. Lei lo guardò, abbozzò un gesto come per dire che non aveva voglia di rispondere, ma poi disse:
– Non più. Mi sono separata tempo fa.
Non era mai stato con una separata. Forse avrebbe dovuto dire qualche parola per mostrarsi dispiaciuto, come quando si fa il nome di un morto. Preferì tacere.
– E tu, sei sposato?
– Io sì.
Non disse niente delle bambine. Certe donne si tirano indietro quando si parla di bambini. È come se si sentissero peggio a tradire un bambino che un'altra donna.
– Da tanto?
– Sì.
– Quanti anni hai?

– Un po' più di trenta.
– Non mi chiedi quanti ne ho io?
– Con le signore non si fa.
Si mise a ridere, ma la voce di lei lo interruppe.
– Ne ho quasi quaranta.
Gli era già capitato di stare con delle quarantenni, quasi sempre puttane. Erano molto truccate ed esagerate nel vestire: colori sgargianti o abitini allegri come bambine a una festa. Lei però era diversa, forse per questo sembrava più giovane. Sembrava che non gliene importasse niente dell'età. Pensò che di sicuro ne aveva viste tante, che aveva esperienza. Con lei non ci sarebbe stato bisogno di imbastire storie né di parlare d'amore, probabilmente non le interessava affatto.
– Ti va di bere qualcosa?
– Meglio fuori di qui.
Chiese il conto con il suo fare più signorile. Lei cominciò a mettersi il cappotto, un semplice cappotto beige che poteva essere nuovo come vecchio di anni. Cercò il portafogli nella borsetta. Lui la guardò come se non capisse.
– Preferisco se facciamo a metà.
Rafael scosse la testa.
– Neanche per idea, offro io.
Lei lo lasciò fare. In strada faceva freddo, l'umidità era così densa che sentirono subito i capelli appiccicati. Lui rialzò il bavero del giubbotto, pensando a un posto caldo dove portarla.
– Immagino che conoscerai qualche locale carino.
– Cosa intendi per locale carino?
– Be', un posto dove si possa stare comodi, con un po' di musica che faccia atmosfera, del buon whisky.
– Senti, perché non andiamo nel tuo albergo? Hai preso una stanza in albergo, no?

Lui annuì.
– È stupido spendere altri soldi in un locale. Possiamo bere lì se ne abbiamo voglia.
Lui non seppe cosa risponderle. Evidentemente andava subito al sodo, non era necessaria nessuna manovra insinuante. Forse sarebbe stato meglio se avesse lasciato decidere a lui quand'era il momento. Ma non aveva troppa importanza, sarebbero andati in albergo, se voleva. Così era tutto più facile.
Appena entrata, lei osservò la stanza con attenzione: i copriletti, la luce indiretta. Si avvicinò a un quadretto accanto alla finestra, un mazzo di fiori.
– Ti piacciono i fiori, i fiori recisi?
Lui non seppe cosa rispondere, gli era indifferente.
– A me no. Da piccola abitavo vicino a un mercato. C'erano sempre dei fiori calpestati per terra.
Sorrisero. Rafael andò al frigobar e prese due bottigliette di whisky con del ghiaccio.
– Non ci sarebbe qualcos'altro, del cognac, per esempio?
– Non ci sono bicchieri da cognac, dovrai berlo in quelli normali.
– Chi se ne frega!
Lei si sedette su una poltroncina con la passamaneria dorata, lui sul bordo del letto. Era estremamente seria, diversa dalla sera dell'autostrada.
– Non ti diverti?
– Non ti preoccupare, sono solo stanca.
– Lavori molto?
– Come tutti.
– È da molto che ti sei separata?
– Sì, te l'ho già detto.
Non era il momento migliore per parlare. Sapeva che lei avrebbe finito per raccontargli tutta la storia, enumerando dolori su dolori, come fanno le donne. Nel ca-

so di una divorziata, poi, la cosa minacciava di complicarsi, poteva andare avanti per delle ore. Per questo era meglio riempire i momenti iniziali con provocazioni o scambi di battute. Ma con lei era difficile, il suo atteggiamento indifferente non aiutava. Brindarono. Lui optò per il procedimento classico di abbordaggio.
– Lo sai che sei molto bella? Quando ti ho vista all'autogrill mi sei sembrata un sogno.
Lei lo guardò con diffidenza.
– Ma se non mi hai nemmeno notata.
– Ma certo che ti ho notata! Solo che uno non può mica dimostrare subito quanto gli piace una ragazza.
Lei bevve una lunga sorsata di cognac.
– Senti, non voglio sembrarti antipatica, ma avrai già immaginato che sono stata con tanti, o no?
Lui si mise sulla difensiva.
– Non so, non ho immaginato niente.
– Be', non è difficile. Ogni tanto esco, e poi ho vissuto con parecchi uomini da quando ho lasciato mio marito.
Lui non sapeva come reagire, si sforzò di sorridere. Lei proseguì, accendendosi una sigaretta:
– Quindi non c'è bisogno che mi dici niente, né che cerchi le parole. Beviamo qualcosa, e poi se ci viene bene andiamo a letto, non c'è niente di strano.
Si sentiva a disagio come un bambino. Non sapeva come trattarla.
– Rendi le cose molto fredde.
– È il mio carattere.
Lui si alzò e andò verso di lei, le tolse il bicchiere di mano. La baciò forte sulla bocca. Si staccò per guardarla negli occhi.
– Chissà se così riesco a scaldarti un po'.
Inciamparono e caddero lentamente sul tappeto. Lei dovette alzarsi per spegnere la sigaretta, ma tornando

non riuscì a ritrovare la stessa posizione. Si sdraiarono sul letto. I suoi baci erano schivi. Lui si staccò un poco e cominciò a darsi da fare per sbottonarla. Lei gli fermò la mano.
– No, faccio da sola.
Si spogliarono ciascuno da un lato del letto. La vedeva male, era troppo vicina perché potesse avere una buona prospettiva del suo corpo. Eppure si accorse che era sensuale e carina, non troppo magra, con la pelle bianca e liscia. Il contatto col suo corpo gli piacque enormemente. Era il suo momento preferito, la prima volta, quando i corpi si incontrano nudi, quando si sente il volume, il calore, il respiro. Con lei quella sensazione era ancora più intensa, dal momento che avevano già fatto l'amore senza quasi toccarsi. La accarezzò lentamente, assaporandola, provò qualcosa di simile a un riposo profondo, un tepore. Lei rimaneva immobile e muta, ad accettare le sue carezze e i suoi baci, rispondendo appena. Lo eccitava quel suo modo indolente di stare con lui, quell'abbandono sereno del suo corpo. Si lasciò portare dalla passione, le percorse le cosce con la lingua, gliela affondò nel sesso. Lei cominciò a respirare profondamente, ritmicamente, ma non gemette né si lasciò sfuggire alcun suono. Rafael dominò il proprio desiderio di penetrarla finché non ce la fece più. Sentiva una grande forza che promanava da lei, aderì al suo corpo, dal petto alle gambe. Nel mezzo dell'amplesso lei si tirò su, si mosse e, a poco a poco, riuscì a invertire la posizione e a rimanere sopra di lui. Allora gli sussurrò all'orecchio: – Apri le gambe – e lui lo fece. Lei cominciò a muoversi con energia. A Rafael mancava l'aria, ansimava, era come se i sessi si fossero invertiti, come se lui fosse una donna e lei un uomo. Non aveva mai avuto una

sensazione simile, e non riuscì a reggerla a lungo. Quando finì, lei si lasciò cadere di lato. Rimasero a guardare il soffitto mentre ritrovavano la calma. Gli sarebbe piaciuto chiederle se anche lei avesse avvertito quella sostituzione di un sesso con l'altro, ma preferì non farlo. Si sentiva a disagio, come se qualcuno l'avesse sorpreso a fare qualcosa di vergognoso. Prese una sigaretta dal comodino, gliela offrì. Tona la prese e fumarono in silenzio. Di sicuro anche lei doveva aver notato quello strano scambio, si muoveva come un uomo. Eppure sembrava meno confusa di lui. Lo guardò con un sorriso.

– Non ti è piaciuto?

Lui provò di nuovo l'imbarazzo di non capire se stesse parlando per scherzo o sul serio. C'era sempre un tono ironico nella sua voce.

– Ci credi che per un attimo ho avuto l'impressione che fossi tu a mettermelo dentro?

Lei annuì.

– Sì, fa quest'impressione. Non ci avevi mai provato?

Non gli era venuto in mente che potesse essere una tecnica sessuale come un'altra. Rise forzatamente.

– No. In realtà quello che lo mette in genere sono io.

Lei lo guardò, con quell'aria da presa in giro.

– Si vede.

Bevvero ancora. Lei si alzò a prendere i bicchieri e la vide bene. Aveva un corpo classico, come quello delle statue che si vedono nei musei, con i seni piccoli e il ventre dolcemente arrotondato. Non sembrava imbarazzata della propria nudità, si aggirava con calma per la stanza, e nemmeno faceva movimenti sexy o ammiccanti, come aveva visto fare alle puttane quando si alzavano dal letto. Era una donna tranquilla, il cui corpo era stato rispettato dal tempo. Solo da vicino si ve-

deva che i seni e le ginocchia non erano più quelli di una ragazza. Gli porse un bicchiere.
– Un altro goccio non può farci male.
Bevvero e chiacchierarono nudi di cose senza importanza: i clienti dell'autogrill, i piatti precotti, gli orari di lavoro. Poi fecero di nuovo l'amore. Alle tre del mattino lei disse che doveva andarsene. Lui cercò di convincerla a restare a dormire, ma lei non volle. Non si lasciò neanche accompagnare. Telefonò alla reception per chiamare un taxi e si preparò. Gli diede la buonanotte. Lui la fermò un istante.
– Senti, immagino che ci rivedremo.
– Puoi chiamarmi quando vuoi.
Quando fu sul punto di aprire la porta, lui si alzò, avvolto nel lenzuolo, e le disse:
– Ma ti è piaciuto o no?
Lei rise, con una certa stanchezza.
– Sì, certo che mi è piaciuto. E grazie per la cena.
Aprì la porta e la richiuse con cura perché non sbattesse.

9

Mercedes stava lavando i piatti della cena. Le bambine la chiamavano per l'ennesima volta. Si asciugò le mani nel grembiule e andò nella cameretta. Le figlie erano in due lettini gemelli con le trapunte rosa. Nella camera c'erano anche due piccole scrivanie e uno scaffale bianco pieno di puzzle e pupazzi.

– Raquel continua ad accendere la luce appena io mi addormento.

Raquel si tirò su per protestare con energia.

– No, è lei che fa finta di russare e mi sveglia!

La madre le guardò con aria stanca. Poi uscì, andò in cucina e riempì due bicchieri di latte. Tornò.

– Adesso bevete questo e poi non voglio più sentirvi.

Udì ancora per un po' il bisbiglio delle loro voci, poi silenzio. Si diede da fare per finire in fretta. Quando fu tutto in ordine, bagnò una pianta che teneva sul davanzale. La prese fra le mani e la osservò sotto la lampadina per vedere se le foglie fossero lucide. Sentì dei crampi alle gambe, si sedette. Rimase assorta a guardare il verde della pianta, lo strano aspetto che assumeva sotto la luce elettrica, artificiale. Finalmente le bambine si erano addormentate. Sentì che anche lei aveva le palpebre pesanti. Suonò il campanello. Doveva essere Pili. Infatti. Pili entrò trionfale con una bottiglia di Drambuie in mano.

– Eri ancora in cucina? Sarà meglio che adesso andiamo in soggiorno.
Mercedes corse a chiudere la porta delle figlie, per paura che si svegliassero. Accese le numerose luci del salone. Tutto era perfetto. I mobili erano molto voluminosi, di legno lucido e scuro. I divani color tabacco formavano una L in un angolo. Sulla parete più visibile si stagliava un grande quadro, un paesaggio al tramonto, con le montagne innevate.
– Ho portato anche i bicchieri, così non devi lavorare.
Infilò le mani nelle tasche del golf e tirò fuori due bicchieri da whisky.
– Sei pazza.
Pili versò il liquore canticchiando tutta allegra.
– Sì, e voglio anche essere ubriaca.
– Ma Pili!
Pili era così, capace di comparire a metà del giorno o della notte per bere qualcosa, farsi una chiacchierata, guardare la televisione. Lo faceva anche quando suo marito non era al lavoro, anche quand'era in casa. Lo piantava lì, mezzo addormentato davanti a una partita o a un telequiz. Aveva sempre voglia di ridere, e le poche volte che era arrabbiata faceva in modo che tutto apparisse comico e teatrale. Scagliava oggetti a terra, ruggiva, inventava imprecazioni lunghe e altisonanti che ogni volta finivano per riuscire divertenti. Si tolse le scarpe e allungò le gambe sul tavolino basso. Assaporò il liquore schioccando la lingua.
– Oh, merda!
– Cosa c'è, adesso?
– Mi sono dimenticata di prendere le sigarette.
Mercedes si alzò e ne tirò fuori un pacchetto da una grande scatola a motivi cinesi. Ne diede una alla sua

amica, una la accese per sé. Rimasero in silenzio, soffiando il fumo verso il lampadario.
– Dài, togliti le scarpe anche tu!
Mercedes lo fece, senza entusiasmo. Posò i piedi accanto a quelli di Pili. Agitarono entrambe le dita dentro i collant. Scoppiarono a ridere tutte e due.
– Dormono, le bambine?
– Sì.
– Anche la mia. Sembra che il momento di metterle a letto non arrivi mai.
Assaporarono il liquore a piccoli sorsi.
– Perché non metti della musica? No, lascia stare, faccio io.
Pili si alzò e si avvicinò all'impianto stereo. Accese la radio e si sintonizzò su una canzone romantica e pastosa.
– L'hai vista la puntata di oggi?
– Sì, mentre stavo mettendo via la roba stesa.
– Come ci sei rimasta quando Armando le ha parlato?
– Be', me lo aspettavo.
– A me ha fatto impressione quando lei gli dice: «Il nostro matrimonio è morto».
Mercedes rimase zitta, aspirava profondamente la sigaretta.
- Non mi ricordo cosa risponde lui.
– Qualcosa in generale, tipo che non è facile riconoscerlo.
Rimasero di nuovo zitte. Pili tirò fuori un'altra sigaretta dal pacchetto e la accese col mozzicone della precedente.
– E come vuoi che sia facile riconoscere una cosa del genere!
Mercedes si piegò in avanti per guardare in faccia la sua amica.
– Tu credi che i nostri matrimoni siano morti?

Pili rispose senza pensarci un attimo:
– Ma certo.
Mercedes si diede a spegnere energicamente la cicca nel portacenere.
– Sai, certe volte penso che si potrebbe riprovare, metterci tanta buona volontà, correggere gli errori e ricominciare da capo.
– È impossibile, non si può far rivivere una cosa morta. Una volta che l'affetto muore, non si può ricominciare, andrà sempre male.
La canzone seguente aveva un ritmo più incalzante. Mercedes si alzò e spense la radio.
– A me è piaciuto anche quando lei ha il coraggio di dirgli che se ne va con Héctor, che cercheranno di dimenticare il passato e di cercare insieme la felicità.
Pili spense la sigaretta.
– Con quello non può andarle meglio. Héctor sembra uno che non ha mai fatto altro che spassarsela. Tu ci credi che un tipo così cambi dall'oggi al domani per occuparsi di lei e diventare il padre dei suoi figli?
– Non lo so.
– E poi, la televisione non è la vita.
– No, questo è vero.
Mercedes si alzò, andò al finestrone e tirò giù la serranda.
Pili la fissava.
– La vita ti fa mandare giù dei rospi grossi così. Credi che per me sia facile sopportare mio marito? No che non lo è. Da un mucchio di tempo mi fa perfino schifo che mi tocchi. Non ce la faccio più quando gli viene la fregola e mi si butta addosso.
– Non dire così, dài.
– E perché non dovrei dirlo, se è vero? All'inizio credevo di non averne voglia io, perché ero stanca, da-

vo la colpa a me. Poi mi sono convinta che non devo raccontarmi storie, che mi fa schifo lui e basta.
Mercedes rimaneva pensierosa.
– Mi fa paura che tu dica questo.
– Non capisco perché.
– Succede anche a me, ma solo perché non posso fare a meno di pensare che è stato con qualche puttana. È solo questo il motivo.
– Non cambia niente.
– Rafael è un bell'uomo, mi piace ancora, se non fosse per quello che combina in giro...
– Mio marito no. Ha la pancia, ed è ridicolo in mutande. In realtà, non è mai stato granché come uomo.
Mercedes rise. Era allarmata da quei discorsi, la facevano star male. Le sembrava che ci fossero cose che non si potevano mai dire a voce alta, nemmeno quando si è sole in una stanza. Era come riconoscere che la vita era un disastro, che non c'era neppure un pizzico d'affetto; e se non c'era più niente, nemmeno loro e la loro presenza lì avevano più senso. Che cosa ci facevano al fianco di due uomini con i quali non erano più disposte ad andare a letto per amore? Erano come due puttane.
– Prima era diverso, vero, Pili?
– Per me no. Non ho mai amato mio marito. L'ho sposato perché sembrava che fosse obbligatorio sposarsi.
– Questo non è vero.
– Perfino la psicologa della scuola l'ha detto alla riunione dei genitori, l'altro giorno. Molte donne si sono sposate per la pressione sociale, non perché lo volessero realmente. Così ha detto. E se ci pensi bene, ti accorgi che è vero. Tu quanti anni avevi quando ti sei sposata?
– Diciannove.

– E allora lo sai anche tu che a quell'età una ragazza non può essere sicura di quello che vuole.
– Io ero innamorata di Rafael.
Mai, mai avrebbe riconosciuto, né di fronte ad altri, né di fronte a se stessa, che si era sposata perché era incinta. Era falso, lei amava Rafael. Anche se Pili era la sua migliore amica, l'aveva sempre tenuta all'oscuro di quel capitolo della sua vita. È facile interpretare le cose nel modo sbagliato giudicando solo dalle apparenze. E lei amava Rafael, lo amava molto, per questo gli si era data. Forse era stata una ragazzina incosciente, ma aveva pensato che quello fosse il modo per tenerselo accanto tutta la vita, senza paura di perderlo. E in tutti quegli anni di matrimonio, nemmeno loro ne avevano mai parlato, come se il fatto non fosse mai accaduto.
– La psicologa diceva che una può anche credere di essere innamorata, e invece non è così.
– Le psicologhe non dicono altro che sciocchezze. Quella della scuola di Silvia ha detto che è una bambina... non ricordo la parola che ha usato, tipo che non si fidava mai di nessuno. L'ha scritto anche in un giudizio. E con le loro chiacchiere mettono idee strane nella testa della gente. Io non ci vado più ai corsi per i genitori.
Pili la guardò stupita. Sembrava che stesse per piangere da un momento all'altro. La prese per un braccio e le diede delle pacche amichevoli.
– Su, su, ho capito. Alla fine sono io la colpevole. Vuoi una gomma?
Tirò fuori una gomma da masticare dalla tasca del suo voluminoso golfone e la tese a Mercedes. Ricominciarono a ridere tutte e due.
– Sei una maleducata.
– E perché dovrei essere educata? Me la mangio io.

Si infilò in bocca la gomma e cominciò a masticare a piene ganasce. Mercedes si divertiva. Poi si alzò e accese il televisore. Sullo schermo comparve un ciccione che presentava un telequiz. Pili fece finta di salutarlo. Si inchinava, diceva scemenze. Si tolse dalla bocca la gomma masticata e la appiccicò sui genitali dell'immagine. Mercedes corse a chiudere la porta, temendo che le risate svegliassero le bambine. Poi crollò sul divano, mentre Pili si piegava in due dal ridere. Quando si furono calmate, spensero il televisore, raccolsero i bicchieri.

– Adesso vado.

– Aspetta, ti sciacquo le tue cose.

Mercedes entrò in cucina. L'amica la seguì e rimase a guardarla appoggiata allo stipite. La vedeva di spalle, il suo corpo seguiva il ritmo delle mani che si muovevano sotto il rubinetto.

– Ecco fatto.

Si sorrisero. Mercedes aveva l'aria stanca.

– Il negozio, Mercedes, il negozio, ecco di cosa abbiamo bisogno. Non accompagnarmi alla porta.

Mercedes la sentì chiudere con un colpo leggero.

Decise di non attaccare la ricetrasmittente. Non sempre aveva voglia di ascoltare i discorsi dei colleghi. I camionisti non fanno altro che segnalarsi ragazze, le new entry dei locali lungo le strade. Lui non seguiva mai i loro consigli, lo disgustava andare a cercare una bionda contemporaneamente ad altri quaranta. Tutti i mosconi sullo stesso fiore, che schifo. Le puttane bisogna sceglierle a caso, non buttarcisi sopra come se fossero un boccone prelibato. L'avrebbe detto a Tona, se le interessava sapere che cosa facevano i camionisti con le puttane. L'aveva vista un altro paio di volte, aveva chiamato sempre lui. Lei non l'aveva mai cercato, come se vederlo o non vederlo per lei fosse lo stesso. Lo salutava con un «arrivederci». Non faceva domande su sua moglie, solo sul lavoro, gli orari. Non raccontava quasi niente di sé, pochissime cose, che suo marito era pieno di rancore, che non si erano più parlati dopo il divorzio. Il resto erano chiacchiere senza importanza, sui colleghi dell'autogrill, i clienti, facce sempre diverse, di passaggio. A lui piaceva ascoltarla, era intelligente, di quelle donne che non hanno bisogno di parlare tutto il tempo. A volte sembrava estranea, se ne stava lì a sorridere come se pensasse a cose che non le andava di dire. Oppure lo sguardo le fuggiva lontano, verso qualcosa di diverso da quel che stavano dicendo. Era come se niente le interessasse per davvero. Doveva aver avuto una vita dura, ma non la raccontava. Rafael faceva domande, senza stancarsi, e così era venuto a sapere, a pezzi e bocconi, che aveva lavorato in un supermercato. Sistemava gli acquisti della gente nei sacchetti di plastica e poi li rimetteva nei carrelli, una volta superata la cassa. Tutto il giorno in piedi. Poi era stata commessa in una profumeria. Doveva aver lavorato in molti altri posti, forse con mansioni umili di cui non voleva parlare, come spazzare pavimenti e pulire vetri. Tutte le volte andavano a letto in albergo, non l'aveva mai invitato da lei, forse aveva una casa molto malmessa, o molto piccola. Ma se era povera, si comportava come se la cosa non la toccasse. Non impazziva per i piatti più cari quando si trattava di scegliere sul menu dei ristoranti, non accettava facilmente che lui le offrisse la cena, insisteva sempre per dividere il conto. Vestiva male, con pantaloni e maglioni grandi, solo qualche volta metteva una gonna grigia con una cintura di pelle. Ma aveva i capelli biondo naturale e quegli occhi come miele su una fetta di pane tostato, dorati e trasparenti. Rafael non sapeva perché le chiedesse di uscire. Poteva trovare donne migliori, più giovani.

In fin dei conti avrebbe potuto chiamare Adela, andare a trovarla. Non l'aveva fatto per settimane, anche se era passato da Valenza. Adela parlava d'amore, diceva parole tenere che un uomo condannato a stare tutto il giorno su una strada in genere apprezza. Gli grattava la schiena e gli diceva che era meraviglioso. Non gli permetteva di alzarsi da tavola per prendere qualcosa, gli preparava dei piatti speciali, con affetto. Come Mercedes all'inizio, come altre fidanzate che aveva avuto. Solo che le novità passano, e l'affetto non basta. Con Tona era diverso, Tona non era una fidanzata e nemmeno una puttana, era una donna strana, che lui aveva voglia di vedere. Cominciò a cadere una pioggia sottile che coprì il parabrezza. Si sarebbe fermato alla prossima area di servizio, avrebbe preso un caffè, avrebbe chiamato Tona. Perché no? Nel sesso ci sapeva fare, non era difficile capire che aveva molta esperienza. Sarebbe passato da Tarragona due giorni dopo, poteva fermarsi una notte. Gli piaceva avercela nel letto, vederla camminare nuda per la stanza, senza fretta, anche se faceva freddo. Ci volle un po' prima che rispondesse.

Lo accoglieva come se gli avesse parlato un minuto prima, era concisa, breve, asciutta.

– No, dopodomani non posso.

– Hai il turno di notte?

– No, no, non è per quello. Però non posso.

Di sicuro non gli avrebbe detto niente di più. Forse qualcuno poteva sentirla, il direttore, gli altri camerieri.

– Ti chiamo stasera a casa e mi spieghi?

Sentì una breve risata.
– No, Rafael, dopodomani non mi va bene.
Gli venne voglia di riattaccare, aspettò un attimo. Lei stava zitta. Sentiva in sottofondo i rumori del bar, voci indistinte.
– Bene, ci sentiamo.
Aspettò ancora, sperando che il suo brusco commiato le suscitasse qualche reazione.
– Ciao.
Tornò al camion camminando in fretta. Prese l'autostrada. Pioveva più forte. Non gli aveva detto di no perché qualcuno poteva ascoltarla, né perché l'aveva chiamata sul posto di lavoro. Semplicemente non le andava di dare spiegazioni, non aveva voglia di vederlo. Non si era mai mostrata ansiosa di riceverlo, e nemmeno era dispiaciuta quando andava via. Quando lui le telefonava, la sua voce non aveva nessuna sfumatura speciale, nemmeno di sorpresa. Forse aveva deciso di rompere. Non avevano mai parlato della forma che dovevano avere i loro incontri, sembrava che non ce ne fosse bisogno. Si accese una sigaretta. Era un pezzo di ghiaccio quella donna, ecco cos'era. Nessuna aveva mai deciso quando doveva finire, l'aveva sempre fatto lui. Anche se forse stava esagerando, e Tona aveva davvero un imprevisto, un impedimento qualunque, l'arrivo inaspettato di un parente, dei genitori. Non sapendo niente di lei, non poteva nemmeno fare delle congetture. Era ridicolo, andava benissimo che ciascuno facesse la sua vita, che non si stessero addosso. Non erano innamorati, e il loro rapporto non era niente di speciale; eppure, anche nelle amicizie più superficiali ciascuno sa qualcosa dell'altro, è indispensabile per poter parlare, per capirsi. La prossima volta glielo avrebbe detto, ammesso che ci fosse una pros-

sima volta. Aspirò una profonda boccata alla sigaretta. No, meglio non dirle niente, non era il caso di fare la predica a nessuno. Qualunque altra al suo posto sarebbe stata felice di uscire con lui. Lui la portava in bei posti, dove non avrebbe mai potuto mettere piede col suo stipendio da cameriera. Bastava che desse uno sguardo agli altri camionisti, o ai suoi colleghi dell'autogrill. Uomini male in arnese che era già tanto se si lavavano una volta alla settimana, uomini con lo stuzzicadenti in bocca, che fumavano sigari pestilenziali. Questo era il massimo a cui poteva aspirare, gli unici uomini che le capitava di incontrare tutti i giorni. Anche se magari aveva qualche amico in città. Un'auto che viaggiava nella direzione opposta lo abbagliò. Segnalò rabbiosamente di abbassare i fari. Imprecò sottovoce. Rallentò, accorgendosi che aveva esagerato con l'acceleratore. Si comportava come uno stupido. Da quando si preoccupava di cosa diavolo poteva fare una donna? Tutte le lamentele di Mercedes, di Adela, delle fidanzate che erano venute prima di Adela, erano riuscite soltanto a irritarlo. Non si era mai sentito a disagio. Doveva essere quella la prima volta? E perché? Se davvero si decideva a preoccuparsi delle donne, era meglio che cominciasse da Adela, o da sua moglie. Si sentì scoraggiato. No, con Mercedes era impossibile, con Mercedes era tutto finito. Se non avesse fatto il camionista, avrebbe già divorziato. Solo così poteva sopportarla, vedendola una volta al mese, forse anche meno. Troppi rimproveri silenziosi, troppa rabbia. I suoi occhi erano come punture velenose. Per fortuna aveva la pelle dura, lui, non sentiva più niente. Certe coppie sposate tornano ad avvicinarsi quando entrambi diventano vecchi, quando la rabbia si spegne e il sesso non conta più, quando la voglia di litigare passa e l'importante è curarsi l'un l'altra. Cercò una sigaretta nel pacchetto quasi vuoto, usando la mano sinistra. Aveva ancora Adela, dolce come un pasticcino. L'avrebbe chiamata non appena si fosse fermato a Valenza. L'ultima volta lei non aveva pianto, poteva essere l'inizio di un comportamento più saggio. Attaccò la ricetrasmittente, e pochi secondi dopo fu sorpreso dalla voce di Luis. Rispose.

– Sono ore che cerco di scovarti.

– Ero un po' fuori fase.

– In ditta mi hanno detto che domani sei a Saragozza.

– Sì, ma solo fino alle sei, appena ho caricato me ne vado.

– Allora mangiamo insieme, anch'io domani sono lì.

Parlare con Luis era bello, un amico è un amico. Certe volte aveva l'impressione che le storie di sesso non gli lasciassero il tempo per fare altre cose. Ci pensò su un attimo, c'erano davvero poche cose che valesse la pena di fare nella vita: il lavoro, il divertimento e il letto, nient'altro. Altri pensano che l'amicizia sia la cosa più bella, passano il tempo con gli amici e condividono con loro la noia, le ingiustizie del capo. Per cosa? Nessuna notte solitaria gli era parsa più breve grazie a un amico. Luis era un bravo ragazzo, ma in definitiva non era altro che un testimone della sua vita, sempre pronto a disapprovare. Parlare con lui significava ogni volta doversi sorbire una predica, la predica sui sindacati, la predica su Mercedes e le bambine. Non era mai stanco di volerlo redimere, pur sapendo che era inutile. Rafael si chiedeva come facesse Luis a sopportare la vita che faceva, un anno dopo l'altro, sempre gli stessi problemi, sempre la stessa donna, senza mai andare a puttane. Solo una volta l'aveva visto salire con una. Una notte d'inverno che faceva molto freddo. Si erano dati un appuntamento a metà strada in direzione di Salamanca. Scendevano fiocchi di neve grossi come batuffoli di cotone. Nel locale c'erano altri tre camionisti che bevevano whisky. Non c'erano stanze in nessun motel, l'unica cosa che potevano fare era passare la notte di sopra. Eppure Luis disse che sarebbe tornato in cabina. Le ragazze gli ridevano in faccia. Una di loro gli aveva messo gli occhi addosso e non lo lasciava in pace. Era piccola e grassottella, senza dubbio la più brutta. «Tutti sono già accoppiati» gli diceva, «con una notte così non viene più nessuno. Se non sali tu rimango da sola». Alla fine lui accettò, la ragazza gli buttò le braccia al collo, lo baciava. I colleghi ridevano, lui era imbarazzato. Sembrava che lo facesse per compassione, ma non era vero, gli piaceva. Gli piaceva quella tappetta con gli occhi dipinti di verde, l'aveva guardata da quando era entrato. E così era salito, e la mattina dopo, mentre facevano colazione, aveva tirato fuori la storia che la ragazza gli aveva fatto pena perché era l'unica che nessuno si filava. Allora Rafael l'aveva interrotto bruscamente. Tutti sanno perché si va con una puttana, e non è mai per compassione. Possono piacere delle puttane orribili, a volte, vecchie come otri di vino, o sporche, ma ci si va sempre perché se ne ha voglia, perché quel giorno si ha voglia della carne di una cicciona o delle rughe di una vecchia, e basta. Luis aveva continuato a lamentarsi, era pentito di aver tradito Emilia. «Sei senza palle» gli aveva detto Rafael, e lui aveva abbassato gli occhi.

Si incontrarono secondo gli accordi. Faceva freddo a Saragozza. Una bufera di vento spingeva la gente a rifugiarsi in casa, le vie erano quasi vuote. Lasciarono i camion al deposito e andarono a mangiare. Entrarono in un ristorante frequentato da camionisti e Rafael chiese alla padrona un tavolo per loro due soli, dove-

vano parlare di cose loro. Luis si mise a ridere, le cose di Rafael erano sempre storie di donne.
Gli disse subito di Tona. Questa volta era tutto diverso, era stata lei a cominciare, a portarselo a letto. Luis alzò le spalle, non vedeva cosa cambiasse. Rafael non riusciva a spiegarsi. La ragazza era carina, e a letto ci sapeva fare, ma era fredda. Luis lo guardò senza capire. Ciascuno aveva davanti a sé una scodella di brodo denso e profumato, in cui sciabordavano i cucchiai.
– Voglio dire che è fredda fuori dal letto. Non so, è come se non gliene fregasse niente se ci vediamo o no.
– Però ti chiama.
– No, sono io a chiamare lei.
– Ed esce sempre con te?
– Sì.
Luis non vedeva quale fosse il problema. L'aveva sentito inveire migliaia di volte contro le fidanzate appiccicose e possessive, che pretendevano troppe attenzioni. Se finalmente aveva trovato una divorziata che non voleva complicarsi la vita, poteva considerarsi fortunato. Rafael insisteva, non è facile avere a che fare con una donna che non dimostra nessun sentimento. In quel caso, preferiva le puttane. Se aveva delle fidanzate era per giocare un po', perché ci fosse qualcuno ad aspettarlo, per sentirsi dire qualcosa di carino. Luis scosse la testa, certe idee non se le sarebbe fatte. Rafael si indignò, il suo amico era identico alla sua nuova amante, un insensibile.
– Da quello che dici, deve avere dei brutti ricordi degli uomini.
– A maggior ragione dovrebbe emozionarsi trovandone uno che è meglio degli altri.
– Che faccia tosta.
Rafael rise senza convinzione.

– Hai lasciato la valenzana?
– Non mi decido.
– E così adesso ne hai tre.
– Perché, devo tenere il conto?
– Sarebbe ora che lasciassi perdere tutti questi casini e ti impegnassi sul serio con Mercedes, che cercassi di aggiustare le cose.
Rafael si vide come un ciabattino, impegnato ad aggiustare scarpe vecchie accatastate in un angolo. Neanche morto. Sarebbe stato da stupidi lasciarsi scappare un'opportunità come quella. Ma Luis, si rendeva conto? Riusciva a immaginare cosa si prova quando, sceso dal camion, prendi una stanza, ti fai una doccia, e trovi una donna ad aspettarti? Non aveva nessuna intenzione di rinunciare. Certo, Tona non era il tipo che scoppiava in lacrime, che lo perseguitava per telefono, quindi tanto meglio.
– Non c'è proprio niente da aggiustare. Va tutto benissimo così com'è.
– Allora non so di cosa ti preoccupi. Ti stai scopando una che ti piace. Tutto qui.
– Sì, solo che mi sa che è lei che si sta scopando me.
Luis scoppiò in una risata vuota. Era assurdo continuare quel discorso. Se non avesse conosciuto Mercedes, gli sarebbe piaciuto farsi raccontare tutta la storia, anche nei particolari. Ma la conosceva, ed era convinto che lei qualcosa sapesse, immaginasse o sospettasse. Se non diceva niente era perché voleva tenersi il marito, proteggere le figlie, è normale. Luis non aveva nessuna voglia di vedersi coinvolto se un giorno la situazione fosse esplosa. In quei casi era meglio non sapere, o sapere il meno possibile.

10

Sarebbe arrivato quella sera, finalmente. Era più di un mese che non lo vedeva. Un mese lento, arido, angoscioso come un'agonia. Le capitava di rimanere incantata con lo straccio in mano, lo sguardo perduto nel vuoto. Josefina gliel'aveva detto tante volte, non poteva essere sempre così distratta. Aveva lasciato aperto il rubinetto della doccia in una delle stanze, lei era riuscita ad arrivare appena in tempo perché non si allagasse tutto. Il giorno dopo aveva dimenticato di ritirare il carrello delle lenzuola nel magazzino. Era rimasto abbandonato nel bel mezzo del corridoio, finché non l'aveva trovato uno degli inservienti. Meno male che nessuno l'aveva saputo, altrimenti avrebbe potuto ricevere una lettera di ammonizione, e con più di due ammonizioni sarebbe stata buttata fuori. Aveva due profondi solchi neri sotto gli occhi. Se avesse dovuto lavorare a contatto col pubblico le avrebbero di sicuro chiesto se non si sentiva bene. Aveva sempre la faccia gonfia, l'espressione abbattuta, un aspetto malato e stanco. A lei non venivano chieste spiegazioni: per rifare i letti e passare l'aspirapolvere la bella presenza era accessoria. Molte cameriere apparivano giù di forma di tanto in tanto. A volte per questioni di salute, a volte per via di un neonato che non le lasciava dormire. E poi c'erano i problemi amorosi, coniugali. Litigavano con fidanzati e mariti, ma presto passava. Invece le occhiaie di Adela duravano molto più a lungo di quanto può durare un dispiacere momentaneo. I suoi occhi erano come velati, sembravano oggetti coperti di polvere. Dormiva pochissimo. Aveva esaurito le sue riserve di tranquillanti e non poteva procurarsi subito una nuova ricetta. Si sentiva esausta, niente la interessava. Ogni tanto, però, la passività spariva di colpo per lasciare il posto a un'agitazione dolorosa. Era convinta che quella volta non l'avrebbe più rivisto. Lottava con se stessa per non chiamarlo all'agenzia. Se l'era proposto con fermezza, non l'avrebbe fatto. Passava la maggior parte del tempo libero seduta vicino al telefono, ad aspettare che suonasse senza osare toccarlo. Era arrivata a odiare quel pezzo di plastica, muto. Lola cercava di riportarla a uno stato normale, ma aveva scarse attitudini psicologiche, e non sapeva far altro che insultare Rafael, accusarlo di mancanza di rispetto, di mancanza di cuore. Adela ascoltava quelle accuse senza battere ciglio. Anche se Rafael fosse stato un assassino, lei avrebbe voluto sentire comunque la sua voce al telefono. Non era disposta a essere ragionevole, e nemmeno a provarci. Il sabato e la domenica erano i giorni più dolorosi. Immaginava Rafael accanto alla moglie, nello stesso letto. Si figurava scene che aveva visto in televisione, coppie felici svegliate al mattino dalle risate dei bambini, giochi fra le lenzuola. Le ore si trascinavano. Non leggeva, non ascoltava musica, non accendeva il televisore. Era come se volesse sentire tutta la sua sofferenza, per avere qualcosa di concreto e tangibile a cui aggrapparsi. Lola poteva fare ben poco per lei. Le cucinava qualcosa, le ricordava che andando avanti così si sarebbe ammalata. Alla fine si diceva che Adela non era più una bambina, e la lasciava stare, stu-

pidamente seduta accanto al telefono. Adela aveva pensato di suicidarsi, ma quello che le veniva in mente non era il nulla, erano ancora una volta scene da film: prendeva una buona dose di sonniferi, lasciava una lettera a Rafael. Poi qualcuno la salvava, Lola, per esempio, che entrava nella sua stanza e la trovava sdraiata sul letto, magari con la camicia da notte più bella, esanime. Seguivano una serie di azioni concatenate: Rafael correva all'ospedale, un'infermiera lo portava fino al suo letto, lui le prendeva la mano e le parlava amorevolmente: «Perché l'hai fatto? D'ora in poi tutto sarà diverso». Si svegliava da quel sogno convinta che non era morire quello che voleva, ma averlo accanto a sé. Finalmente Rafael telefonò. Al primo squillo, Adela prese il ricevitore a due mani. Aveva aspettato così tanto di poter fare quel gesto, che le pareva di non esserne più capace. Fece tutto il contrario di quel che si era coscienziosamente preparata, non riuscì a stare calma e si mise a piangere. Sentì la voce dall'altra parte, sorpresa e spazientita.
– Si può sapere cosa ti succede?
Cercò di parlare, ma le sfuggivano singhiozzi e note false. Cercò di controllarsi, ma fu inutile, la voce non voleva saperne di uscire. Le lacrime le rotolavano giù a fiotti. Sulla massa informe dei sentimenti si stendeva ora un unico pensiero logico: non poteva continuare così. Non ce la faceva più. Nemmeno se lui le avesse promesso di andare a trovarla una volta al mese, o due, o tre, segnate in rosso sul calendario. Ormai niente sarebbe bastato a consolarla. Voleva lui, tutto intero, per sempre.
– Quando vieni?
– La settimana prossima.
Si fece silenzio. La voce di Rafael suonò dura:

– Anche se a quanto pare sarebbe meglio non venissi più.
– Mi hai presa in un brutto momento, tutto qui.
– E va bene. Vengo martedì sera, alla solita ora.
Aveva un tono così distante che Adela temette non venisse più. Dopo aver riattaccato continuò a piangere ancora un po' finché non riuscì a calmarsi. Questa volta non sarebbe corsa dal parrucchiere per rimettersi in ordine. Era troppo sconfortata. Si alzò e andò a riempire la vasca da bagno. Si spogliò ed entrò nell'acqua. Appoggiò i piedi contro il muro e si guardò le gambe, che emergevano alla superficie. Aveva dei bei piedi, non erano stati rovinati dalle scarpe o dal lavoro. Pensò alla prima volta che aveva visto Rafael. Si disse che forse, se non avesse conosciuto lui, ora uscirebbe con un ragazzo qualunque, un cuoco, un imbianchino. Pensò che a quel ragazzo sarebbero piaciuti i suoi piedi piccoli e curati. Allora si mise a piangere di nuovo e le sue lacrime caddero sulla schiuma facendo un rumore come di carta crespa.

Mentre aspettava che il benzinaio riempisse il serbatoio, alzò gli occhi e lo vide. Era un enorme cartello che pubblicizzava un dopobarba. Vi campeggiava la fotografia di un uomo giovane, biondo, che con una mano teneva il flacone, e con l'altra reggeva a malapena un asciugamano. Era quasi nudo: qualche millimetro in meno di stoffa e il sesso sarebbe rimasto allo scoperto. Si fermò a guardarlo, sorpreso. Il benzinaio attaccò discorso:
– Ha visto? Adesso sono gli uomini che si vedono nudi dappertutto.
Rafael fece di sì col mento, senza rispondere.
– Alle donne piacciono così, profumati dalla testa ai piedi.

Rafael pagò e salì in cabina. Forse quella testa di cavolo aveva ragione, adesso piacevano non solo pieni di soldi, ma anche vestiti di roba firmata e profumati come puttane. Lui se ne fregava, non aveva nessuna intenzione di curarsi più di quanto non facesse di solito. A una donna basta uno sguardo per distinguere un vincente da un perdente, non c'è bisogno di coprirsi di schifezze. Eppure, non era la prima volta che vedeva pubblicità di quel tipo: ragazzi sorridenti e leccati che sembravano offrirsi alle donne. Pensò che se uno sa cosa vuole non ha bisogno di mettere in mostra la sua merce come un venditore al mercato. Una volta aveva visto in un documentario degli arabi che si facevano lavare da altri uomini nei bagni turchi, e poi si facevano ungere tutto il corpo con certi oli aromatici. Magari era questo che voleva Tona, un corpo profumato. Ormai si erano visti parecchie volte, ma lei era sempre strana, con un sorrisetto all'angolo della bocca, che non si capiva se fosse di divertimento o di scherno. Non gli aveva ancora proposto di andare da lei. A un certo punto si era convinto che fosse sposata, che si incontrasse con lui di nascosto, e che la storia del divorzio fosse tutta una balla. Eppure, quando le telefonava, rispondeva sempre lei. Non raccontava mai niente di sé, e sembrava non importargliene molto di quel che faceva lui, della sua vita di camionista, come se la conoscesse da sempre. Forse era la moglie di un collega, pensò sorridendo. Sarebbe stato un bel caso. Un camionista che consola la moglie di un collega mentre quello magari si consola da un'altra parte. Rimase pensieroso, a guardare le strisce bianche della carreggiata come se stesse parlando con loro. Magari anche Mercedes si consolava. Gli era difficile considerare quella possibilità. Non gli pareva probabile, Mercedes passava la vita chiusa in casa, sempre dietro alle bambine. E poi, a lei non sarebbe venuto nemmeno in mente di tradirlo, le piaceva troppo la comodità per prendersi un amante, era troppo orgogliosa. Non avrebbe mai permesso che un uomo mandasse all'aria la sua vita. Non era abbastanza generosa da condividere con qualcuno il tempo o il letto, per sorridergli e aspettare che arrivasse. Mercedes no, era asciutta e arida come l'asfalto. Per queste cose ci voleva un altro tipo di donna. Nemmeno Tona era l'amante che lui avrebbe scelto a occhi chiusi. Troppi sorrisi ambigui tra le parole, troppi misteri. Eppure, a letto era unica, esperta come un pilota con molte ore di volo, capace di tirare fuori cose che erano nuove perfino a lui. Era sicuro di essere il suo amante numero cento, numero mille. Chissà quanti uomini aveva fermato vicino a una macchina o a un camion per chiedere come si chiamavano. Non gli piaceva affatto essere uno in più sulla lista. Lei era capacissima di dividere il suo tempo fra lui e qualcun altro, fra lui e diversi altri. Cosa ne sapeva lui della sua vita o di quello che faceva? Sapeva solo che passava otto ore al giorno all'autogrill, poco altro. Poi spariva dietro un numero di telefono. Se non fosse stato così legato al camion, forse avrebbe potuto tentare qualche manovra per saperne di più. Di colpo gli sembrava importante capire se mentiva sulle poche cose che gli aveva detto. Ma non aveva modo di indagare sulla sua vita. Avrebbe potuto seguirla quando usciva dall'albergo, ma come fare senza che lei se ne accorgesse? E non poteva certo parlare con i suoi colleghi di lavoro all'autogrill. Far coincidere il giorno libero di Tona con uno dei suoi passaggi su quel tratto di autostrada era praticamente impossibile, solo un caso avrebbe potuto portarlo lì nel momento giusto. Si

sentì legato al volante. I suoi viaggi gli sembravano catene che gli impedivano di muoversi liberamente come facevano tutti. Era la prima volta che aveva una sensazione simile. Si infuriò con se stesso. Non era il caso di interessarsi tanto a quella donna, ma nemmeno poteva negare quel che sentiva. Era riuscita a incuriosirlo con quel suo atteggiamento, nient'altro. Però lui non aveva nessuna intenzione di farsi fregare, quindi se usciva con qualcun altro, voleva saperlo, non era chiedere troppo. Certo, non aveva il diritto di fare domande. Andare a letto con qualcuno non autorizza a niente. Si ricordava di tutte le volte che l'aveva detto. Eppure, quelle affermazioni così logiche, adesso gli parevano senza senso. Lui le aveva parlato in modo abbastanza particolareggiato della sua vita, un gioco alla pari avrebbe richiesto che Tona facesse lo stesso. Mettere in chiaro le cose, sapere con chi si fa sesso. Glielo avrebbe detto così, almeno questo doveva capirlo.
Gli toccò aspettare tre settimane per poterle esporre le sue considerazioni. Tre settimane per avere l'occasione di fare tappa a Tarragona. Tre settimane a pensare e ripensare sempre la stessa storia. Giocare alla pari. Nel frattempo non andò da Adela. L'idea di passare una notte con lei gli era intollerabile. Non aveva nessuna voglia di toccarla, per non parlare dei suoi pianti. Non le telefonò nemmeno per annullare l'appuntamento. Forse questo sarebbe stato inteso per quello che era, un addio. Gli sembrava ridicolo portare avanti un rapporto di quel tipo. All'inizio aveva pensato di poterla vedere periodicamente, in modo da poter godere delle sue dimostrazioni d'affetto ancora per un po'. Poi si era reso conto che tutto quell'affetto gli dava fastidio e basta. Non aveva nessun bisogno di sapere che

Adela lo amava, ormai non era una dimostrazione di un bel niente. Aveva promesso che sarebbe cambiata, che non ci sarebbero più state lacrime né recriminazioni, ma non era la prima volta che faceva promesse e poi tutto ricominciava come prima. Non valeva la pena di continuare. Non capiva nemmeno perché avesse tirato tanto in lungo quella storia. Certo, era una ragazza fantastica. Era stata la più premurosa delle sue fidanzate, e forse quella che l'aveva amato di più, eppure doveva capirlo anche lei che le cose prima o poi finiscono, e che adesso erano finite.

Andò all'appuntamento con Tona deciso a chiederle di parlare chiaro una volta per tutte. Aspettandola, al solito bar, si sentiva combattivo e pieno di giusta indignazione. Lei arrivò con dieci minuti di ritardo. Faceva sempre così, arrivava in ritardo e rimaneva lì a guardarlo con quel suo sorriso enigmatico, senza scomporsi né chiedere scusa. Quella sera aveva ancora addosso l'uniforme dell'autogrill. A lui diede fastidio. Una donna non può andare a un appuntamento vestita da lavoro, anzi, nessuno dovrebbe farlo. Lei non disse niente del motivo per cui si presentava conciata così. Si sedette su uno sgabello accanto a lui e ordinò un bicchiere di vino bianco. Era carina, malgrado tutto. Lui aveva deciso di mostrarsi seccato fin dall'inizio, costringendola a fargli delle domande, questo gli avrebbe dato la possibilità di passare alle sue rimostranze. Ma Tona non fece nessuna domanda. Lo guardò senza troppo interesse, capì che non aveva tanta voglia di parlare e si mise a bere in silenzio, tamburellando con le dita a ritmo di musica. Quando i loro sguardi si incontravano, sorrideva soddisfatta, come se fossero nel bel mezzo di una piacevole conversazione. Rafael si spazientì, non era mai stato trattato in quel modo. Al

momento di ordinare una seconda consumazione, si voltò verso di lei.
– Non hai avuto tempo di cambiarti?
– Lo vedi, no?
– Magari vorrai passare da casa prima di andare a cena.
Lei si mise a ridere, guardandolo come se fosse un ragazzino capriccioso.
– Perché? Ti imbarazza se vengo così?
Lui dovette fare uno sforzo per controllarsi. Non era un uomo permaloso, ma gli parve di essere preso apertamente per il culo. Si girò sullo sgabello, si piantò di faccia a lei.
– C'è qualche mistero in casa tua, qualcosa che non devo vedere?
Tona scoppiò in una risata stupita.
– È questo che ti sei messo in testa, vuoi vedere casa mia?
Lui cercò di negare, certo che non gliene importava niente, ma doveva rendersi conto che... Lei non lo lasciò finire, chiese il conto e si preparò a uscire. Rideva, divertita da quello che le sembrava un capriccio.
– Ma certo che puoi venire a casa mia! Nessun problema! Andiamo, non abito mica lontano.
Partirono senza parlare. Tona camminava in fretta, ogni tanto lo superava di qualche passo, poi si voltava a guardarlo con scherno. Rafael non riusciva a liberarsi dalla spiacevole sensazione di essersi comportato in modo infantile. Mentre camminavano ebbe modo di riflettere. Non era colpa sua. Non capiva cosa ci fosse di tanto divertente nel fatto che lui volesse vedere dove abitava. Di sicuro lei aveva frainteso. Non si trattava di vedere casa sua, né di scoprire se nascondesse qualcosa, ma di tutto un atteggiamento. Lei, però, era così poco interessata da non capire. Si inoltrarono

nel centro storico, infilarono una serie di vicoli, e finalmente Tona si fermò davanti a una vecchia casa a tre piani.
– Io sto all'ultimo – disse.
Lo precedette lungo una scala buia che sapeva di umidità. Rafael arrivò a pensare che non avesse voluto portarlo lì perché si vergognava. Ma lei non fece nessun commento, né cercò di scusarsi per le condizioni dello stabile. Al terzo piano infilò la chiave nella serratura ed entrò davanti a lui. L'appartamento era piccolo, ma le pareti erano state ridipinte di bianco e l'insieme non era triste. Era arredato con mobili di abete, e in posizione privilegiata c'era un grande divano viola, smisurato rispetto alle dimensioni della stanza. Tutto appariva pulito e ordinato, senza quadri né soprammobili. Lei si tolse il cappotto, lo appese nell'ingresso e spalancò le braccia.
– Ecco la casa dei misteri. Adesso ti faccio vedere il resto.
Lo guidò in un breve corridoio e aprì le porte della camera da letto e del bagno. Tutto aveva lo stesso aspetto immacolato e nudo. Non c'erano bambole come nella stanza di Adela, né allegre trapunte o paralumi infiocchettati.
– Lì dietro c'è la cucina, e nell'angolo uno sgabuzzino dove tengo le scope. Questo è tutto.
Lui rimase lì a guardare immusonito.
Lei intrecciò le mani dietro la schiena e gli parlò con la voce più dolce del mondo, sorridendo:
– Ti assicuro che non ho nessuno nascosto sotto il letto, ma se vuoi, puoi guardare.
Lui mollò un violento colpo sullo schienale del divano.
Vaffanculo!
Tona si irrigidì come un animale minacciato con un bastone, alzò la voce:

– In casa mia non mandi affanculo nessuno, Rafael. Se sei di cattivo umore, te ne puoi andare.
Rimasero per un attimo l'uno davanti all'altra, a sfidarsi con lo sguardo. Poi Rafael abbassò gli occhi, si girò e infilò la porta. Scese molto rapidamente i primi gradini, gonfio di rabbia. Poi rallentò il passo. Arrivato al pianerottolo, si fermò. Si sedette. Non era mai stato bravo a esprimere con le parole quel che sentiva. Non gli era quasi mai capitato di doverlo fare. Ma quella volta era diverso. Quella donna non trovava normali cose che invece erano normalissime, e lui non aveva fatto altro che alzare la voce. Ma da qualche parte nella sua mente qualcosa gli diceva che non è così che si fa. La gente si sforza di comunicare quello che sente. Quello che chiedeva non era poi niente di vergognoso. Voleva soltanto che si trattassero tutti e due come esseri umani, sapere qualcosa di lei, come minimo se andava a letto con qualcun altro. Gli amanti devono essere informati su certe cose, è una norma di civiltà. Pensò che doveva tornare su, suonare il campanello e cercare di tradurre in parole tutte quelle sensazioni. Forse lei non stava cercando di prenderlo in giro, forse non capiva le sue esigenze, abituata com'era a vivere per conto suo. Tornò su. Sentì che a ogni gradino i suoi propositi venivano meno. Quando suonò il campanello, un'ondata di sangue gli salì al volto. Tona si era cambiata, si era infilata il cappotto. Non apparve sorpresa, rimase seria.
– Stavi uscendo?
– Sì.
– Volevo chiederti scusa per prima.
– Non importa.
Abbandonò la decisione che l'aveva accompagnato un momento prima, l'intima comprensione del proble-

ma. Era impensabile che fosse lui a mendicare il perdono sulla porta di una donna.
– Potremmo andare a cena lo stesso. Ricominciare la serata con un altro umore.
Lei rovesciò gli occhi al cielo, tese le labbra. Infine parlò a bassa voce:
– E va bene.
In pizzeria mangiarono in silenzio per un bel pezzo. Alla fine fu lui a decidersi a parlare, infastidito all'idea di dover prendere l'iniziativa.
– Non pretendo di farmi gli affari tuoi, ma tu sai tutto di me, che sono sposato, che ho due figlie. Io di te non so niente. Voglio solo che mi racconti qualcosa.
– Ti ho già detto che sono divorziata, che ho lavorato in tanti posti.
– Mi piacerebbe che ogni tanto entrassi nei particolari, solo per sapere, questo non cambierebbe niente fra noi.
Lei ricominciò a sorridere, questa volta in modo impersonale.
– Poi ti racconto – disse.
A Rafael la promessa parve un buon inizio. Era riuscito a farsi capire. Lei gli avrebbe parlato. E forse non l'avrebbe più vista così distaccata e lontana, forse gli sarebbe passata quella sensazione di essere continuamente preso in giro. L'atmosfera della cena cambiò. Si raccontarono qualche barzelletta e risero. Lui le dimostrò che poteva essere franco e simpatico, ricordò aneddoti dei suoi viaggi, quella volta che aveva sbagliato stanza in un albergo e trovato due vecchi a letto, la vecchia che chiedeva aiuto con una camicia da notte da morir dal ridere e il marito che lo minacciava alzando i pugni. Lei sembrava apprezzare i suoi racconti, si divertiva, chiedeva particolari e accoglieva con scoppi di risa i passaggi salienti.

Dopo cena andarono all'albergo dove era alloggiato Rafael. Non venne presa in considerazione nessun'altra possibilità. Fecero l'amore sul pavimento, a lei piaceva, e poi anche sul letto. Fumarono, e smisero per un po' di parlare. Tona andò a fare la doccia. Tornò avvolta in un asciugamano troppo piccolo per coprirla completamente e si sedette ai piedi del letto, a guardarlo.
– Tu lo sai di essere un bell'uomo, di avere un bel corpo, vero?
Lui si mise a ridere, fece qualche mossetta. Risero tutti e due. Tona chiese una sigaretta. Lui gliela accese e gliela mise in bocca.
– Ti ho detto che mio marito era uno stronzo, no?
Lui annuì, imbarazzato. Capiva che stavano arrivando le confidenze promesse.
– Be', non è vero.
Tacque. Rafael rimase ad aspettare, non sapendo se dovesse dire qualcosa. Lei lo fissava. Sembrava a suo agio, come se la situazione cominciasse a divertirla.
– La stronza sono io.
Rise a bassa voce. Rafael stava per arrabbiarsi di nuovo, gli pareva che stesse prendendo tutto quanto come una commedia.
– L'ho lasciato io. Ho lasciato anche mio figlio, aveva due anni, allora.
Lui aggrottò la fronte. Gli sembrò che fosse giusto assumere un'espressione seria, come sperava che si decidesse a fare anche lei. Ma Tona non modificò il suo sorriso asettico.
– Faceva il meccanico. Passava nove o dieci ore in officina e tornava a casa con la tuta piena di grasso. Ci metteva più di un'ora a lavarsi. Doveva spalmarsi di un olio speciale che scioglieva le macchie. Si strofinava le

mani con lo spazzolino, ma gli rimanevano sempre dei cerchi neri intorno alle unghie.

Fece una pausa, buttò da parte l'asciugamano e rimase nuda davanti a lui. Raccolse le gambe al petto.

– Non era molto divertente.

Lei passava il tempo tappata in casa. Non le andava di chiacchierare con le vicine, non aveva amiche. Stavano in un appartamento piccolissimo, quindi finiva le pulizie in quattro e quattr'otto, poi accendeva il televisore. Le immagini le mostravano altre donne che facevano i lavori di casa, oppure attrici bellissime ed elegantissime. Non era molto incoraggiante. Suo marito era tranquillo, non aveva particolari esigenze. La sera raccontava le poche cose che succedevano all'officina. La domenica andavano a pranzo fuori. Lei non si era aspettata molto dalla vita, ma nemmeno si era immaginata che potesse offrirle così poco. Quand'era ragazza sentiva spesso dire alle sue colleghe che sposarsi significava cambiare status, condizione, sembrava una cosa desiderabile. Nessuna diceva mai cosa poteva succedere dopo. Si dava per scontato che di lì in poi una donna fosse occupata tutto il tempo. Prima si arredava la casa, si sceglievano i mobili, la lavatrice, il frigo. Poi bisognava imparare a essere organizzate e a preparare i pasti a ore fisse. C'era da pulire e fare la spesa. Poi venivano i bambini. I bambini erano l'occupazione definitiva. Sentendo parlare le altre si aveva la sensazione che una donna sposata avesse a malapena il tempo di fare tutto. Ma per lei era diverso. Le sembrava che la metà delle sue ore fossero tempi morti. All'inizio lei e suo marito facevano l'amore tutti i giorni, poi i loro rapporti si erano diradati fino a rimanere confinati al fine settimana. Lui era di buon carattere e un gran lavoratore. A

questo punto Tona interruppe il racconto, sorrise, prese il lenzuolo sgualcito, ne fece una specie di tunica e tornò a sedersi.
– Come vedi ti sto raccontando più o meno quel che succede a tutti quanti.
– Molte donne sono contente così, non hanno bisogno d'altro.
– Lo so.
– E tu cosa volevi?
Lei non rispose. Lui chiese ancora:
– Più soldi? Più sesso?
Tona si premette gli occhi con le mani in un gesto di stanchezza.
– Dopo due anni arrivò il bambino.
Di colpo gettò via il lenzuolo e cominciò a cercare i vestiti.
– Be', puoi benissimo immaginarti il resto.
Lui vide con allarme che cominciava a vestirsi. Si tirò su.
– È appunto il resto della storia che non riesco a immaginare.
Lei lasciò cadere le braccia lungo il corpo, come se fossero pesantissime. Prese un tono cantilenante.
– Semplice: mi sono stancata di marito, casa e bambino, ho piantato lì tutto e sono scappata con un altro.
Rafael smise di fingere indifferenza.
– Con chi?
– Col ragazzo che faceva le consegne del supermercato.
Lui parve non capire.
– Come?
Lei si mostrò esasperata, lasciò cadere a terra il reggiseno.
– Non hai capito? Sono scappata con un ragazzo di diciannove anni!
– E dove?

Lei rise di nuovo. Tacque. Ricominciò a parlare giudiziosamente, seduta sul bordo del letto.
– Dove credi che potessi andare? Ero senza un soldo, senza una casa. Ce ne siamo andati che era agosto, e a settembre ho parlato con mio marito. Mi ha detto che mi avrebbe dato metà di quel che c'era in banca e una valigia con tutte le mie cose. Mi ha anche detto che era disposto a dimenticare tutto se decidevo di tornare.
– Ma tu non ne hai voluto sapere.
– Non volevo tornare alla stessa storia.
– E il ragazzo del supermercato?
– È rimasto al supermercato.
Cominciò a mettersi i collant. C'erano tante cose che Rafael voleva chiederle, ma non sapeva come. Ci provò:
– Ti ha lasciata lui?
Tona si spazientì, si alzò in piedi.
– Ma tu credi davvero che me ne fossi andata per quel ragazzino? L'unica cosa che volevo era togliermi di casa.
– E non lo vedi mai tuo figlio?
Lei rispose aggressiva:
– Tu le vedi così tanto le tue figlie?
Lui si alzò. Non era abituato a fare gesti affettuosi. Aveva la sensazione che lei potesse mettersi a piangere, si preparò a consolarla, magari accarezzandole la testa. Ma era tranquilla. I suoi gesti nel vestirsi diventarono precisi, rapidi.
– Ho passato degli anni di merda.
– Me lo immagino.
– Ho vissuto in posti dove nemmeno gli scarafaggi volevano stare.
– Però adesso ti sei sistemata bene.
Lei annuì distrattamente. Era vestita.
– Stasera ti accompagno a casa.

Presero un taxi. Quando stavano per arrivare, lui le chiese:
– Vai a letto con altri oltre che con me?
Lei lo guardò nel buio, sorrise come faceva sempre, senza nessuna espressione speciale.
– È stata una sciocchezza accompagnarmi. Adesso ti tocca ritornare in taxi.
– Non vuoi rispondere?
Lei abbassò la voce.
– Il tassista potrebbe sentirci.
– Scendo con te e me lo dici.
– Sei matto?
Aprì la portiera, erano arrivati. Si affrettò a saltare giù dalla macchina e lo salutò con la mano.

11

Mai una volta che fossero precisi quando gli passavano i messaggi delle telefonate. Se fosse stato un altro non l'avrebbero nemmeno avvertito. Ma con lui c'era una certa condiscendenza maliziosa. Erano sempre storie di donne. Lo avvertivano se chiamava una donna. Stavolta l'impiegato non si ricordava nemmeno il nome che aveva lasciato. Gli strizzò l'occhio. Rafael pensò a Tona, magari aveva infranto la regola di non telefonare mai. Se ne rallegrò. Dopo un attimo si ricordò che forse non le aveva lasciato il numero della ditta. Doveva essere Adela, che protestava perché non era andato a trovarla. La solita storia. Aveva deciso di non dirle niente, prima o poi l'avrebbe capito che era finita. E forse allora avrebbe smesso di fare drammi. Quante volte si erano visti? Al massimo una trentina. E cosa sono trenta serate con uno, trenta volte a fare sesso insieme? Niente che si possa considerare solido o definitivo. E poi, lui era un uomo sposato, un camionista che si ferma una notte e poi sparisce. Pensò che certe donne si ostinano a creare quadretti d'amore e continuità dove non c'è proprio niente. Ma cosa pretendeva, Adela? Si era messa in testa quelle assurde idee di divorzio, quando a lui non era mai venuto in mente di diventare di nuovo un marito, un marito con moglie ed ex moglie. I camionisti non hanno

nessun bisogno del divorzio, anche se ne conosceva certi che avevano divorziato. Uomini amareggiati, costretti a passare gli alimenti alle loro ex, quasi sempre soli, che si accontentavano di portarsi a letto di tanto in tanto una ragazzina. Roba da matti. Si immaginava lunghi fine settimana con Adela, che avrebbe ricominciato a piagnucolare per qualche altro motivo. Solo a immaginare di fare dei figli con lei, di comprare una casa insieme, si sentiva invadere da un'ondata di furia. Se l'avesse avuta davanti l'avrebbe presa a schiaffi. Nessuno poteva pretendere niente da lui. L'impiegato lo chiamò di nuovo, c'era al telefono la donna di prima. Afferrò il ricevitore stringendo forte le mandibole. Ci mise un po' a capire chi fosse quella Josefina. E ci mise ancora di più a capire cosa stesse dicendo: Adela aveva cercato di suicidarsi. Chiuse gli occhi. Ci mancava ancora questa, stupida che non era altro. Di colpo si spaventò, si sentì in pericolo. Cercò di non farlo trasparire dalla voce. Era in ospedale, non le era successo niente. Le avevano fatto una lavanda gastrica. Aveva preso un sacco di pillole, forse non abbastanza da ammazzarsi, ma comunque tante. Uno psichiatra la teneva sotto osservazione, di sicuro l'avrebbero dimessa presto. Lui rispondeva a monosillabi del tutto privi di emozione. Era difficile trovare qualcosa da dire. Ma la voce di Josefina aspettava una risposta.
– Passerà il fine settimana a casa, con la sua coinquilina.
– Bene.
– Non potresti venire?
– Impossibile, ho appena chiamato mia moglie per dirle che vado a casa. Ci rimarrò fino a domenica sera. Di' ad Adela che le telefono appena posso.
Riattaccò in fretta. L'impiegato sorrideva. Fece una

battuta cretina. Lui si allontanò senza rispondere. Non capiva cosa si aspettassero da lui. Di sicuro Adela l'aveva fatto per costringerlo a precipitarsi fra le sue braccia. Adesso le sue amiche dovevano essere tutte intorno a lei, a farle coraggio, a dargli dello stronzo. Finalmente aveva avuto il coraggio di far scoppiare un bel casino. Per suicidarsi ci vuole molto coraggio, o molta disperazione, aveva sentito dire, o forse lo intuiva da sé. Eppure, se non era così grave, voleva dire che non ci aveva provato sul serio, o che aveva calcolato male il numero delle pastiglie. Si incamminò verso casa. Ma perché quella Josefina aveva telefonato? Era così chiaro che Adela aveva cercato di uccidersi per lui? Forse gliel'aveva detto lei quando aveva ripreso conoscenza. In fondo devono esserci un sacco di motivi per cui una decide di suicidarsi. Non era certo bello per una cameriera vedersi continuamente intorno i lussi dei clienti d'albergo. Dover piegare pigiami buttati per terra, raccogliere i resti delle loro gozzoviglie. E quella stramaledetta mania sua, di immaginarsi continuamente la vita degli ospiti a partire dai particolari più insignificanti. Lei era senza un soldo, aveva uno stipendio modesto, aveva delle spese. Una donna può anche uscire di testa per una cosa simile. Lui sapeva che la questione economica non era del tutto estranea alle sue insistenze perché divorziasse. Una volta sposata con un camionista, la sua vita sarebbe stata ben diversa, non avrebbe più dovuto pulire stanze d'albergo, avrebbe potuto andare al ristorante e comprarsi dei vestiti, abitare in un appartamento più grande, pieno di bei mobili. Lui, però, non le aveva dato la minima speranza, neppure una parola sul futuro. Non era mica matto. Comunque lei si era confezionata la sua piccola storia, la sua fantasia privata, ed era arrivata a quel punto: buttar giù delle pastiglie probabilmente con l'aiuto dell'alcol. E adesso si aspettava un finale da romanzo, che lui corresse all'ospedale piantando sua moglie e le dicesse: «Perché l'hai fatto, amore mio?». Lungo la strada si ricordò di un bar dove a volte si era fermato a prendere una birra. Era a due isolati da lì. Entrò, non se la sentiva di andare subito a casa, doveva riordinare le idee, vedere le cose più chiaramente. Una barista grassa gli mise davanti un boccale traboccante spuma, poi asciugò il liquido versato con uno straccio. Rimase lì a guardarlo seccata, gli chiese se volesse da mangiare. Lui fece di no con la testa. Stavolta le cose si erano complicate davvero troppo. Quella storia rischiava di limitare la sua libertà tanto quanto una vita di soffocante routine. Certo, è inevitabile che ogni tanto qualcosa vada storto: una gomma si buca, il motore si guasta. Bisogna sostituire il pezzo e andare avanti. Non è piacevole, ma è assurdo farne un dramma. Fra qualche giorno sarebbe andato a trovarla, quando le fosse passato lo shock e fosse stata abbastanza serena e ragionevole da rendersi conto della sciocchezza che aveva fatto. Forse sarebbe stato il momento giusto per farla riflettere. Le avrebbe detto che la loro storia era impossibile. E poi le avrebbe detto che il tempo passato insieme era stato meraviglioso. Le avrebbe consigliato di trovarsi un bravo ragazzo, libero. Lui, lei lo sapeva bene, sarebbe stato sempre sulla strada, inaffidabile, oggi qui, domani là. Anzi, no, non le avrebbe detto nessuna di queste stupidaggini, era abbastanza grande da capire che cosa doveva fare. E poi, una donna che tenta il suicidio può essere pericolosa, può essere capace di qualunque pazzia. La cosa più prudente era telefonarle, essere secco e freddo. O forse era meglio non dare più

segni di vita, lasciare che le cose morissero da sé. Pagò, di pessimo umore.
Arrivato a casa, vide da lontano le bambine nel giardinetto, che giocavano con altri bambini. Erano sempre in giro, da sole, mentre la loro madre perdeva tempo con quella maledetta Pili, o con qualche altra vicina stupida e nullafacente. Odiò le donne, tutte quante, incapaci di organizzarsi una vita decente. Odiò anche Tona che di sicuro approfittava delle ore libere con le gambe ben aperte sotto chissà chi.
Mercedes stava preparando il pranzo. La trovò bella, con le guance rosse e i bottoni della camicetta slacciati. Non fu sorpresa di vederlo, non lo era mai.
– Perché non hai avvertito che venivi?
– Me ne sono dimenticato.
– Be', stavo per buttare giù il riso, ne metto un po' di più.
– Ho visto le bambine di sotto.
La prese per la vita, sentiva il bisogno di gesti familiari, affettuosi. Era sempre importante essere ben ricevuti, ma quel giorno voleva che nel suo specchio si riflettesse una realtà serena, di padre di famiglia normale e premuroso.
– Non mi dici come va?
Lei si stupì del suo tono tenero e conciliante. Di solito quando arrivava a casa si mostrava stanco, si preoccupava solo di mettersi a suo agio, faceva una doccia o mangiava qualcosa. Gli sorrise con indifferenza. Andava tutto bene. Le bambine non avevano problemi a scuola e di salute stavano bene. Cos'altro poteva rispondergli? Erano poche le cose che condividevano oltre alle figlie. Eppure sembrava che lui si aspettasse qualcosa di più, non se ne andava, continuava a guardarla.
– Si è rotto il televisore. Ho chiamato il tecnico. Puoi immaginarti quanto mi è costato.

– Ti servono dei soldi?
– No.
– Hai comprato qualcosa di vestiario?
– Giovedì ho preso dei maglioncini per le bambine.
– Sai che mi piace che tu vada in giro ben vestita.
Era sconcertata. Da molto tempo non dimostrava più nessun interesse per i suoi vestiti o i suoi acquisti. Da molto tempo, in realtà, non le faceva domande. Nemmeno lei gli diceva niente, e lui certo non si accorgeva se c'era un nuovo mazzo di fiori secchi in un vaso o se aveva cambiato le tende.
– Sai che voglio che ti compri delle cose.
Si ricordò che era uscita con Pili, che avevano fatto un giro nei grandi magazzini. Pili aveva trovato una camicetta grigia molto elegante e aveva insistito perché lei la provasse. Alla fine l'aveva comprata. Si avviò senza convinzione verso l'armadio della camera da letto, tirò fuori la camicetta nuova, la mostrò a Rafael. Vide che lui guardava senza attenzione. Si sentì stupida. La rimise nell'armadio in silenzio. Tornò in cucina.
Mangiarono tutti e quattro insieme al tavolo del soggiorno. Di solito a Rafael dava molto fastidio il comportamento delle bambine. Parlavano di continuo e facevano rumore con le posate. Spesso le sgridava perché mangiavano con le mani o masticavano con la bocca aperta. Pensava che era perfettamente inutile mandarle a una scuola privata. Guardava Mercedes con riprovazione. Era suo dovere educare le bambine, nessuno meglio di una madre può insegnare le buone maniere. Lo mandava in bestia pensare che le sue figlie fossero più maleducate di tutte le loro compagne. Eppure, quel giorno non cercò di correggerle. Silvia si ostinava a volergli raccontare un film e si interrompeva ogni mo-

mento per chiedergli se aveva capito. Lui rispondeva meccanicamente. Non riusciva a togliersi dalla testa quella stupida storia. Un tentativo di suicidio coi tranquillanti. Voleva saperne di più. Chi l'aveva trovata? E come? Era assolutamente necessario far capire ad Adela che non si sarebbero mai più rivisti. L'unico modo era spiegarglielo. Sparire non sarebbe servito a niente. Lei o una delle sue amiche l'avrebbero perseguitato finché non fosse comparso. Per loro era un mostro, l'aveva quasi ammazzata. Gli parve tutto così stupido, e terribilmente allarmante. Dopo la sorpresa, la curiosità lo attanagliava. Aveva lasciato un biglietto spiegando i motivi del suo gesto? Uscì dalle sue elucubrazioni. Raquel aveva rovesciato un bicchier d'acqua sulla tovaglia, bagnandogli la camicia. Mercedes cercava di rimediare al guaio. Lo guardava aspettandosi uno scoppio d'ira, ma lui non disse niente. Si alzò per cambiarsi.

Il pomeriggio fu interminabile. Seduto davanti al televisore, si sforzò di seguire le evoluzioni di un gladiatore tutto muscoli che si ribellava ai romani. Ma non era facile concentrarsi sul film. L'immagine di Adela svenuta occupava i suoi pensieri e lo distraeva. Mai prima di allora una donna aveva tentato di uccidersi per lui. La cosa poteva anche essere considerata emozionante, se non gli fosse parsa così minacciosa. Di sicuro Adela l'aveva amato molto, ma lui, anche se fosse stato libero, non l'avrebbe mai scelta come moglie. Potendo, avrebbe pensato a una donna elegante, fine, una donna che sapesse dare ai suoi figli un'educazione signorile. Non sapeva esattamente come, forse insegnandogli a suonare il pianoforte. Certo non lasciandoli mangiare con le mani e gridare come ossessi. Lui non poteva occuparsi di queste cose, non poteva occuparsi di niente che non fosse la sua vita e il suo camion. Per questo Adela non aveva il minimo diritto di intralciare il suo cammino. Non aveva mai permesso a nessuno di farlo, perché doveva permetterlo a lei? Con i suoi tentativi di suicidio e le sue scene madri non sarebbe certo riuscita a commuoverlo. Avrebbe degnato quel dramma ridicolo dell'attenzione appena sufficiente per soddisfare la propria curiosità, e per dirle addio per sempre. Doveva chiamarla, farsi spiegare una volta per tutte cos'era successo. Ci sarebbe voluta almeno una settimana prima che potesse passare da Valenza. Si era fumato mezzo pacchetto di sigarette, seduto lì, incatenato fra divano e televisore. Mercedes andava e veniva per la casa, impossibile capire cosa stesse facendo. Verso le sei entrò nel soggiorno. Stava per uscire con Pili e le bambine per una passeggiata, lo facevano sempre, il sabato, sarebbero tornate un'ora prima di cena. Sentì chiudersi la porta, aspettò dieci minuti. Quando fu sicuro di essere solo, si precipitò al telefono, fece il numero di Adela. Gli rispose una voce femminile, forse la stessa che l'aveva informato quella mattina. Ma non era Josefina, era Lola, la sua coinquilina. Adela non era ancora stata dimessa dall'ospedale. I medici preferivano tenerla sotto osservazione ancora per qualche ora. Sarebbe andata a prenderla lei stessa più tardi. Lui rispondeva a monosillabi. Si fece silenzio.

– Com'è successo?

– Ha preso dei tranquillanti.

– Lo so, ma come?

– L'ho trovata io tornando dal lavoro.

– Ha rischiato grosso?

– No, aveva vomitato parecchio, e ha avuto una forte diarrea, è stato questo a salvarla.

Rimasero zitti. La voce, metodica e fredda, chiese:
– Quando vieni a trovarla?
Lui esitò.
– Non lo so, la settimana prossima non passo di lì. Devo portare i carichi che mi danno. Adesso sono a casa, capirai che...
– A me non devi spiegare niente, te lo chiedo per lei.
– Dille che la chiamo presto.
– Stasera sarà qui.
– Stasera non credo che potrò.
Sentì ironia e disprezzo nella voce della donna.
– Non preoccuparti, se la caverà anche senza di te.
La sensazione di impotenza aumentò. Sentì un formicolio per tutto il corpo. Ricominciò a fumare, camminò su e giù per il soggiorno. Poi fece il giro di tutte le stanze della casa. Senza sapere perché, si sentì esasperato dall'ordine che regnava dappertutto. I copriletti ben tesi, tutti i soprammobili al loro posto, lustri e puliti. E nello stesso tempo non riusciva a capire perché fosse così arrabbiato, era quello che aveva sempre desiderato, una casa ordinata dove non mancasse niente. Certo, quella si poteva a malapena considerare casa sua. Ci stava il minimo indispensabile per sentirsi subito nervoso e scontento. Gli venne voglia di essere sul camion, il prurito che aveva dappertutto non era che un ricordo delle vibrazioni del motore. Si strinse le mani finché le dita non scricchiolarono. Suonò il telefono. Era Luis, tutto allegro:
– Mi stavo chiedendo se avessi voglia di venire a prendere un whisky da me.
Gli parve una liberazione mandata dal cielo. L'aria della strada gli sgombrò la mente. Si strofinò gli occhi. Non era il caso di lasciarsi prendere dall'angoscia. Emilia gli aprì la porta, lo accompagnò in soggiorno.

Luis era in poltrona, davanti a un mucchio di giornali in disordine.

Emilia li lasciò soli.

– Finisco di stirare, stasera abbiamo deciso di andare al cinema.

Rafael sorrise al suo amico.

– Meno male che hai chiamato, stavo cominciando a dare di matto fra quelle quattro pareti.

Luis gli diede una pacca sulla spalla, lo considerava una causa persa. Versò il whisky in due lunghi bicchieri cilindrici. Di colpo, si fece serio.

– Ti ricordi di Rápalo?

Rafael annuì senza capire.

– Sta' attento. Va in giro a dire che vuol darti una lezione.

Rafael si mise a ridere.

– Sono andato a letto con la sua puttana, l'ho tenuta tutta la notte mentre lui faceva anticamera di sotto come un idiota.

– Sì, è quel che ho sentito dire.

– Pensa un po', lui lì ad aspettare che finissi. Mi sarebbe piaciuto vedere che faccia faceva.

– Tu ti stai cercando dei casini, Rafael. Non c'erano altre ragazze?

– Se voleva menar le mani, poteva aspettarmi fuori.

– Fa' attenzione, quello è una brutta bestia.

– Quello parla, ma non combina niente.

Era una delle tante cose che Luis non riusciva a capire. Come facesse Rafael a frequentare un tipo simile. Perché arrivava al punto di andare a puttane con lui? Rápalo era uno che la maggior parte dei colleghi preferiva evitare. Le cose che raccontava del suo losco passato erano ripugnanti. Rappresentava il peggio della categoria. E Rafael faceva parte dello sparuto gruppetto che rideva alle sue cazzate. Magari conosceva chissà quali puttane stupende, ma nemmeno questo gli sembrava un motivo sufficiente per avere a che fare con lui. Bevvero in silenzio.

– Vai mica a Valenza? – chiese Rafael.

– Forse ci passo martedì.

– Allora vorrei che mi dessi il cambio. Ci devo andare al più presto.

Luis accettò senza fare domande. Non era difficile immaginare la ragione di una simile richiesta. Da parte sua, Rafael aveva pensato di non dirgli niente. Ma sul momento un moto impulsivo lo portò a parlare.

– C'è stato un problema. La valenzana ha cercato di suicidarsi.

Luis si raddrizzò sulla poltrona, lo guardò sorpreso.

– Per te?

Rafael riuscì a malapena a reprimere un sorriso sentendo quella domanda. Cercò di mantenersi serio.

– Ha preso un mucchio di pastiglie.

– Sta male?

– No, stasera la dimettono dall'ospedale.

Luis era costernato. Si alzò in piedi, fece qualche passo con le mani in tasca.

– Prima o poi doveva succedere qualcosa del genere, hai giocato troppo col fuoco.

– Non farmi la predica, adesso.

Luis alzò le braccia. Affondò la testa fra le spalle.

– Sono fatti tuoi. Io, naturalmente, cercherei di chiudere questa storia il più presto possibile.

– È appunto per questo che voglio andare a Valenza, per dirle che è finita.

Ripresero a bere. Rafael si era aspettato che Luis facesse delle domande, volesse conoscere i particolari, ma capì che era troppo allarmato. Si limitava a guardarlo, come se il silenzio fosse un rimprovero e un avvertimento. Rafael sentì affiorare l'esasperazione.

– Non c'è bisogno che ti preoccupi tanto, Mercedes non ne sa niente.

Luis abbassò gli occhi, e anche il tono di voce.

– Ma non è solo questo, Rafael, c'è anche quell'altra. Anche le donne sono esseri umani.

Rafael lo squadrò.

– Ma è maggiorenne, capisci? Non gliel'ho mica chiesto io di suicidarsi!

Entrò Emilia sorridendo.

– Rafael, di' a Mercedes che la chiamo lunedì, doveva darmi l'indirizzo di un negozio, spero che si ricordi.

Rafael si alzò, disse che doveva andare. Emilia cercò di convincerlo a rimanere ancora un po'. Mentre la porta si richiudeva alle sue spalle, sentì che si rivolgeva a suo marito:

– Avete litigato?

– No, aveva da fare.

Appena fuori, respirò profondamente un paio di volte. Con Luis era impossibile parlare. Gli faceva pena, immerso com'era fino al collo in quella vita di merda. Anche le donne sono esseri umani… manco fossero delle bambinette idiote di cui bisogna occuparsi. Eccolo lì, chiuso nel suo guscio, a lavorare, mangiare e dormire. Avrebbe potuto fare qualunque altro mestiere, anche lo spazzino, il commesso in una profumeria. Le povere donne. E lui era il mostro che le obbligava ad aprire le gambe contro la loro volontà, a farle bagnare di sotto, a farle innamorare e poi gli dava pure le pastiglie perché si suicidassero. Aveva la sensazione di essere in televisione. Tutti vedevano le cose come in una stupidissima telenovela. Nemmeno un uomo come Luis era capace di vedere le cose come stavano. Entrò in un

bar. Il telefono era in un angolo appartato, dove si poteva parlare comodamente. Chiamò Tona. Ci mise un po' a rispondere, ma alla fine gli giunse la sua voce profonda e indifferente.
– Tona?
– Chi è?
– Sono io.
– Chi?
– Rafael.
Sentì la sua risata, quel suo tono da presa in giro.
– A cosa devo tanto onore?
Se qualche volta la sua ironia l'aveva infastidito, ora la trovava confortante così avrebbe evitato le complicazioni. Lei non avrebbe mai reagito come in una telenovela. Era superiore a queste cose, aveva vissuto e imparato a non provare sentimenti stupidi. Andarono avanti a scherzare per un po', con battutine a doppio senso. Capì che Tona era davvero una donna di classe, anche se abitava in una casa modesta. Vide che gli restavano poche monete.
– Devo mettere giù.
– Volevi qualcosa in particolare?
– Niente, mi andava di sentirti.
Rideva. La trovò divertente e affascinante. Si salutarono. Quando stava per riattaccare, la interpellò di nuovo:
– Tona?
– Sì?
– C'è qualcuno con te?
Lei ci mise un attimo a rispondere.
– Sì, ho la casa piena di uomini nudi.
Sentì con inquietudine la sua risata lieve, prima che la comunicazione si interrompesse definitivamente. Pensò di chiedere degli spiccioli per richiamare, ma preferì

di no. Uscì dal bar con una sensazione sgradevole nel petto.
Rientrando a casa, vide che le bambine erano già in pigiama. Stavano bevendo del latte in cucina, parlottando insonnolite. Ne fu sorpreso, pensava che avrebbero cenato tutti insieme. Andò in soggiorno e accese il televisore. Diede un'occhiata distratta alle immagini colorate e tornò a vedere cosa facesse la sua famiglia.
– Ho pensato che forse potremmo comprare un televisore piccolo da mettere in cucina.
Mercedes non rispose. Si occupava meccanicamente delle bambine, sparecchiava la tavola, si muoveva con gesti precisi. Lui la guardò fugacemente e la sua faccia gli parve piena di rabbia e di silenzioso rimprovero. Uscì di nuovo. Sempre così, anche quando sembrava che le cose andassero meglio, prima o poi veniva fuori quell'odio muto, quella serietà insultante. Si versò un whisky con gesto collerico. Forse un giorno si sarebbe deciso a non avere più contatti con le donne. Solo puttane, così avrebbe evitato le complicazioni. Non avrebbe visto nemmeno Tona, naturalmente. Puttana anche lei, anche se non prendeva soldi. La casa piena di uomini nudi. Basta esagerare, e la verità suona assolutamente falsa. No, certo che casa sua non era piena di uomini nudi, ma ce ne doveva essere uno accanto a lei mentre parlava. Strinse i denti. Bevve con gesti bruschi. Guardò le immagini alla tele. Era un dibattito, degli uomini sedevano intorno a un tavolo a ferro di cavallo. Alzò il volume. Cercò di seguire con attenzione, ma dopo cinque minuti continuava a non capire di cosa stessero parlando. Gli pareva impossibile che qualcuno potesse sprecare tante parole senza dare indizi precisi di quello che voleva dire. Le bambine entrarono per dargli la buonanotte. Le abbracciò, sentì i loro

corpicini caldi dentro i pigiami e fu invaso da un'ondata d'affetto. Le baciò, scostò loro i capelli dalla faccia. Rimasero tutte e due a guardare la televisione con lui. Le sue figlie erano l'unica cosa che valesse la pena. Purtroppo il lavoro non gli permetteva di occuparsene, e anche il suo carattere. Ma un giorno sarebbero state ragazze con un'educazione e un buon titolo di studio, e avrebbero capito di avere un padre che si era dato da fare per loro a modo suo, che gli aveva dato la possibilità di fare una vita comoda, di avere accesso al meglio della vita. Avrebbero avuto dei posti importanti e avrebbero guadagnato bene, di sicuro in un'azienda. Avrebbero potuto comprarsi delle belle macchine e un bell'appartamento, vestirsi bene. Si sarebbero sposate solo se l'avessero voluto veramente, e solo con dei vincenti. Non avrebbero dovuto sopportare un cialtrone per il solo fatto che le manteneva. Allora avrebbero capito che il padre era un uomo moderno che aveva lavorato duramente perché fossero libere e indipendenti, perché si tirassero fuori una volta per tutte da una vita del cavolo. Si alzò e, prendendo in braccio la piccola, le accompagnò in camera. Le aiutò a mettersi a letto. Rispose alle loro domande. Le coprì bene. Raquel gli accarezzò la faccia con le sue manine incerte. No, non era un mostro, era un uomo affettuoso e normale, non chiedeva a nessuno di soffrire per lui. Spense la luce e gettò un'ultima occhiata intenerita ai due lettini gemelli. Strano che Mercedes gli avesse lasciato quel momento di intimità con le figlie. Di solito non li lasciava mai stare soli, arrivava e si metteva a strillare, a pretendere che facessero qualcosa o a sgridarle. Tornò in soggiorno e spense il televisore. I partecipanti al dibattito erano ancora immersi in una discussione incomprensibile, che non gli interessava. Sentì Mercedes in cucina. Poteva pure continuare a tenergli il muso, non le avrebbe certo chiesto cos'aveva. Entrò. La faccia di sua moglie era del tutto priva di espressione. Domandò:

– Quando si cena?

– Io non ho fame.

– Allora mettimi tutto sul vassoio, vado a vedere la televisione.

Lei non si mosse. Rimase a guardarlo con aria di sfida.

– Rafael.

Lui si sedette, stupito dalla severità del tono.

– Mentre eri fuori ha chiamato una. Ha detto che la tua amica è uscita dall'ospedale, di andarla a trovare appena puoi.

Rafael rimase muto, guardò il tavolo.

– Non so proprio cosa vuoi dire con questo.

Lei colpì il piano del tavolo con uno strofinaccio che aveva in mano.

– Se non lo sai tu, non so chi lo deve sapere.

– Lasciamo perdere, va bene?

– No, adesso me lo dici. Cos'è 'sta storia dell'ospedale?

Rafael si alzò di scatto.

– Lasciami in pace!

– Hai mica fatto un figlio con un'altra?

Lui, che era già sulla porta, si voltò di colpo, scosso da un odio improvviso.

– Ma cosa dici, cosa stai dicendo? Non hai più un grammo di cervello?

– Ne ho abbastanza per non lasciarti passare questa, Rafael. Adesso è troppo. Sono anni che sopporto tutto: le puttane, il disprezzo, la tua assenza. Ma adesso è finita.

Lui le si piantò davanti, congestionato:

– Anni e anni che vivi come una signora mentre io mi rompo il culo sulle strade. Di questo non dici niente, eh?
– Vivere come una signora non è tutto. Io ti ho sposato perché...
Rafael tagliò l'aria con la mano.
– Non mi venire a dire adesso perché ci siamo sposati, dato che lo sappiamo benissimo tutti e due ed è meglio non parlarne.
A Mercedes tremò il mento, trattenne il pianto.
– Sei un figlio di puttana, Rafael.
Lui si girò, strinse i pugni. Ne sferrò uno contro la porta. Il sottile pannello di legno si sfondò. Prese il giubbotto e uscì. Camminava in fretta e aveva il fiato corto. Era così agitato che non riusciva a pensare. Provava un rancore profondo nei confronti di Mercedes, nei confronti di Adela. In quella telefonata non riusciva a vedere altro che cattiveria. Entrò in un bar. Ordinò da bere. Aveva bisogno di calmarsi, il cuore gli saltava nel petto. Si avviò verso il telefono. Chiese delle monete al cameriere e fece il numero di Adela.
Riconobbe la voce della seconda ragazza con cui aveva parlato.
– Sei stata tu a chiamare stasera a casa mia?
– Chi è?
– Sei stata tu?
La voce si fece stridente, violenta.
– Non puoi disturbare la gente per telefono.
– Appena ti vedo ti spacco la faccia, non mi importa chi sei.
– E così non ti è piaciuto, vero? Adela a momenti ci lascia la pelle per colpa tua, ma a te non ti si può chiamare dalla tua mogliettina.
– Di' ad Adela che non voglio vederla mai più, intesi?

Che non ho nessuna intenzione di andare a Valenza, che può suicidarsi tutte le volte che vuole, così magari una volta ci riesce. Mi senti?
Non ci fu risposta.
– Hai fatto male i tuoi conti, e ti avverto, se chiami ancora una volta a casa mia, vengo a cercarti e ti ammazzo di botte, hai capito? Anche se sei una donna.
Riattaccò senza lasciare il tempo di rispondere. Tornò al banco. Buttò giù il whisky precipitosamente. Si accese una sigaretta. Dopo due profonde boccate, si sentiva già più rilassato. Un bel casino scoppiato nel modo più stupido. Cominciò a respirare meglio, il calore dell'alcol gli salì al viso in un fiotto riconfortante. Era stato uno stupido a pensare di andare a Valenza, non era il caso di usare le belle maniere, a essere morbidi si viene sempre calpestati. Adela aveva reagito con l'aggressione, avrebbe dovuto prevederlo, adesso poteva arrangiarsi da sola. Gli sarebbe piaciuto scriverle una lettera, ma non era capace di esprimersi con carta e penna. Eppure, con quel silenzio, gli sembrava di non mettere le cose bene in chiaro: che era stata lei a fantasticare sulla loro relazione, che lui non aveva mai pensato di lasciare sua moglie. E poi voleva dirle fino a che punto aveva sbagliato permettendo alla sua amica di chiamarlo. Un errore imperdonabile per una ragazza che sembrava intelligente. Gli venne perfino in mente che la storia del suicidio potesse essere falsa, tutta una montatura per costringerlo ad andare a Valenza. Non avrebbe mai saputo la verità, ma nemmeno gliene fregava poi molto. Si immaginò Adela svenuta sul pavimento della camera da letto, in una pozza di vomito e escrementi. Provò schifo e disprezzo. Quando una donna non ha classe, è inutile pretendere che faccia qualcosa come si deve, nemmeno suicidarsi. Rimase per

un bel pezzo seduto al banco, a bere. La cosa migliore da fare era passare la domenica fuori casa, non tornare nemmeno a dormire. Al suo ritorno, un mese dopo, sarebbe stato tutto più tranquillo. Ma non poteva non rientrare, almeno per prendere le camicie. Poteva farlo subito, Mercedes di sicuro dormiva. Prima di uscire guardò il telefono. C'era uno che parlava. Aspettò. Prese il ricevitore direttamente dalla mano di quell'altro, era ancora caldo. Chiamò Tona. Sentì una lunga serie di squilli strascicati, nessuno rispose. Ci riprovò. Tona non c'era. All'uomo nudo che aveva in casa era venuta voglia di uscire. Uscì dal bar. Era di nuovo infuriato. Forse era il caso di rompere anche con Tona.

12

Entrò in casa. Era buio, il silenzio era assoluto. Faceva caldo e l'aria era pesante. Gli pareva che fosse passata un'infinità di tempo dalla lite con Mercedes. Non ricordava nemmeno cosa si fossero detti. Andò a prendere una torcia elettrica. Entrò in camera. Intravide nel letto la sagoma di sua moglie, che non si mosse. Di sicuro si era svegliata e tratteneva il respiro. Cercò gli abiti puliti nell'armadio. Li ficcò in una borsa. Mentre stava per uscire, sentì la voce di Mercedes.

– Dove vai?

– Me ne vado, ci vediamo il mese prossimo.

Ci fu una pausa, nell'aria untuosa della stanza.

– Se te ne vai adesso, non torni più.

– Sono io che decido se torno o non torno.

La sua dichiarazione non ottenne risposta. Chiuse la porta. Incamminandosi verso l'uscita, si fermò un attimo. Retrocedette verso la camera delle bambine. Aprì la porta e fu raggiunto dall'odore dolce di acqua di colonia e di sonno. Guardò i lettini, intuendo soltanto le due figure addormentate. Sorrise tristemente, poi si girò, attraversò l'ingresso e uscì sulle scale, fredde e morte a quell'ora.

Si diresse a piedi verso il deposito della ditta. Aprì con la propria chiave. I camion erano come montagne congelate nel buio. La poca luce che penetrava dai lucernari gli fu sufficiente per raggiungere il suo. Si arrampicò in cabina. C'era odore di sigaretta, di sedili. Cercò la coperta scozzese che usava per dormire, tirò giù la cuccetta. Era stanco morto, cadde in un sonno profondo.

Antonia Layas dormiva nuda. Era un'abitudine che aveva preso da tempo. La deprimeva, al mattino, vedersi allo specchio con addosso una camicia da notte stazzonata. La sera era troppo stanca per preoccuparsi del suo aspetto. Le gambe le formicolavano per la giornata passata in piedi e aveva ancora nelle orecchie i rumori di fondo del bar. Poteva mettersi a letto subito, ma preferiva rilassarsi un po' nel soggiorno. Si preparava una cena leggera, un uovo, due fette di prosciutto, che mangiava in cucina sotto il chiarore della lampada. Poi si sistemava sul grande divano viola. L'aveva comprato per farne il posto più comodo della casa. Poteva appoggiare la nuca allo schienale e stendere le gambe sul tavolino. Accendeva il televisore. Le piacevano solo i programmi a quiz, la gente che faceva figure ridicole, le grida, le piccole crisi isteriche alla risposta esatta. I film di Hollywood, con i loro ambienti lussuosi, le sembravano falsi. Si indignava per i finali immancabilmente felici. La vita non è così. In genere preferiva la radio, dove voci senza una faccia invitavano ad ascoltare melodie piene di suggestione. La musica non mentiva. Non leggeva mai i giornali, non sfogliava riviste. Si faceva un'idea generale di quel che capitava nel mondo in base ai frammenti di notiziari televisivi che vedeva lavorando all'autogrill. Poi c'erano i commenti dei clienti, dei colleghi, quasi sempre critici, scettici, come se non credessero mai a

niente di quel che vedevano alla tele. Comunque, lei non era interessata all'attualità, aveva l'impressione che quel che succedeva lontano dall'ambito della sua vita non potesse toccarla. Solo le notizie di terremoti o di lontane calamità naturali riuscivano brevemente a tirarla fuori dalla sua realtà immediata. Si domandava che effetto facesse sentir tremare la terra sotto i piedi, veder crollare le case. Aveva avuto perfino degli incubi. Sognava che era seduta in cucina; di colpo le porte degli armadietti sbattevano con violenza per una forte scossa e le piastrelle bianche si incrinavano tutte insieme. Il tremore durava solo un attimo, ma quando era finito e poteva uscire di lì, scopriva che la casa era completamente distrutta. Si aggirava disperata fra le macerie e constatava che il divano, il suo mobile migliore, era a pezzi, buttato in un angolo. Allora si sentiva in preda a un'angoscia immensa perché capiva che era di nuovo senza niente e doveva ricominciare da capo. Si svegliava terrorizzata, grondante di sudore.
Non era stato facile vivere senza casa. Per cinque anni aveva abitato nelle pensioni. Quando aveva lasciato suo marito scappando con Riqui, erano stati per qualche mese a casa della sorella di lui, sposata con un tornitore. I genitori di Riqui l'avevano sbattuto fuori di casa dopo la fuga, ma la sorella si era impietosita. Lei allora non lavorava. Dormivano nella stanza degli ospiti, un buco piccolissimo con una sola finestra che dava su un cavedio. La mattina si sentiva il rumore delle caldaie a gas che venivano messe in funzione, le prime grida dei vicini. Non aveva molto da fare, e così la sorella di Riqui le aveva chiesto di darle una mano nelle pulizie di casa. Passavano la mattinata a battere tappeti e a dare la cera ai pavimenti. In casa sua non aveva mai lavorato tanto. Suo marito non era esigente,

non gli importava che le cose fossero lustre. Si buttava su una poltrona appena arrivava dall'officina e non si alzava più fino all'ora di andare a dormire. Cenava perfino lì, davanti al televisore. Era la sua unica mania. Parlava poco, ma voleva che lei gli stesse vicino. Protestava se lei andava a dormire. «Tu puoi anche dormire di giorno» sosteneva convinto. E così lei mangiava una cosa qualsiasi in cucina e poi si metteva accanto a lui, a guardare distrattamente lo schermo.
La sorella di Riqui guardava la tele a metà mattina. Smetteva di pulire e accendeva. Davano un serial che le piaceva. Pelava una mela standosene seduta, rigida e scomoda, in punta a una sedia. «Di mattina non è il caso di stravaccarsi in poltrona» diceva. «Non sta bene». Tona andava a chiudersi nel bagno, a depilarsi le sopracciglia o a schiacciarsi con la punta delle dita minuscoli punti neri. La sorella di Riqui ci mise un po' a dirle che doveva trovarsi un lavoro, non erano ricchi e avevano fatto già abbastanza ospitandoli. Lei era uscita qualche volta e ci aveva provato, ma non sapeva fare quasi niente, e tornava a casa con un pugno di mosche. Alla fine il cognato di Riqui le aveva trovato una scala da pulire. Ci andava tre volte la settimana e strofinava i gradini a uno a uno, dall'ultimo piano al pianterreno. Poi lucidava i corrimano e deodorava l'aria con uno spray. Con quello che le davano e lo stipendio di Riqui non ne avevano abbastanza per andare a stare da un'altra parte. Tanto più che Riqui non sembrava averne molta voglia. Quando lei gli aveva detto che aveva lasciato suo marito, era rimasto sconcertato. L'aveva accettata così come avrebbe potuto respingerla, perché non aveva saputo come reagire, colto di sorpresa. Ormai rimpiangeva la vita tranquilla a casa dei suoi. Quando tornava dal lavoro al super-

mercato, facevano una passeggiata. In quei momenti lei si sentiva libera, dopo tutte quelle ore nel sordido ambiente di casa, e si divertiva, ma presto a Riqui era passata la voglia di ridere. Di certo avrebbe preferito andarsene al bar con gli amici, giocare a biliardo.

Un pomeriggio, rientrando dopo aver pulito la scala, trovò il cognato di Riqui già in casa. Era in cucina con la moglie, a confabulare a bassa voce. Volevano parlarle. Immaginò subito che cosa dovessero dirle. Fu lui a prendere la parola, imbarazzato e inquieto, ma incoraggiato dallo sguardo imperioso di sua moglie. Il succo era chiaro, lei era una donna abbastanza grande per capire, Ricardo non voleva più vederla. Nessuno le aveva chiesto di lasciare suo marito e suo figlio, solo lei poteva sapere perché aveva fatto una cosa simile. Ricardo non aveva colpa, aveva fatto già tanto portandola a casa loro. Quella storia gli aveva già rovinato i rapporti con i suoi. Era giovane, aveva un contratto da apprendista, ma un giorno avrebbe potuto anche diventare cassiere, perfino direttore di negozio. Non era il caso che si caricasse di responsabilità. E poi non era bello che la gente sapesse, lei era una donna sposata, aveva quattordici o quindici anni più di lui… «Tredici» aveva precisato Tona senza alzare la voce. La sorella si spazientì: «Tanto più che non possiamo tenerti qui tutta la vita a mangiar pane a ufo». Lei si sentì avvampare. «Non ho mai mangiato pane a ufo. Ho aiutato in casa e appena ho trovato lavoro vi ho sempre dato una parte di quello che prendevo». La sorella di Riqui aveva perso la pazienza, le parole le si accavallavano: «Una parte di quasi niente, e non ho mai visto nessuno così incapace nei lavori di casa. Tutte le volte che pulivi qualcosa tu, poi mi toccava ripassarci io!». Suo marito l'aveva presa per un braccio, l'aveva fatta star zitta. Riprese lui il filo del discorso, imbarazzato e infastidito: «Ricardo è un bambino, Tona, e si è stufato di questa storia, te lo potevi aspettare». Lei sorrise amareggiata, si girò e andò in camera. Poco dopo la coppia tirò un sospiro di sollievo, l'avevano sentita raccogliere le sue cose. Quando uscì con due borse da ginnastica che erano tutto il suo bagaglio, chiese: «Riqui non viene?». Il marito scosse la testa. «Meglio così» disse. Se ne andò quasi senza salutare. Riqui era un bambino e si era stufato. Perfettamente comprensibile. Certo, era una cosa che si era sempre aspettata, ma di cui non aveva calcolato le conseguenze. A dir la verità lei non si era stufata, ci avrebbe messo ancora un po' ad averne abbastanza del contatto col suo corpo giovane ogni notte. Un corpo elastico e muscoloso, che non si stancava mai, nemmeno dopo molte battaglie silenziose e confuse.

Mentre aspettava l'autobus, carica delle sue borse, pensò che in ogni caso ne era valsa la pena, che conoscere quelle sensazioni fisiche era stata la cosa migliore che le fosse capitata nella vita, molto meglio degli anni vuoti e noiosi del suo matrimonio. Però avrebbe almeno voluto salutarlo, Riqui, poterglielo dire. E invece no. Non cercò mai di rivederlo.

La domenica era il suo giorno preferito. Lo dedicava tutto a se stessa. Riempiva la vasca da bagno e vi gettava sali che tingevano l'acqua di colori vivaci profumandola intensamente. Poi si spalmava il corpo di crema. Davanti allo specchio si applicava maschere alle erbe sulla pelle pulita. A volte metteva la faccia su una pentola d'acqua bollente perché il vapore le aprisse i pori. Erano operazioni lente e complicate che la tenevano occupata per ore. Le piaceva curare tutte le parti del proprio corpo: ungersi i capelli di oli, lavarli, ritoccarsi le unghie con strumenti piccoli e precisi. Quando aveva finito era già mezzogiorno. Allora si guardava nuda nello specchio. Non era male, le piaceva osservare i risultati, soprattutto se era stata con un uomo la notte precedente. Allora le piaceva ricordare tutte le posizioni adottate: come si era piegata sedendosi sul pavimento, o la rigidità della sua schiena mentre parlavano. A vent'anni era vissuta come se non esistesse, a quaranta viveva come se non esistesse nient'altro.

Nel pomeriggio si preparava un cuba libre e lo beveva sdraiata sul divano. Di solito non usciva, la domenica escono solo le serve, pensava, la gente che non ha una casa per sé. Per troppi anni era stata costretta a farlo, pomeriggi interminabili in cui cercava di farsi invitare da qualcuno in un caffè o al cinema, qualunque cosa pur di non rimanere chiusa nella lugubre stanza alla pensione. Ogni tanto si ricordava del figlio, e così aveva deciso di incontrarsi con suo marito e gli aveva espresso il desiderio di vederlo. Lui non aveva fatto obiezioni, ma aveva posto delle condizioni. Non era disposto ad accettare che lei andasse a trovarlo quando ne aveva voglia, senza un ordine prestabilito. Doveva impegnarsi ad andarlo a prendere tutte le domeniche e passare l'intera giornata con lui. Lei fu d'accordo. Andava a casa del suo ex marito, che era la sua vecchia casa, alle undici del mattino, suonava il citofono e poco dopo il suo figlioletto di quattro anni scendeva a passi incerti spalancando gli occhi. Lo portava al parco, a prendere una bibita, poi nella sua stanza della pensione, e di nuovo a prendere qualcosa. Mangiavano in una trattoria e passavano il pomeriggio a vagare. Il bambino si stancava, piangeva, non voleva camminare. Lo riportava sempre a casa un paio d'ore prima dell'orario stabilito. Semplicemente non sapeva cosa fare con lui. Per di più il piccolo non si dimostrava molto felice di vederla, e nemmeno lei provava nessuna emozione particolare. A poco a poco rimase inorridita dalla prospettiva di passare tutte le domeniche della sua vita in quel modo. Mancò all'appuntamento per qualche settimana, con la scusa che doveva lavorare. Dopo due mesi smise di andare. Il padre del bambino doveva capire le sue difficoltà. Forse, più avanti, quando avesse smesso di pulire scale e avesse potuto prendere in affitto una vera casa... Eppure ebbe dei rimorsi. Un giorno, dopo parecchi mesi, chiamò suo marito perché le permettesse di vedere il bambino, ma lui le disse che non si era attenuta al patto delle domeniche, e che quindi non gliel'avrebbe più affidato. Non l'aveva più rivisto, e telefonargli le sembrava ridicolo. Forse quando viveva con Paco avrebbe potuto riprovarci, ma Paco non era il tipo da volere bambini fra i piedi la domenica. In ogni caso, considerava chiusa la faccenda. Il bambino stava bene, non si può passare la vita a guardarsi indietro.

Certe volte si dipingeva le unghie dei piedi. Lo faceva lentamente, mentre sorseggiava il suo cuba libre. D'estate era permesso mettere i sandali sul lavoro. Suonò il telefono. Non aspettava nessuna chiamata e non rispose, aveva paura di rovinarsi lo smalto. Poi fu presa da una vaga inquietudine e decise di alzare il ricevitore. Era Rafael, da una cabina o da qualche bar.

– Cosa stai facendo?

– Passo la domenica in casa.

Ci fu un vuoto di parole. Lei aspettò, contemplando il luccichio delle unghie.

– E cosa fai da sola in casa?

– Mi dipingo le unghie.

– Ieri notte ti ho chiamata.

– Sì, me lo ricordo.
– No, voglio dire che ti ho chiamata anche dopo, e tu non c'eri.
– Ti piace il telefono.
– Sì, purché mi rispondano.
– I telefoni a volte rispondono, a volte no.
– Eri fuori?
– Sì.
– La settimana prossima passo da Tarragona, possiamo vederci?
– Può darsi di sì. Chiamami prima.
– Va bene, ti chiamo. Tona...
– Sì?
– Comportati bene.
– Certo, non picchierò nessuno.
Riattaccò con la mano aperta, aveva ancora lo smalto umido. Contrasse la bocca, infastidita. Gli uomini diventavano invadenti, chiedevano spiegazioni. Quelli sposati avevano sempre qualcosa che andava storto con le mogli. Non che fosse importante, ma poteva diventare spiacevole. Lei però sapeva come sbarazzarsi di loro o fargli capire dov'era il limite. Aveva imparato molto bene a farlo, così come aveva imparato altre cose. Andò in cucina, spiluccò un po' di frutta. Aveva sempre il frigorifero ben fornito, anche questo era un piacere.

Quel pazzo di Rápalo lo chiamò via radio. Lui rispose freddamente, temendo che facesse il diavolo a quattro. Eppure non si mostrò troppo aggressivo, pareva cauto, piuttosto, quasi affettuoso. Non era forse il caso che lui e Rafael si parlassero? Il suo onore era ferito, ma si sarebbe accontentato di qualche pacca sulla spalla. Lo coglieva in un brutto momento. Rafael guidava come un automa, contento di essere di nuovo al volante, di potersi lasciare indietro quell'odioso fine settimana, ma pieno di risentimento per quel che gli toccava subire. Nessuno aveva il diritto di intralciare la sua vita, e sembrava che tutti si fossero messi d'accordo per farlo. Ci avrebbe messo dei mesi a sentirsi di nuovo tranquillo a casa sua. Non aveva nessuna voglia di abbassarsi a dare giustificazioni. Era come se tutti pretendessero delle scuse: Mercedes, Adela, quel magnaccia scoppiato di Rápalo. Voleva andare a bere qualcosa con lui, gli chiese che itinerario avesse. – Non lo so ancora di sicuro – mentì Rafael. Alla fine fu costretto a promettergli che si sarebbero visti un altro giorno, che si sarebbe tenuto in contatto con lui. Rápalo non sembrava molto convinto, le sue battute di commiato erano frecciate. Finalmente riuscì a toglierselo dai piedi. Spense la radio.

Si vedevano i primi segni dell'estate, aprì il finestrino, sentì un odore caldo. Malgrado i suoi propositi di godersi la vita, le donne riuscivano sempre a complicargliela. Mercedes non era stata nemmeno capace di capire che tipo d'uomo avesse sposato. Un'altra, più intelligente di lei, si sarebbe subito resa conto che con lui era inutile non accettare le cose come stavano. Poi c'era Adela, un'isterica innamorata, piena di speranze assurde che nessuno le aveva dato. E Tona, forse la peggiore, una volgare cameriera di autogrill che si credeva chissà chi, una troia capace di scoparsi ogni sera uno diverso. Pensò alla loro ultima telefonata. Ci sapeva fare, sapeva ingelosirlo facendo la misteriosa e l'interessante. C'era da stare in guardia, quella non era altro che la tattica opposta alla resa incondizionata di Adela, ma era pur sempre una tattica. Quella non voleva niente di diverso dalle altre: vederlo steso ai suoi piedi, innamorato pazzo, disposto a mollare tutto per lei. Ma anche lei aveva fatto male i suoi conti, lui non si sarebbe steso ai piedi di nessuno. Pensò alla sua faccia, a quegli occhi color caramello, sempre con l'aria di prendere in giro. Se ce l'avesse avuta davanti in quel momento l'avrebbe presa a schiaffi. Gliel'avrebbe fatta pagare per la stupidità di Adela, per la cattiveria di Mercedes.

Tona era la meno innocente delle tre, era una sgualdrina che va dietro ai camionisti. Negli ultimi giorni aveva avuto la tentazione di chiedere ai colleghi, magari qualcuno era già passato dal suo letto. Ma aveva capito in tempo che così si sarebbe solo fatto ridere dietro. Non era da escludere che continuasse a vedere quel suo ex marito. Aveva sentito dire che certe donne sentono il bisogno di andare a letto coi mariti anche una volta separate. Un collega gli aveva assicurato che una donna non riesce mai a negarsi al primo che se l'è scopata, è una cosa normale. O magari frequentava qualche ruffiano con cui aveva una storia. Ci sono donne che non si accontentano di un solo uomo, ne vogliono due o tre per essere soddisfatte. E una che lascia un marito e un figlio per farsi sbattere da un ragazzino può essere capace di tutto, non ci sono limiti per lei.

Verso sera si fermò in una trattoria sulla strada. Era stanchissimo, non si era neppure fermato per pranzo. Si era sentito in preda a una gran voglia di guidare, di sentire il rumore sordo del motore. Si sedette a un tavolo vicino alla finestra. Il cameriere era magro, con le occhiaie. Recitò la lista dei piatti con indolenza. In un angolo la televisione trasmetteva le notizie, ma la voce non gli arrivava. Vedeva solo i filmati che si alternavano alla faccia ermetica del giornalista. Seduti ai tavoli c'erano altri uomini soli, camionisti anche loro. Gli parvero stanchi. Sentì con sollievo la minestra calda scendergli nello stomaco, il vino nella gola. Dietro il bancone, una donna coi capelli unti asciugava i piatti guardando stolidamente la televisione. Dall'aria che aveva sembrava appena uscita dalla cucina. Un grembiule a quadretti le nascondeva quasi completamente il vestito azzurro. Rafael pensò che non aveva l'aria scontenta, ne aveva viste tante di donne come quella, le vedeva tutti i giorni, dai passavivande che davano nelle squallide cucine dei bar. Friggevano *tortillas* bisunte, pelavano patate e verdure, ma non sembravano mai troppo scontente. Magari andavano a letto stanche morte per ricominciare il giorno dopo all'alba. Ebbe un accesso di collera contro Mercedes. Era diventata una bambina viziata, non pensava a quel che il destino avrebbe potuto riservarle se non fosse stato per lui. No, quella sera non avrebbe alzato il telefono per chiamarla, forse l'idea di poter perdere suo marito per sempre l'avrebbe fatta riflettere, dare il giusto valore a quello che aveva.

Quando ebbe finito di cenare, il cameriere si avvicinò e gli porse un cartoncino pubblicitario.

– È un locale nuovo, a cinque chilometri da qui. C'è flamenco tutte le sere. Con questo biglietto le daranno una consumazione gratis.

Prese il cartoncino, su cui la silhouette di una ballerina con la gonna a volant si allacciava a un quarto di luna calante. Si guardò intorno. Non sarebbe stato molto divertente ritrovarsi con quei tipi funerei là al locale, ciascuno provvisto del suo biglietto omaggio.

Uscendo, ebbe voglia di sgranchirsi le gambe. Camminò davanti al bar, guardò il cielo. Era una notte chiara. Anni prima, in notti come quella, aveva steso una coperta su un prato e si era sdraiato accanto al camion.

Apriva gli occhi e vedeva le stelle, li richiudeva, e il fresco della notte gli accarezzava la faccia. Poi tornava al volante con la deliziosa sensazione di ricominciare da capo. Era molto che non lo faceva. Non si godeva più il suo camion, la sensazione di andarsene libero per le strade, senza nessuno a controllarlo. Si era lasciato intrappolare nel modo più stupido dalle manie della gente. I problemi di donne e la mancanza di voglia avevano distrutto la sua gioiosa indipendenza. Era colpa sua. Se non avesse sentito il bisogno di giocare all'amore, tutto questo non sarebbe capitato. Bastavano Mercedes e le puttane, delle fidanzate poteva fare a meno. Si guardò intorno con rabbia. Non gli piaceva farsi dei rimproveri, si era sempre comportato come voleva, e gli era sempre andata bene così. Si diresse verso il camion, mise in moto e premette l'acceleratore fino a far vibrare tutto quanto. Si frugò nella tasca, tirò fuori il biglietto del locale di flamenco. Quella sera aveva già pensato abbastanza, adesso era ora di divertirsi un po', di lasciarsi andare.
Il locale, proprio come aveva previsto, era pieno di camionisti. Riconobbe un gruppo che beveva birra a un tavolo grande. Li salutò da lontano, preferiva starsene solo. Il posto rappresentava un patio andaluso pieno di archi arabi. Sui muri erano state aperte finte finestre con le grate, che non davano da nessuna parte. Ovunque c'erano vasi con gerani di plastica. Si sedette accanto a una colonna decorata con manifesti di corride e ordinò un whisky. I camerieri erano in giacchetta corta e stivali. Tutto era curato nei minimi particolari. Molti camionisti erano amanti della canzone spagnola, del flamenco. Tenevano in cabina enormi quantità di cassette. A Rafael sembravano canzoni troppo lacrimose, con tutte quelle lagne per pene d'amore.

Dopo un po' le luci si spensero e diversi riflettori misero in risalto un piccolo palcoscenico di legno incerato. Un paio di chitarristi seri e indifferenti cominciarono a grattare le corde a ritmo sostenuto. Uscirono sul palco quattro ballerine in abiti vistosi. Erano giovani e sorridevano. Eseguirono delle *sevillanas*, mentre due ragazzini battevano il ritmo con le mani e cantavano. Quell'esplosione di allegria lo annoiò. Bevve un lungo sorso di whisky. La gente applaudiva. Al primo numero ne seguirono altri simili. Le ballerine battevano i tacchi con gran chiasso, non troppo coordinate, creando un'eco quasi temporalesca. Rafael girò gli occhi e vide accanto a sé una donna che gli sorrideva.
– Mi offri qualcosa?
Con una rapida occhiata constatò che diverse ragazze si erano distribuite ai tavoli. Le fece cenno di sedersi. Aveva i capelli tinti di biondo e la scollatura esponeva alla vista due seni enormi, rotondi.
– Ti piace lo show? – chiese la ragazza.
Lui annuì, continuò a guardare verso il palco come se gli interessasse. La bionda accavallò le gambe, sorrise al cameriere quando fu servita. Una voce agli altoparlanti annunciò Rosa Santacruz, la grande stella della canzone spagnola. La maggior parte delle ragazze stava già bevendo coi clienti. Comparve in scena una donna castana di una trentina d'anni. Portava un vestito nero disseminato di piccoli pois bianchi e un cappello cordobese in mano. Era piccola e ben fatta, con gli occhi vivi. Il suo canto suonò stridente e metallico, trascinato dalla gran potenza della sua voce. La sua compagna di tavolo si sporse verso di lui:
– Ha molto talento.
Rafael sorrise senza rispondere.
– Quando l'hanno scritturata lavorava in una lavan-

deria. Ha avuto fortuna, guadagna più di tutta la compagnia messa insieme.
Rafael si voltò verso di lei.
– Ne vuoi un altro?
– Sì.
Il cameriere si avvicinò piegando la schiena per non impedire la visione dello spettacolo.
– Si vede subito che hai classe. Ci sono certi che per farsi offrire un altro bicchiere bisogna mettersi in ginocchio.
Non era la prima volta che sentiva dire una cosa del genere. Sorrise, senza averne voglia. La bionda aveva gli occhi fissi sulla cantante.
– Ha dieci vestiti con lo strascico, tutti fatti su misura.
– Va anche coi clienti?
Lei negò risoluta.
– Figurati!
– Di sicuro quella ci sta solo col padrone.
Lei alzò le spalle, maliziosamente.
– Io questo non lo so.
Gli avventori, tutti uomini, applaudivano le grida della cantante, alzavano il bicchiere quando faceva un gorgheggio, quando dava voce, sull'orlo del pianto, a un passaggio drammatico. Rafael si sentì stanco. Guardò la bionda, un tipo volgare. Seguiva le canzoni senza distogliere lo sguardo dal palco neppure un istante, seria, stregata. Si chiese come potesse vedere quella roba tutti i giorni ed esserne ancora così presa. Quando Rosa Santacruz ebbe finito l'ultima canzone, applaudì con entusiasmo.
– È bravissima!
– Tu non sai cantare?
Lei si mise a ridere mostrando dei denti irregolari, puntuti.

– Non so nemmeno tenere il tempo battendo le mani!
Si accesero le luci. Ripartì la musica di sottofondo. Rafael guardò la ragazza con più attenzione. L'occhio sinistro era fortemente deviato, tanto da togliere ogni espressione all'insieme della faccia. Gli parve brutta, un grosso pezzo di carne, qualcosa di simile a una pesante colonna fatta solo per reggere quelle due grandi tette.
– Vieni con me di sopra?
Rafael assentì.
– Ma prima devo fare una telefonata.
Lei gli indicò il fondo del corridoio, servizievole.
– Il telefono è laggiù.
Vide il gruppo di colleghi che conosceva, insieme a varie puttane. Avevano ordinato dello spumante, ridevano. Quando passò accanto a loro lo invitarono a sedersi, ma lui li ringraziò con un cenno e si allontanò sorridendo. Fece il numero di Tona. Aspettò coprendosi con la mano l'orecchio libero. Il segnale si ripeté monotono. Riattaccò, rifece il numero, poteva non aver preso la linea. Il suono era identico. Era l'una di notte di un giorno feriale, ma Tona non c'era. Il giorno dopo sarebbe andata a lavorare alle sette, ma non era in casa. Forse dormiva. Sentì un po' di nausca. Tornò al tavolo. La bionda si guardava intorno distratta.
– Andiamo?
Lui pagò e lasciò qualche moneta di mancia. Lei lo precedette, voltandosi di tanto in tanto a guardarlo con i suoi occhi strabici.
– Si sale di là. Aspetta, vado a vedere che stanza ci danno.
Rimase da solo in un corridoio stretto. Alle pareti c'erano quadri con vedute dell'Andalusia: la Giralda, un paesino imbiancato a calce. Tutto gli sembrava estraneo, lontano. Quando tornò, la bionda sorrise:

– Andiamo o no?
La stanza perdeva ogni traccia di decorazione andalusa. Era come tutte le altre, forse un po' più nuova. Sul comodino c'era una lampada d'ottone col paralume rosa. La ragazza cominciò a spogliarsi. Vide i suoi seni immensi, bianchi e tremolanti, i capezzoli violetti, il pelo pubico profondamente scuro. Gli venne freddo, voglia di dormire.
– Sei un po' bloccato, qualcosa non va?
Lui disse di no. Non aveva notato fino a che punto lei avesse una voce sgradevole. Si svestì lentamente. La ragazza lo ricevette nel letto con mugolii professionali. Cominciò ad accarezzarlo con mosse esperte. Rafael non riusciva a superare una sensazione di torpore, non si eccitava. Lei si fermò un attimo, poi abbassò la testa fra le sue gambe e cominciò a succhiarglielo. Sembrava tutto inutile. Lui si stava innervosendo, la precipitazione e la violenza dei movimenti della bionda gli impedivano di concentrarsi. Capì che così non avrebbe ottenuto niente. La scostò, la fece sdraiare sulla schiena e si stese su di lei. Le impastò le tette con entrambe le mani, avvicinò la bocca ai capezzoli e li circondò con le labbra. Spinse con forza, cercò di penetrarla, ma il suo sesso mancava della durezza necessaria. Un'ondata di imbarazzo gli impedì di andare oltre; si alzò e cominciò a vestirsi.
– Te ne vai già?
– Ci vediamo un'altra volta. Non mi sento bene.
– Comunque devi pagare lo stesso.
– Ti ho forse detto che non voglio pagare? Te l'ho detto?
La ragazza rimase sorpresa dalla violenza della risposta. Lui buttò i soldi sul letto, si allontanò senza voltarsi, senza guardarla. Con la coda dell'occhio la vide tirarsi su per contare i biglietti.

Quando fu in strada respirò profondamente. Avrebbe dormito in cabina, ma prima si sarebbe spostato di qualche chilometro, non gli andava di rimanere lì. Mise in moto. Al momento di imboccare la nazionale non si era ancora ripreso, aveva un sonno pastoso e la stanchezza attanagliava ogni muscolo del suo corpo.
Il giorno dopo si mise in contatto con la centrale della ditta. Dopo una delle solite chiacchierate, gli dissero che c'erano state due telefonate: l'aveva chiamato una tale di Valenza che non aveva voluto lasciare il nome, e poi l'aveva cercato sua moglie.
Non fu per niente contento. Sentendolo così serio, l'impiegato si astenne dal fare commenti.
Chiamò l'autogrill dove lavorava Tona. Chiese di lei, ma stava servendo ai tavoli e non poteva rispondere. Non lasciò detto niente. Salì sul camion. Ci avrebbe messo cinque ore ad arrivare a Valenza. Di colpo aveva voglia di chiudere la questione. Minacciare per telefono le amiche di Adela non sarebbe servito a niente. Adela avrebbe continuato a chiamare, aggrappandosi fino all'ultimo alla speranza. Doveva vederla, dirle che era tutto finito guardandola negli occhi.
Aveva meno voglia di chiamare Mercedes. Era strano che, dopo la scena dell'ultima volta, volesse parlargli. Non aveva mai fatto niente di simile. Forse si era resa conto dell'assurdità dei suoi sospetti, figli illegittimi e amanti all'ospedale. Decise che le avrebbe telefonato più tardi, quando si fosse fermato a prendere un caffè.
Si fermò dopo tre ore di guida spedita e senza intoppi. Chiamò di nuovo Tona. Questa volta venne al telefono. Sentì la sua voce seria e tagliente, il succedersi rapido delle sillabe.
– Pensavo che avremmo potuto passare il fine settimana insieme.

– Il sabato lavoro.
– Vengo a prenderti e stiamo insieme la domenica.
– Può darsi che mi chiedano di coprire anche il turno di domenica.
– Be', dici che non vai e pace. Io questa settimana ho rinunciato a un carico per stare con te.
Ci fu una pausa in cui sentì i rumori di fondo del bar.
– Va bene.
Riattaccò soddisfatto. Quel che gli ci voleva in quel momento era stare con una donna come Tona, fare l'amore per una giornata intera. Se lei l'avesse respinto non l'avrebbe più chiamata. Poco ma sicuro. Non era sua abitudine inseguire le donne. Fece il numero di casa. Al secondo squillo rispose Mercedes, a voce bassissima, come se non stesse bene o fosse mezzo addormentata. Lui fece finta di niente.
– Mi hanno detto che hai chiamato.
– Questo sabato ti devo parlare.
– No, non posso, ho già preso un carico urgente.
– Allora il prossimo.
– Va bene, vengo. C'è qualcosa che non va?
– Ne parleremo.
– Le bambine stanno bene?
– Sì.
Riattaccò con la sensazione che sua moglie volesse mettere in scena una tragedia. Stavolta avrebbe fatto la martire sul serio. Inutilmente. Lo sapeva benissimo quali erano i patti. Non sarebbe mai riuscita a fare di lui il suo cagnolino. Lui lavorava come un matto, e lei aveva tutto quello che una donna può desiderare, abitava in una bella casa, aveva due figlie, andava a fare le sue compere e a cena con le amiche, non le aveva mai proibito niente. Se non avesse conosciuto lui, a quest'ora magari avrebbe lavato teste da un parruc-

chiere, o avrebbe un marito con uno stipendio ridicolo. Avrebbe dovuto tirare la cinghia anche solo per pagare l'affitto. Molta gente vive così, la maggior parte. Doveva dir grazie a lui se poteva spendere quello che voleva in cazzatine per la casa. In cambio, doveva solo rispettare la sua vita, la sua libertà.
Luis lo cercò via radio. Parlò poco, ma Rafael capì subito che era al corrente della sua lite con Mercedes. Di sicuro era andata a raccontare in giro i fatti loro. Per evitare di essere capito da tutti i colleghi in ascolto, chiese:
– Mercedes è stata da te?
– Sì, voleva sapere.
– E tu?
– Io niente.
– Bravo. Passo da casa fra quindici giorni.
– Forse ti converrebbe andare prima. Mi sa che stavolta…
– No, è meglio non correre.
Se Luis fosse stato al suo posto, si sarebbe messo in ginocchio. Ma lui sapeva come funzionavano le cose, bastava un po' di tempo e tutto sarebbe tornato come prima. Il solito tran tran, un po' di tranquillità.
Arrivò a Valenza verso sera. Il sole tingeva il cielo di rosso. Appena ebbe consegnato la merce, la stanchezza gli piombò addosso all'improvviso. Aveva guidato in preda alla tensione. Chiamò Adela. Si mostrò tranquillo e succinto, come lei, del resto. Preferì darle un appuntamento nel caffè dove si vedevano sempre. Mentre la aspettava, prese una bibita, non voleva far vedere di aver bisogno di bere.
Adela entrò nel bar dopo mezz'ora. Anche se faceva caldo, aveva addosso un giaccone grigio. Lui si accorse che aveva le nocche delle mani bianche per la ten-

sione. Era più magra e aveva gli occhi infossati. Sorrise debolmente. Ci fu un silenzio carico di imbarazzo.
– Vuoi prendere qualcosa?
– Un caffellatte.
Aveva i capelli molli e sporchi. Si ricordò che quando si vedevano era sempre fresca di parrucchiere. Forse non sarebbe stato difficile farle capire che quello era un addio, forse lo aveva già accettato.
– Stai meglio?
Lei fece una faccia compunta.
– Il dottore ha detto che avrei potuto morire.
– Lo so.
Il cameriere interruppe la conversazione. Adela aspettò che si fosse allontanato per parlare.
– Adesso devo andare dallo psichiatra tutte le settimane.
– Male non ti fa.
– Non voglio che nessuno lo sappia.
Girava il cucchiaino, diligente e compunta, come una bambina che ha fatto il suo dovere senza aspettarsi niente in cambio.
– Cosa ti ha detto lo psichiatra?
– Niente, mi dà delle pastiglie che mi fanno bene. Forse dovrò prenderle per un mucchio di tempo.
Rafael si sentì a disagio. Se si trattava di constatare quanto Adela avesse sofferto, sperava che la cosa si risolvesse in fretta. Chiamò di nuovo il cameriere e ordinò un whisky.
– Ringrazia la tua amica che ha chiamato a casa mia, mi ha combinato un bel casino.
– Io non sapevo che lo avrebbe fatto.
– Avresti dovuto impedirglielo.
– Ero a letto e non stavo bene.
Era arrossita e il mento le tremava.

– È successo qualcosa a casa tua?
– No, cosa vuoi che succeda.
– Meglio così.
Lui la guardava con la coda dell'occhio, taciturna, insaccata in quell'assurdo giaccone grigio. Provò pietà e disprezzo. Doveva andarsene, dimenticarla, dimenticare soprattutto quell'ultima immagine della vittima sacrificale. Gli parve addirittura che puzzasse, di disinfettante, o di prodotti per le pulizie, ma forse era solo un'idea sua.
– Le tue amiche ti avranno detto che sono uno stronzo.
– Dicono che devo smettere di vederti.
– Io non ti ho mai presa in giro, Adela.
Lei lo guardò con espressione addolorata.
– Però mi hai fatto soffrire molto, Rafael.
Lui alzò la voce, sillabò con enfasi:
– Tu hai voluto soffrire.
La vide assumere un atteggiamento di difesa.
– Non gridare qui.
– Scusa.
Rimasero in silenzio. Lei guardò la gente che chiacchierava. Vide una ragazza che frugava nella borsa cercando qualcosa.
– È meglio che non ci vediamo più, Adela.
– Non lascerai tua moglie, vero?
– No, e lo sai.
Lei sembrava tranquilla, rilassata, forse sotto l'effetto dei sedativi.
– All'albergo si sono comportati molto bene. Dicono che posso prendermi tutto il tempo che voglio, che se non me la sento è meglio che non vada, anche quando sarà finito il periodo di mutua.
– Lavorare ti distrarrà.
– Sono venuti tutti quelli del piano a trovarmi in ospedale, mi hanno comprato un orso molto carino,

verde con le orecchie blu. È così grande che a momenti non ci sta in camera mia.
Sorrise. Sembrava volesse star lì a chiacchierare all'infinito dei suoi colleghi o dell'albergo. Rafael stava perdendo la pazienza. Fare scenate non portava da nessuna parte, ma era altrettanto stupido passare il tempo a chiacchierare di sciocchezze con qualcuno che non rivedrai mai più.
– Adela, io devo andare, mi stanno caricando il camion e devo ripartire subito.
– Sei sempre tanto occupato.
– Sì, non posso fare diversamente.
Si alzò, pagò al cameriere. Le tese la mano, incerto. Lei la prese, con la stessa mancanza di convinzione.
– Mi dispiace molto, Adela, tutto questo...
– Non preoccuparti, fa lo stesso.
– Immagino sia chiaro che...
– Nessuno ti chiamerà più a casa, puoi stare tranquillo.
Rafael si allontanò. Uscendo, la guardò con la coda dell'occhio e vide un fagotto grigio fermo al tavolo vuoto. Era stato tutto troppo facile. Si era aspettato qualcosa di più clamoroso, una scenata. Un finale più spiacevole ma più definitivo. Così gli restava uno strano sapore in bocca, forse di sospetto. Dopo tanti momenti tormentosi, lei gli diceva: «Non preoccuparti». Ad ogni modo, c'era ben poco che potesse fare, non le aveva lasciato molte alternative. Pensò che in fondo era sempre stata una donna dolce, affettuosa. Evidentemente aveva deciso di non aggredirlo. Si sentì sollevato.
In un bar lungo la strada incontrò Juan Albiñones, un collega con cui gli era capitato di fare due chiacchiere, qualche volta. Albiñones gli offrì una birra. Era rilassante parlare con qualcuno dopo aver lasciato Adela seduta a quel tavolo. Aveva dimostrato di essere una de-

bole e una stupida. Nessuno deve lasciarsi abbattere così. C'erano altri uomini al mondo. Avrebbe trovato un cameriere contento di stare con lei, il cuoco dell'albergo. La cosa non lo riguardava, non era il caso di pensarci per più di un minuto. Accettò l'invito. Albiñones guidava un camion frigorifero. Era serio e lento, con la voce grave. Assaporarono la birra, si accesero una sigaretta.
– Ieri ho finito di leggere un libro molto interessante sulla schiavitù.
Rafael lo guardò stupito.
– Tu leggi dei libri?
– Mi piace leggere un po' prima di dormire. Libri di storia, sulla seconda guerra mondiale.
Non avrebbe mai pensato che un tipo rude e addormentato come Albiñones avesse delle curiosità.
– Gli inglesi erano dei gran figli di puttana, compravano negri e li rivendevano. Solo nel viaggio morivano come mosche.
– Sì, l'ho visto in qualche film.
Il collega si pulì la bocca col dorso della mano.
– I maschi più giovani li mettevano a lavorare. Le donne se le scopavano, dato che erano di loro proprietà...
Rafael si mise a ridere.
– Ti piacerebbe avere una negretta, eh, Juan?
Lui fece di no con la mano.
– No, io preferirei un bel ragazzo sano.
– Sei diventato finocchio?
– No, ma lo metterei a guidare il camion quando non ne posso più.
Risero. Albiñones sputò per terra. Ordinarono altre due birre.
– A te non piacerebbe avere uno schiavo, Rafael?
– No, a me no.

– Perché?
– Perché mi piace stare da solo.
– Certo, per questo fai il camionista.
– Credo di sì.
Bevvero in silenzio. Sulla strada, le auto passavano a tutta velocità. Sembrava stesse per piovere. Rafael aveva voglia di bere ancora. Cominciarono una terza birra.
– Una schiavetta negra per i fine settimana, eh, Rafael?
A mezzanotte era esausto, non ne poteva più di quei discorsi stupidi. Salutò il collega, che rimase lì con la sua birra. Arrivato al camion, gli venne voglia di vomitare, si fermò un attimo. Quando entrò in cabina, attaccò la ricetrasmittente. Pochi minuti dopo sentì il suo nome. Era Rápalo.
– Ho chiamato la tua ditta e mi hanno detto che hai cambiato turno. Guarda caso, io vado dalla stessa parte. Che ne dici se domani ti fermi a Casa Martín verso le tre e mi aspetti?
– Ci tieni tanto a vedermi?
– Solo per parlarci da persone civili, nient'altro.
– D'accordo. Ci sarò.
Si sdraiò in cuccetta. La birra gli girava nello stomaco. Ebbe appena il tempo di scendere e vomitare nel fosso. Appoggiò la schiena contro la ruota anteriore, respirò l'aria umida della notte. Vide uscire Albiñones dal bar, a passi lenti. Il suo camion aveva un grande merluzzo dipinto sul portellone di dietro, un merluzzo sorridente con un berretto e una sciarpa di lana.

13

Mercedes si asciugò gli occhi con un fazzoletto. Era un gesto che aveva visto fare a tutte le donne della sua famiglia in qualche occasione, sua madre, sua nonna. Le bambine erano a casa di Pili, si era offerta di tenerle da lei, quella sera. Ci vollero tre giorni prima che si decidesse a confidarsi con la sua amica, tre giorni troppo lunghi, in cui aveva nascosto il suo abbattimento e inghiottito il suo dolore. Dopo averla ascoltata, Pili si arrabbiò, considerò quel ritardo come una mancanza di fiducia. Il peggio era stato doversi occupare delle bambine, continuare a fare tutto come al solito e ascoltare le loro storie, rispondere come se non fosse successo niente. Quando andavano a scuola si sdraiava sul letto per piangere. Nel pomeriggio guardava la sua telenovela preferita, una storia di cuori infranti. Si identificava con la protagonista, una donna abbandonata e debole che lotta senza successo per riconquistare l'uomo che ama. In quasi tutte le puntate era disperata e ripensava al suo amante. Mercedes provava un misto di odio e delusione nei confronti di suo marito. Avrebbe voluto parlargli e costringerlo a confessare, a dirle se era vero che aveva avuto un figlio da un'altra donna. Quella sarebbe stata l'ultima delle umiliazioni, la fine di tutto. Le puttane potevano ancora passare, ma così era troppo. Sapeva che c'erano uomini con due vite parallele, due mogli, due case, figli di qua e figli di là. Lei non voleva una cosa simile. Piangeva, si ricordava di quando erano nate le bambine. Rafael si era presentato tutte e due le volte in ospedale con un mazzo di fiori. Sapeva che pochi mariti hanno premure di quel tipo. Anche se avrebbe voluto un maschio, aveva preso in braccio le bambine da padre orgoglioso, aveva accolto sorridendo le congratulazioni delle infermiere. Eppure, niente di tutto questo contava più, adesso. La cosa migliore era mettere da parte i ricordi, concentrarsi sulle questioni pratiche. Se voleva divorziare doveva fare in modo che né lei né le bambine ne uscissero danneggiate. Forse avrebbe dovuto rimettersi a lavorare, mettere su un piccolo salone di estetica, passare le ore a depilare le gambe delle clienti. Si sentiva paralizzata dall'angoscia. Forse avrebbe perso la casa. Ricominciare da capo con Rafael era impossibile. Nei libri che leggeva, nei film che vedeva, le coppie che ricominciavano da capo lo facevano dopo un cambiamento repentino. Lei non poteva aspettarsi nessun cambiamento. Rafael avrebbe continuato a girare col suo camion, non conosceva altro modo per guadagnarsi da vivere. Niente avrebbe potuto trasformarlo, dall'oggi al domani, in un marito casalingo e tranquillo. Lei sarebbe sempre rimasta a casa, senza sapere dove fosse, a sospettare, senza poter fare altro che dedicarsi anima e corpo alle bambine e alle faccende domestiche. Ricominciare era un'espressione senza senso nel suo caso. E non era sicura di poter cancellare il suo risentimento nei confronti di Rafael. Ma era terribile pensare di rinunciare a tutto. L'attaccamento alle comodità la frenava. Era prezioso il momento in cui, messe a letto le bambine, poteva stendere le gambe sul divano e rallegrarsi di non avere un marito accanto a sé. Niente camicie da stirare all'ultimo momento, nessuno che dormicchiava pesantemente sulla poltrona. Potersene stare sola, con la casa in ordine, le bambine tranquille, tutto perfettamente organizzato. Era difficile pensare di farne a meno, di andare a stare in un'altra casa, di rientrare la sera stanca morta e doversi ancora ammazzare di lavoro. Sentì la porta che si apriva. Un attimo dopo entrò Pili, che le si sedette davanti senza parlare e accese una sigaretta. La guardava seria.

– Questa è l'unica cosa che vuoi fare, sederti a piangere?

– Se ti ho detto che ho deciso di parlargli.

– Non crederai mica che, a questo punto, parlare possa servire a qualcosa.

– Voglio sapere la verità.

Pili si alzò, cominciò a muoversi per la stanza.

– La verità è che sta con un'altra e che la storia si è complicata con ospedali e chissà quali casini.

Mercedes non rispose. Si tolse le scarpe, si massaggiò il collo del piede, piano, con aria assente. Guardò la sua amica.

– Hanno mangiato le bambine?

– Stanno già dormendo.

– Ti sono molto grata per quello che fai per me, Pili.

Pili sbuffò.

– E se ti fossi immaginata tutto?

– Allora vedrò cosa fare.

– Magari puoi dargli un'altra opportunità, in fondo sono solo dieci anni che ti tradisce.

Mercedes gridò, piena di dolore:

– E cosa vuoi che faccia!

– Separati!

Lei cambiò posizione, sentendosi a disagio. Abbassò la voce:

– Sì, per te è facile dirlo, hai un marito, una casa, e nessuna paura.
– E tu, di cosa hai paura?
– Di perdere la mia tranquillità!
Pili tacque, si sedette sul bracciolo di una poltrona, guardò la sua amica.
– So di un'avvocatessa molto brava, la migliore per questi casi. Non perderesti la casa, e per i soldi staresti anche meglio di come stai adesso. Ha aiutato Gloria a divorziare.
Mercedes la osservò con attenzione e poi si mise a piangere.
– E così la mia vita è finita, vero? Senza un futuro, senza nessun progetto, senza nessuno.
Pili le si avvicinò, le passò un braccio sulle spalle.
– Non sarai sola, Mercedes, puoi starne certa.
Mercedes protestava fra i singhiozzi, senza nessun controllo.
– No, certo che no, le altre coppie sposate mi inviteranno a cena per distrarmi, avranno compassione di me di tanto in tanto.
Pili la cullò fra le braccia, la fece star zitta, le sussurrò all'orecchio:
– Ma non ti rendi conto, Mercedes? Se tu ti separi da tuo marito, mi separo anch'io.
Mercedes alzò la faccia arrossata, sporca di muco e di lacrime. Pili le diede un bacio sulla guancia.
– Certo che ci saranno dei progetti, Mercedes, grandi progetti. Ci saranno le bambine, e il negozio, e una nuova vita. Insieme staremo bene, Mercedes, meglio che mai.

Si era messa un paio di pantaloni leggeri, teneva le gambe appoggiate su una sedia. Per la prima volta l'aveva fatto venire a cena a casa sua. Non si era data particolarmente da fare con i preparativi, né aveva acceso delle candele sul tavolo. Avevano mangiato della carne, e patate di contorno. Lui aveva portato una bottiglia di vino. Fumavano e bevevano lentamente. Rafael era sdraiato sul divano. Aveva l'impressione che lei non desse grande importanza alle sue visite. Non si rendeva conto di quanto fosse complicato per un camionista rispettare un appuntamento, far coincidere gli orari e i percorsi, evitare un cambiamento all'ultimo minuto. Quando si vedevano, la sua espressione era indolente come se si fossero lasciati il giorno prima, lo sguardo sempre sfuggente e beffardo. Solo a letto si sentiva sicuro. Lì, libero dalla lama dei suoi occhi, vicino al suo corpo caldo, era più facile sentirla. Tona si trasformava allora in brace viva. Poi tornavano al silenzio e alle sigarette, senza commenti né sospiri. Perfino le bestie sono più espressive. Era arrivato a detestare il trattamento troppo compiacente di Adela, al punto che gli capitava di rispondere alle sue attenzioni con grugniti di malumore. Eppure, davanti a Tona si sentiva abbandonato. Non riusciva a smettere di pensare che se non ci fosse stato lui, lì con lei, quella sera, chiunque altro avrebbe potuto essere al suo posto. Tranne che a letto. Gli era difficile credere che con un altro lei avrebbe avuto quegli spasmi. Spesso anche lui si lasciava andare, e di rado riusciva a controllarsi a sufficienza per poter osservare il piacere di lei. Dopo l'esplosione rimaneva confuso, deluso per non essere riuscito a trattenersi. Non era facile, Tona riempiva di sesso la stanza, sembrava che, quando lui la toccava, l'aria si saturasse di desiderio. Poi tutto tornava a una normalità sorprendente, in cui non era stato guadagnato un millimetro di intimità. Lei passava subito a considerazioni banali, tanto che Rafael provava nostalgia delle confidenze ricevute nel cor-

so della sua vita di amante. Le fidanzate gli raccontavano sempre di altri uomini che avevano amato, storie semplici e tinte di inesperienza giovanile. Tona non era più una bambina. Ma lui continuava a provarci.
– Parlami di tuo marito.
Lei tirò giù le gambe dalla sedia, si avviò pigramente verso il giradischi.
– Di lui non voglio parlare.
– Hai dei brutti ricordi?
– Era molto noioso.
Gli si sedette accanto sul divano viola, gli porse un posacenere.
– Perché vuoi sempre che ti racconti qualcosa?
Lui scosse una mano con aria indifferente.
– Tanto per parlare.
Tona sorrise ironica e scivolò a poco a poco giù dal divano fino a sedersi per terra.
– Ti parlerò di Paco.
– Chi è Paco?
– Uno con cui ho vissuto.
– Per quanto tempo?
Lei rimase zitta, faceva il conto.
– Un anno, forse, non mi ricordo bene.
– E quando è stato?
Lei si voltò, infastidita dalla sua invadenza.
– Non ho detto che avrei risposto alle tue domande.
Rafael rimase immobile, strinse i denti. Non era la prima volta che lei gli rispondeva male. Ma era troppo incuriosito per interromperla con una discussione. Preferì star zitto.
– Paco era uno che consegnava le bombole del gas. Aveva le spalle larghe come un muro. L'ho conosciuto in un bar.
– Un posto dove lavoravi?
– No, c'ero andata a bere qualcosa. Ci trovammo bene

insieme e, dopo un mese, andai a stare da lui. Abitava con un amico, e così portai via la mia roba dalla pensione e mi sistemai lì.

Guardò Rafael aspettando che dicesse qualcosa, sorrise.

– Ma andavo a letto solo con Paco…

Rafael fece una smorfia seria, di comprensione.

– …all'inizio.

Risuonò la sua risata beffarda. Lui cercò di non cambiare espressione.

– Poi gli misi le corna con l'amico. Era più giovane, e stava di più in casa.

Lui rimase in silenzio, mentre Tona si stiracchiava. Si distese completamente sul tappeto, con la testa sotto il tavolino.

– Paco non era certo un signore. Con me si comportava bene, ma c'era troppo lavoro in quella casa. Rientravo stanca morta dopo aver fatto le pulizie in giro e mi toccava occuparmi di due uomini, la cena, lo stiro.

– E cos'è successo?

– Te l'ho detto, ho cominciato ad andare a letto anche con l'altro finché Paco non se ne è accorto e mi ha buttata fuori.

– Eri innamorata di lui?

Lei scoppiò in una risata brusca, si alzò di scatto, andò in cucina a prendere del ghiaccio. Continuò a parlare da lì.

– Mi sa che tu hai visto troppi film. Come tutti, del resto.

– Le donne si innamorano…

Lei tornò con una scodella, gli offrì del ghiaccio prendendolo con le dita.

– Era uno che aveva un appartamento. Io alla pensione ci lasciavo quasi tutto quel che guadagnavo. E poi lì potevo muovermi per casa, non ero costretta a star chiusa in una stanza.

– Per questo ti eri messa con lui?
– A letto mi piaceva.
Gli si sedette vicino, sempre con quel sorriso sardonico.
– La gente non passa la vita a innamorarsi. Siamo quasi tutti abbastanza malmessi.
Lui si accese una sigaretta con affettazione, fece una pausa che voleva essere intrigante, parlò in tono significativo:
– Be', c'è una che ha appena cercato di suicidarsi per me.
Tona rimase sorpresa, ma reagì senza mostrare curiosità.
– Congratulazioni, ma non è normale.
Rimasero in silenzio. Lei volle alzarsi di nuovo, ma lui glielo impedì. La attrasse contro il suo petto, le posò la bocca sull'orecchio:
– E con me perché ci stai, Tona, perché?
– Perché ti ho visto all'autogrill e mi sei piaciuto.
Lui le premeva l'orecchio con i denti, ridendo.
– Nient'altro?
Lei cercò di liberarsi, gridò, quando sentì l'orlo tagliente dei denti sul lobo.
– Lasciami! Sei matto?
– E a letto, ti piaccio a letto? Dimmelo.
Lei si mise a ridere forte, lo spinse via. Lui la immobilizzò di nuovo, si buttò su di lei abbattendola sul divano. Cominciò a baciarla sul collo, sulla bocca. Lei gli sussurrò all'orecchio:
– Vuoi che ti racconti cosa facevo con Paco?
Lui assentì con la testa, ansimando, accostò l'orecchio alle labbra brucianti di lei, sentì l'umidore della sua saliva. Cominciò ad ascoltarla, sempre più eccitato.

Mercedes gli disse che voleva vederlo in un bar, prima che tornasse a casa. Non poté fare a meno di accettare.

Era stata una settimana pesante ed era stanco, consegne urgenti, brutto tempo. Era su tutte le furie per quel capriccio, un uomo ha diritto di riposare quando torna dal lavoro. E invece no, gli tocca andare in un bar, ascoltare le lamentele di sua moglie. Assolutamente ridicolo. Mercedes era portata a drammatizzare, di sicuro gli avrebbe dato un ultimatum, non era la prima volta che lo faceva. Era successo all'inizio del loro matrimonio, quando aveva cominciato a non tornare a casa per qualche domenica di seguito; più tardi, quando c'erano stati i primi sospetti di infedeltà. Era sempre finita allo stesso modo: lui ascoltava, la tranquillizzava un po', e poi tutto tornava come prima e l'ultimatum finiva nel dimenticatoio. Si domandava fino a quando gli sarebbe toccato recitare quella commedia. Forse l'appuntamento al bar era per via delle bambine, Mercedes preferiva tenerle fuori dalla faccenda. Ma era ridicolo lo stesso. L'unica cosa era convincerla che non c'era nessun figlio fuori dal matrimonio, farle capire che tutto poteva continuare come sempre.
Appena ebbe messo giù il telefono, ordinò un caffè. Aveva bisogno di una doccia. Prese una stanza in un motel, pensò di andare a cercare una ragazza, ma qualcosa lo trattenne. Era stanco, non ne poteva più dei problemi di donne, non gli andava di vederne nessuna, nemmeno una puttana. Salì senza nemmeno cenare. La stanza era pulita, somigliava a tante altre dove era stato. Vide il telefono sul comodino. Non aveva mai sentito il bisogno di chiamare qualcuno appena si ritrovava solo in una camera d'albergo. Molti dei suoi colleghi lo facevano, dicevano che il telefono li attirava con una strana forza, come se sentissero il bisogno di far sapere a qualcuno dove si trovavano. Chiamavano a casa, chiamavano un amico. Quella

notte anche lui sentì quell'urgenza. Si sdraiò sul letto, prese il ricevitore, rifletté per un po', nel silenzio. Forse sarebbe stata una buona idea palare con la moglie di Luis, chiederle di provare a calmare Mercedes prima che si vedessero. Emilia era una donna coi piedi per terra, poteva consigliarle prudenza, dirle di andarci piano con gli ultimatum e le scenate. Ma gli bastò pensarlo per indignarsi. Non avrebbe mai fatto una cosa simile, non si sarebbe mai umiliato in modo così stupido. Fece il numero di Tona. Lei ci mise un po' a rispondere, ma finalmente gli giunse la sua voce svogliata. La lasciò dire «pronto» un paio di volte e poi mise giù. Era in casa.

Non aveva intenzione di rovinarsi la vita pensando a quel che avrebbe potuto dirgli Mercedes in quell'assurdo incontro al bar. Avrebbe passato quel fine settimana come tutti gli altri: la televisione, le bambine... Avrebbe invitato a cena Luis ed Emilia, il sabato sera, tanto per creare un clima di normalità. Questo avrebbe rimesso le cose a posto, forse sarebbero anche stati bene. Mercedes poteva invitare Pili, come aveva fatto altre volte. Andò a fare la doccia. Il fiotto d'acqua tiepida gli diede una bella sensazione, i muscoli si rilassavano, le vertebre cervicali si distendevano. Si asciugò energicamente, si guardò nudo nello specchio. Aveva ancora bicipiti forti e il ventre piatto e muscoloso. Tornò a letto, nudo. Prese di nuovo il telefono e chiamò Tona. La sua voce insonnolita non cambiò quando le disse che era lui.

– Non sei contenta di sentirmi?

– Domani ho il primo turno, entro alle sette.

– Sei in camicia da notte?

La sentì ridere, gli fece piacere. Si sarebbero detti qualche sciocchezza, poi avrebbe ordinato un whisky alla reception. Era questo che facevano gli uomini di classe, ordinare un whisky alla reception e parlare al telefono con una bella donna, senza preoccupazioni. Avrebbe bevuto da solo, avrebbe acceso la radio, e avrebbe centellinato il suo whisky finché non gli fosse venuto sonno. Così facevano quelli che sapevano vivere.

Emilia gettò l'ultimo pugno di riso nell'acqua bollente. Aspettò un attimo. Quando avesse ripreso il bollore avrebbe abbassato il gas perché la schiuma densa e bianca non traboccasse. Sporcare il fornello voleva dire andare a letto più tardi. Non si ritirava mai senza che tutto fosse perfettamente pulito e ordinato. Per questo quando Luis era in casa stava particolarmente attenta a non sporcare, così non era costretta a lasciarlo troppo tempo da solo. A lui piaceva andare a letto presto, insieme a lei. Arrivava stanco il venerdì sera, sempre più stanco. Le aveva confidato che cominciava a sentirsi vecchio. A volte, chiacchierando a letto, si lamentava di non aver scelto un altro mestiere, meccanico, magari. Un orario fisso e poter tornare a casa tutte le sere. Ma era un sogno assurdo, senza un'officina sua non avrebbe mai guadagnato tanto. E di soldi ce n'era sempre bisogno: i bambini, la casa in campagna, i progetti. Emilia sistemò le salsicce in un piatto. Il riso era pronto, lo mise in una zuppiera e lo coprì di sugo di pomodoro. Suo marito e i bambini stavano guardando la televisione. Protestarono quando li chiamò. Preparò la tavola in cucina mentre loro si lavavano le mani. Distribuì i tovaglioli. Spesso pensava che se avesse avuto una figlia le faccende domestiche sarebbero state più lievi. Le bambine fanno piccole commissioni e aiutano le madri in casa. Invece nella sua fa-

miglia era sempre lei a doversi occupare di tutto. Riempì una brocca d'acqua e si sedette, accertandosi che non mancasse niente.
Nel bel mezzo della cena il campanello suonò. Marito e moglie si guardarono. Luis andò ad aprire. I bambini volevano sapere chi fosse. Entrò in cucina Rafael seguito da Luis. Emilia non capiva, non era l'ora per una visita. Lo invitò a sedersi a tavola, aggiunse un piatto, ma Rafael non volle cenare. Le chiese se poteva avere una birra. Sembrava distante ed era molto pallido. Si mise a fare domande ai ragazzi, sulla scuola, sul calcio. Luis lo guardava serio, si era accorto subito che qualcosa non andava. Con l'arrivo di Rafael, i tempi della cena accelerarono. Emilia riempiva i piatti in fretta e sgridava i bambini se si distraevano invece di mangiare. Quando ebbero finito fu come se fosse stato assolto un compito sgradevole. Emilia ammucchiò piatti e posate nel lavandino, e invitò gli uomini a rimanere soli, lei sarebbe andata a guardare la televisione con i ragazzi in camera loro. Luis le sorrise, si scambiarono uno sguardo d'intesa. Andarono nel soggiorno. Luis servì il whisky senza parlare, aspettando che l'amico dicesse qualcosa. Per Rafael sarebbe stato più facile parlare subito. Si sentiva bloccato, dopo tutto quel tempo passato a far finta di niente e a chiacchierare con i bambini. Una volta che ebbe il bicchiere in mano, bevve un lungo sorso nervoso. Si voltò verso l'amico.
– Mercedes dice che vuole separarsi.
Luis tacque. Non aveva molto da rispondere.
– Fa sul serio. Ha già parlato con un'avvocatessa che si occuperà della cosa –. Fece una faccia di superiorità. – Vuole che me ne vada definitivamente, che le lasci la casa e le bambine. Dice che potrò vederle la domenica.
Si fece silenzio.

– Pretende che le passi gli alimenti e paghi tutte le spese di casa.

Luis si accese una sigaretta, con calma.

– Cosa pensi di fare?

– Cosa cazzo credi che possa fare?

– Parlarle, magari...

– La cosa è già partita. Se ti dico che ha già un avvocato...

– È stata un po' precipitosa.

– No, ha avuto tutto il tempo per pensarci bene.

– È per la storia del suicidio?

– Dice che è per tutto quanto.

– Allora credo sia meglio che te lo cerchi anche tu un avvocato.

Si sentiva la televisione nell'altra stanza. In un film, una donna chiedeva aiuto in mezzo a brusche frenate d'auto. Luis pensò che non aveva senso fare commenti, indagare, cercare di saperne di più. Era tutto chiaro, la pressione aveva fatto saltare il coperchio della pentola.

– Vuoi fermarti a dormire qui?

– Forse è meglio.

– Dico a Emilia che ti prepari...

– No, preferisco il divano. Hai una coperta?

Luis andò a prenderla. Rimasero a bere in silenzio. Rafael non aveva voglia di parlare. Di tanto in tanto enunciava con frasi smozzicate le condizioni poste da sua moglie. Due ore dopo rimase solo, con la gola riarsa dal fumo e dall'alcol. Si sdraiò sui cuscini e cercò di dormire. Forse Mercedes aveva un altro, ma era poco probabile. Pensò alle bambine, a quel che avrebbe detto Mercedes per spiegare la separazione. Si vide pranzare con loro una domenica in un ristorante pieno di gente. Alla fine si addormentò. Luis ed Emi-

lia, che l'avevano sentito muoversi sul divano, parlavano sottovoce.
– Cosa credi che farà adesso?
Luis tirò fuori le braccia da sotto le lenzuola, si girò nel letto.
– Non lo so.
Emilia continuò a pensarci, supina, mentre suo marito cercava la posizione del sonno.
– Mercedes è orgogliosa – mormorò, – ma forse ha ragione. Nessuno può lasciarsi calpestare troppo a lungo.
Luis grugnì lievemente, senza rispondere.
– E poi non credo che a lui importi tanto. Può continuare a fare la stessa vita.
Sentì il respiro regolare di suo marito. Sì, il divorzio era una cosa terribile, soprattutto per una donna. Anche se era convinta che non fosse facile neppure per un uomo. Gli uomini non sanno stare da soli, per questo la loro solitudine dura poco, trovano subito una disposta a occuparsi di loro. Il mondo è pieno di ragazze bisognose d'affetto che non vedono l'ora di avere una casa propria. Immaginò come sarebbe stato separarsi da Luis, trovarsi sola nell'appartamento il fine settimana, senza aspettare nessuno. Avvicinò i piedi al marito, che si mosse e allacciò una gamba alla sua.
Rafael passò la domenica con loro. Giocò a pallone con Luis e i ragazzi, e nel pomeriggio guardò la televisione. Ricordava i fatti del giorno prima come qualcosa di lontano, confuso. Verso sera tornò a casa. Mercedes era seria e attiva, non dava segni di tragedia. Preparava la cena mentre le bambine facevano il bagno. Di tanto in tanto andava a mettere pace nei loro giochi. Rafael andò in camera da letto per fare le valigie. Come sempre trovò le camicie stirate e gli abiti piegati. Tornò in cucina.

– Vado.
Lei lo guardò con espressione neutra, gli parlò senza acredine, come se dovesse risolvere con lui una questione importante che non richiedeva nessuna dimostrazione emotiva.
– Appena puoi, dimmi se accetti le condizioni. E mettiti in contatto con l'avvocatessa, ti ho lasciato l'indirizzo sul tavolo. Mi farai sapere dove vai a stare, nel caso debba informarti di qualcosa.
Lui non disse niente. Nessun sentimento lo travolgeva. All'improvviso sentì quella casa come lontana, come se non fosse mai stata sua. Non provava niente di particolare neanche per le sue figlie. Quando andò a salutarle smisero appena di giocare, occupate com'erano a spruzzarsi a vicenda e a nascondere il sapone. Chiudendo la porta si rese conto che forse era l'ultima volta che metteva piede lì dentro.
Quando Mercedes gli aveva detto che voleva separarsi aveva reagito con violenza. Poi, di fronte alla notizia che era già andata dall'avvocato, era rimasto spiazzato, senza risposte. Non aveva protestato. Aveva pensato che più avanti le avrebbe fatto capire quanto fosse ridicolo tutto quanto. Eppure non aveva voglia di ostacolarla, era in preda a una sorta di inerzia, che lo portava ad accettare tutto, sicuro che qualunque cosa avesse fatto, la decisione era ormai irreversibile. In strada, pensò a come sarebbe stata la sua vita se non si fosse sposato. Si vide in un appartamento lussuoso, circondato di belle donne. In tutti quegli anni non aveva fatto altro che sgobbare per mantenere una famiglia, pagare il mutuo di un appartamento troppo grande, la retta di una scuola troppo cara. Questa era stata la sua vita, per il resto aveva riempito i vuoti con qualche notte brava. Adesso sua moglie si sarebbe presa tutto

e lui non aveva neanche il diritto di protestare. Una vita sprecata, a fare quello che non voleva fare.
Si mise al volante con animo cupo. Uscì dalla città. Infilò l'autostrada come un sonnambulo. La guida riuscì a rilassarlo, a dargli sollievo. Ma la cosa che gli tornava in mente con più insistenza non aveva niente a che vedere con i motivi per cui si era visto schiavizzato per una vita, la famiglia, la casa. Non sapeva nemmeno se dovesse rallegrarsene o infuriarsi. C'era una cosa sola che lo riempiva di indignazione: non aveva nessuna scusante. Era stato lui a sposare Mercedes e a legare la sua vita unicamente a quel matrimonio. Ormai erano sfumate le possibilità di essere libero e ricco. Si vedeva come una formica che aveva costruito una casa per altri. Avrebbe voluto che tutto quel lavoro avesse un senso. La sorte non gli aveva dato una donna capace di essere paziente. Adesso era senza casa, senza figli, senza moglie, e non era più un ragazzo nel pieno delle forze come era stato anni prima. Qualunque stupido ha più fortuna di me, pensò. Una rabbia controllata ma potente si impadronì dei suoi pensieri. Avrebbe accettato la separazione. Non avrebbe mai chiesto clemenza a Mercedes, non si sarebbe umiliato, nemmeno pregandola di parlarne con più calma.
Dopo diverse ore al volante, gli venne voglia di fermarsi, di prendere un caffè. Si ricordò dell'appuntamento con Rápalo. Avrebbe raggiunto il bar dove dovevano vedersi, poteva resistere ancora un po'. Ripensò alla figura di Rápalo con ripugnanza. Perfino un tipo come quello si sentiva in diritto di chiedergli qualcosa. Sembrava che tutti volessero costringerlo a comportarsi come pareva a loro. Sorrise sdegnosamente, strinse i denti.
Rápalo non era ancora arrivato, quando varcò la porta del bar. Si sedette al bancone. Non aveva fame, ma la

sera prima non aveva cenato e non poteva rimanere a digiuno ancora per molto. Ordinò due uova fritte. Guardò distrattamente la gente che faceva colazione. Alcuni, con aria stanca, masticavano senza alzare gli occhi dal piatto. Quattro colleghi chiacchieravano rumorosamente a un tavolo. Divoravano carne in salsa di pomodoro e bevevano vino. C'erano molti che avevano bisogno di vedersi tutte le mattine per poter affrontare la giornata. Si sentivano abbandonati se al mattino non c'erano chiacchiere, vino e sigarette. «Mi deprime mangiare da solo». Quante volte aveva sentito quella frase in bocca ai camionisti. Lo trovava penoso: se un uomo non è capace di mangiare da solo, allora come può fare da solo tutto il resto? Vivere senza Mercedes non sarebbe stata una tragedia. Avrebbe preso un appartamento in affitto, dove avrebbe ricevuto le sue fidanzate e avrebbe bevuto un bicchiere in terrazzo, avrebbe guardato le partite in televisione. Certo che non poteva affittare un buco qualunque, non era abituato a stare in posti squallidi. E per certe cose ci vogliono soldi, non si immaginava neppure quanti, non sapeva nemmeno di quale somma avrebbe potuto disporre dopo aver passato gli alimenti a Mercedes. Tutto sarebbe andato avanti come prima, lui avrebbe lavorato come un negro e lei avrebbe fatto la bella vita, forse anche più di prima. Sarebbe uscita con altri e avrebbe speso i suoi soldi come le pareva. Era stata una mossa perfetta da parte sua.

Proprio mentre gli servivano le uova, sentì il saluto di Rápalo alle sue spalle. Gridava come sempre, spaccone e rumoroso. Si sedette accanto a lui, ordinò un caffè. Sembrava teso, sotto l'apparenza gioviale. Si allontanò un attimo per parlare con i quattro che facevano colazione. Loro lo ascoltavano, ammiccando con condiscendenza. Tutti conoscevano Andrés Rápalo, le sue gesta, le storie di quando mandava a battere le donne a Barcellona. Quando ebbe finito di dire le sue sciocchezze, tornò da Rafael.

– Lo prendi un caffè?

Rafael annuì, scostò il piatto con i resti della colazione. Rápalo ordinò caffè, cognac e un pacchetto di sigarette. Pagava tutto lui, anche la colazione di Rafael. Gli batté sulla spalla. Rafael vide da vicino i suoi capelli radi tinti di biondo, le sopracciglia sguarnite, i punti neri sul naso deforme. Ne ebbe schifo.

– Perché ci tenevi tanto a vedermi, Rápalo?

Il piccoletto ci mise un po' a rispondere, fece girare un grosso anello che portava alla mano sinistra.

– Senti, Rafael, io credo che fra amici le cose debbano sempre essere chiare.

Rafael assaggiò il caffè, si sentì arrossire.

– Cos'è che non è chiaro?

– Be', lo sai. La sera che siamo andati al Club Lili...

– Cos'è successo?

– Credo che non ti sei comportato come si deve. Ti sei incriccato la mia ragazza sapendo che io ero di sotto ad aspettare. Non che me ne importasse tanto, Rafael, io lo capisco che in questioni di donne può capitare uno sbaglio, una svista. Quel che non mi è andato giù è che mi hai fatto fare la figura dell'imbecille davanti a tutta quella gente. Non è piacevole, lo sai come sono queste cose.

– Bene. E adesso cosa vuoi che faccia? Quel che è stato è stato.

Rápalo assunse un'espressione sostenuta e dignitosa.

– Su questo siamo d'accordo. Ma tu lo sai che sono un signore, Rafael, basta che mi chiedi scusa e io sono contento. Una parola ed è tutto finito, amici come prima.

Rafael si ribellò, sprezzante.
– Ma non dire cazzate, Rápalo! Che scuse e scuse! Le ragazze non sono proprietà di nessuno.
Rápalo si irrigidì, serrò le mandibole. Parlò fra i denti:
– Sì, ma non è ancora nato quello che me ne porta via una sotto il naso. Né tu né nessuno.
Rafael si contrasse. Un'ondata di sangue gli salì fino agli occhi. Aprì la mano e, con gesto preciso, gli stampò il palmo sulla faccia. Il ceffone suonò con uno schiocco nettissimo. Ci fu un istante di stupore nel bar, tutti fecero silenzio. Rápalo, dopo una breve paralisi, emise un gridolino da topo infuriato e si gettò sul suo aggressore. Rafael ebbe tutto il tempo di dargli uno spintone. Rápalo barcollò, e senza smettere di lanciare quel suono acuto, cercò di nuovo di aggredirlo. Rafael sentì una zaffata del suo alito fetido e, come se volesse soprattutto farlo star zitto, lo gettò a terra, e continuò a scaricargli pugni in faccia, sulle spalle, allo stomaco. Il padrone del bar urlava. I camionisti accorsero, presero Rafael per le braccia, lo tirarono su a fatica. Altri clienti trattenevano Rápalo perché non cercasse di rialzarsi. Portarono Rafael sul piazzale, cercando di calmarlo. Insistettero per accompagnarlo fino al camion. Lui si divincolava. L'ultima volta che si voltò, vide Rápalo accasciato ai piedi del bancone, fra le cicche e i tovaglioli di carta. Un filo di sangue gli colava dalla bocca. Non aveva ancora smesso di strillare.
Davanti al camion si tranquillizzò un poco. Uno dei colleghi gli ripeteva: – Non vale la pena di picchiare uno così –. Lui si liberò delle braccia che lo serravano.
– Lasciatemi in pace!
Salì in cabina. I due uomini tornarono nel bar. Lui mise in moto. Lentamente ritrovò la regolarità del respiro. Mentre si allontanava, il rumore del cambio gli restituì

una certa calma. Si accorse di aver lasciato le sigarette al bar. Avrebbe dovuto fermarsi di nuovo. Quattro chilometri più avanti c'era un altro bar. Parcheggiò e spense il motore. Appena messo il piede a terra, una forte nausea lo costrinse a piegarsi in due. Fece il giro del camion e vomitò, aggrappandosi con tutte e due le mani al portellone.

14

Si rese conto che non era bello andare in giro con la sensazione di non avere una casa propria. Non gli era mai capitato di provare una cosa simile. Non erano le comodità a mancargli, ma qualcosa di molto più astratto. Desiderava avere un posto dove tornare, sapere di avercelo, poterselo immaginare mentre era seduto al volante. La cosa fondamentale era il letto. Dopo tante notti trascorse in alberghi e pensioni, poter avere un letto esclusivamente suo gli sembrava una questione di vita o di morte. Solo lui e nessun altro su un materasso.

Prese in affitto un appartamento a Barcellona. Non poteva allontanarsi troppo dalle bambine se doveva passare con loro una domenica al mese. Così avrebbero visto che avevano ancora un padre, che lavorava per mantenerle, come aveva sempre fatto. Dovevano sentirne di tutti i colori su di lui da Mercedes, dalle sue amiche. Solo col tempo avrebbero capito come stavano veramente le cose. Vederle una domenica al mese non era troppo complicato. Si ricordava di quel che le aveva detto Tona, delle lunghe ore passate con suo figlio senza sapere cosa fare né dove portarlo. Quella era una delle ragioni per cui aveva preso l'appartamento: lui sì che avrebbe avuto un posto dove portare le sue bambine.

Era un attico ammobiliato, con una sola camera da letto. Aveva due grandi balconi che davano sui tetti. L'aveva trovato per mezzo di un'agenzia e non aveva posto troppe condizioni. I locali erano stati ritinteggiati e il bagno era in ordine. Quando passò la prima notte nell'appartamento lo trovò troppo freddo, un solo termosifone non era sufficiente. Disfece le valigie e mise la sua roba nell'armadio. Non era peggio di molti altri posti dove alloggiava di solito.

Il primo fine settimana che trascorse nella sua nuova casa invitò Luis a bere qualcosa. Aveva comprato del whisky. Cercò negli armadietti della cucina dei bicchieri decenti. Trovò piatti e bicchieri scompagnati, coperti da un sottile strato di polvere.

Luis girava per l'appartamento senza sapere cosa dire. Osservò che la luce era un po' debole, lui avrebbe cambiato le lampadine. Gli parve terribile che il suo amico dovesse abitare lì. In realtà gli pareva terribile tutta la storia della separazione. Ma non intendeva interferire, in fondo per uno che amava la bella vita come Rafael quella situazione poteva essere invidiabile. Si complimentò con lui per aver trovato un posto piacevole dove stare, gli fece l'occhiolino quando entrarono in camera da letto. Rafael servì il whisky. Al momento di mettere il ghiaccio nei bicchieri, si accorse che non ce n'era, avrebbe dovuto pensarci prima. Luis se ne accorse, pensò che le incombenze domestiche sarebbero state un problema serio.

– Pensi di portare qualche donna a vivere qui?

– Per il momento no.

– E la valenzana?

– Con quella, è finita.

– Avrai bisogno di qualcuno che ti faccia le pulizie, che ti stiri la roba.

Rafael rimase zitto. Non aveva ancora avuto il tempo di pensarci. Non era assolutamente disposto a prendersi una donna di servizio. Nessuno doveva ficcare il naso nella sua vita. E poi non riusciva a immaginarsi a dare ordini a una serva, a dirle cosa bisognava fare. Avrebbe portato la roba in tintoria. Se lo sporco si fosse accumulato, avrebbe chiamato un'impresa di pulizie. Così l'appartamento sarebbe rimasto a posto per un po'. Aveva visto fare qualcosa del genere a degli scapoli in un film, e gli era sembrato un sistema molto pratico. Luis continuava a mettergli sotto il naso tutti i problemi che avrebbe potuto avere: «Chi cucinerà per te il fine settimana?», «chi si occuperà delle operazioni in banca?», «e le bambine, dove le farai dormire, se si fermano una notte?». Reagì male, posò bruscamente il bicchiere sul tavolo. Luis si accorse che non erano solo gli argomenti sentimentali a dover essere evitati. Rafael non era contento. Si chiese perché il suo amico avesse accettato la decisione di Mercedes senza fare obiezioni, perché le avesse lasciato tutto senza combattere.

– Ti costa molto l'affitto?

– Posso pagarlo –. Indicò l'esiguità dell'appartamento con un movimento circolare della mano. – Vedi bene che qui non è come a casa mia.

– Non è male, però.

– È uno schifo.

– Stai esagerando, a me sembra carino.

Rafael si avvicinò al suo amico, agitò un dito minaccioso.

– Ti assicuro che come a Mercedes viene in mente di mettersi in casa uno, il giorno dopo lei e le bambine possono fare le valigie. Metà dell'appartamento è ancora mia.

Luis si alzò, gli mise una mano sulla spalla.

– Calmati, Rafael, adesso basta. Non capisco perché ti agiti tanto.
– Anch'io volevo separarmi, lo capisci o no?
– Ma certo che lo capisco.
Luis gli propose di andare a prendere qualcosa fuori, in quell'appartamento era difficile parlare. Uscirono e camminarono in silenzio. Il quartiere era pieno di negozi e la gente faceva le spese del sabato pomeriggio. Gruppi di ragazzi in jeans andavano rumorosamente su e giù. Entrarono in un baruccio. Sul bancone pendevano lampade coi paralumi di stoffa impolverata. Una vecchia sedeva alla macchina mangiasoldi. Infilava moneta dopo moneta e picchiava forte sui tasti. Rafael la osservava in silenzio. Bevve il suo bicchiere d'un fiato. Non riusciva a staccare gli occhi da quella donna, con un lungo impermeabile logoro dalle cui tasche tirava fuori i soldi.
Il padrone del bar si chinò all'orecchio di Rafael e gli disse sottovoce:
– Viene quasi ogni giorno. Arriva a spendersi anche duemila pesetas per volta. Ce ne sono tante come lei, e poi dicono che la pensione non basta, rimangono senza la bombola del gas e non hanno i soldi per comprarla, muoiono dal freddo e non possono neanche cucinare.
Aspettò una risposta, ma Rafael non lo guardò neppure. Luis gli disse una cosa qualunque purché si allontanasse. Quando l'uomo non fu più a tiro d'orecchio, Rafael mormorò:
– E che cavolo vuole che facciano?
Finì il bicchiere, si voltò verso Luis.
– Cosa deve fare quella povera vecchia, morire di disgusto a casa sua?
Luis pagò, voleva portarlo via di lì. Nemmeno andando al bar era riuscito a placare il suo malumore. Prima di arrivare alla porta, Rafael si girò deciso e andò

dalla vecchia. Tirò fuori un biglietto da mille e glielo mise in mano.
– Giochi pure alla mia salute, signora.
La vecchia rimase sconcertata. Lui dovette prenderle la mano ossuta e fredda e chiuderla sul biglietto di banca. Uscì dal bar sorridendo. Luis lo aspettava preoccupato, si tranquillizzò vedendo che sorrideva. Gli diede una pacca sulla spalla.
– Sempre il solito Rafael, sempre il più forte!
Dopo quella piccola scena, e il cognac, parve che si fosse ripreso. Vagarono senza meta, scherzando, ridendo. Era già sera.
– Ti invito a cena in un bel posto, così festeggiamo la mia nuova vita da scapolo.
– Emilia mi sta aspettando.
– Oh, be', chiamala. Non capita mica tutti i giorni che un amico vada a stare da solo!
Luis sapeva che non gli avrebbe mai chiesto di rimanere per un motivo che non fosse piacevole, un festeggiamento. Chiamò Emilia da un bar. Lei non era contenta, sperava che d'ora in poi non si sentisse obbligato a far compagnia a Rafael nei suoi bagordi. Lui promise di rientrare subito dopo cena.
Andarono a El Patio, un ristorante d'ambiente spagnolo. I camerieri erano in giacchetta rossa. Rafael ordinò vino della Rioja.
– Credo che starò meglio di prima. Non dovrò più rendere conto a nessuno né raccontare balle.
– Finché non avrai un'altra donna.
– Basta con le spiegazioni. D'ora in poi, se una non è contenta, se ne vada.
Scherzarono sulle donne. Rafael mangiò appena. Luis si rendeva conto che il cameriere portava via i piatti quasi intatti.

– Continua la storia con la ragazza dell'autogrill?
– Sì, è come stare con una troia.
– Mica male.
– Una troia che si crede una principessa, una donna indipendente con le sue idee.
– Dopo un po' di tempo con te imparerà come deve comportarsi.
– Questo sì.
Erano rimasti gli unici nella sala. I camerieri lanciavano occhiate impazienti. Luis finì il suo bicchiere e suggerì di andare. In strada, Rafael propose un'ultima bevuta, e Luis rifiutò. Era difficile lasciarlo solo. Alla fine gli mise una mano sulla spalla e sorrise.
– Sta' attento con le donne, Rafael. Lasciane qualcuna anche per gli altri.
Se ne andò salutandolo con la mano. Rafael lo guardò allontanarsi. Tirò su la cerniera del giubbotto e si chiese cosa fare. Si immaginò il soggiorno vuoto dell'appartamento nuovo. Decise di andare da solo in un bar di puttane. Si infilò nel primo che trovò, si sedette al banco. Poco dopo una donna lo raggiunse. Lo salutò, chiese da bere. Lui si accorse di non aver voglia di parlare. Rispose a monosillabi alle domande della ragazza. Lei si spazientì, cercò di tirarlo fuori dal suo mutismo, ma fu tutto inutile. Aveva mal di testa, e le sigarette avevano un sapore amaro. Si rese conto di essere ubriaco. Lasciò il banco senza pagare. Quando aveva quasi raggiunto la porta, un cameriere lo raggiunse. Dovette cercare i soldi quasi al buio. Uscendo, sentì che tutto girava. Prese un taxi e dovette fare degli sforzi per non addormentarsi.
Nell'appartamento ebbe freddo. Non si era preoccupato di accendere il riscaldamento. Si strinse nel giubbotto e accese il televisore. C'era un programma di mu-

sica, un gruppo cantava. Si alzò e andò in camera. Aprì il letto e scoprì che non era fatto, le lenzuola erano nell'armadio, accuratamente piegate. Non se la sentiva di far niente in quello stato, quindi si sdraiò sul materasso completamente vestito e si buttò addosso il copriletto.

15

Dopo due settimane di viaggi ininterrotti, chiamò Tona. Aveva accettato di passare il fine settimana con lui. Era una cosa del tutto inedita, continuava a rifiutare qualunque programma implicasse l'uso del suo appartamento. Non si era mostrata entusiasta, ma alla fine aveva detto di sì. Dopo averle parlato, Rafael si era sentito contento, anche se un po' infastidito. Trovava ridicola quella sua resistenza ad accoglierlo in casa sua. Era un'abitazione modesta, senza niente di speciale, non si capiva come mai per lei dovesse essere sacra. Per lui, invece, era importante non andare in albergo. Dopo tutta la settimana in stanze impersonali, desiderava potersi muovere a suo piacimento mentre stava con una ragazza.

Il tempo era passato in fretta grazie al lavoro. Occupato dai viaggi e dai carichi aveva avuto poche opportunità di pensare alla sua nuova vita di separato. Solo ogni tanto si ricordava che non c'era nessuno ad aspettarlo da nessuna parte, a casa sua non poteva tornare. Questo gli dava una strana sensazione, a metà strada fra il sollievo e un lontano smarrimento. Aveva deciso di non dire niente a Tona della separazione, per evitare qualunque cambiamento fra loro. Era più pratico che le cose rimanessero come stavano.

Comprò diversi cibi in scatola e qualche bottiglia di vino prima di andare a casa sua. Lei lo ricevette assonnata, con i capelli in disordine, si era addormentata guardando la televisione. La trovò bella, nel suo attillato maglione nero, in pantaloni. Posò i sacchetti sul tavolo. Lei non mostrò nessuna gioia nel vedere le provviste.
– Ceniamo qui? – chiese.
– Sarà più intimo.
– Pensavo che saremmo usciti, non mi va di cucinare.
– Per questo ho portato delle cose.
Lei osservò i suoi acquisti con occhio critico.
– No, con questo non si mette insieme una cena.
Rafael allargò le braccia, conciliante. Non era il caso di discutere oltre, l'avrebbe invitata in un buon ristorante, magari italiano, a lei piaceva la cucina italiana. Aveva pensato alla possibilità di cucinare qualcosa di veloce e rimanere in casa a mangiare senza fretta, bevendo vino, un bicchierino di cognac per finire, qualche chiacchiera. Ma Tona non era il tipo di donna che stende una bella tovaglia sul tavolo e si mette a chiacchierare. Non avrebbe mai fatto una cosa del genere.
– E questo cos'è?
– La mia roba sporca.
Lei annuì, rigida. Rafael non osò chiederle di riempire la lavatrice con le sue camicie, si limitò a suggerirle di fare un caffè. La vide andare in cucina ed ebbe l'impressione di essere un ospite indesiderato. Si sedette davanti al televisore. La trasmissione che non aveva tenuto desta l'attenzione di Tona era una zuccherosa serie televisiva d'amore. Rimase a fissare le immagini come un sonnambulo. Tona entrò, posò il vassoio sul tavolo, si sedette accanto a lui e rimase per un attimo a guardare.

– Sempre la stessa storia. Alla fine lei riesce a ottenere quello che vuole, ma prima deve soffrire come un cane.
Lui si mise a ridere.
– E tu cosa vuoi ottenere?
– Non capisco cosa vuoi dire.
– Be', c'è gente che vorrebbe avere una casa in campagna, o sposarsi, o...
Lei rimase per un attimo assorta.
– Io non voglio niente. Magari fare un viaggio in Italia, vedere le chiese e i musei. Una mia collega c'è stata in viaggio di nozze.
– E mangiare nei ristoranti italiani – scherzò lui.
– Sì, spaghetti e pizza –. Lei sembrò rianimarsi di colpo. – Sai perché mi piace tanto la cucina italiana? Per un po' ho vissuto con uno che lavorava in un ristorante italiano. Il sabato sera portava a casa i piatti che erano avanzati. Le lasagne erano il meglio.
Rafael la ascoltò perplesso. Forse non sarebbe mai arrivato a scoprire con quanti uomini avesse vissuto Tona. Fece uno sforzo per nascondere la sua curiosità e la sorpresa che gli era affiorata sulla faccia. Con un sorriso, chiese:
– E non è andata bene?
Lei finse di non capire.
– Col tipo del ristorante italiano, dico.
Tona si scompigliò i capelli con le mani.
– Ah, no, non è durato niente! Lui non era di Tarragona e si è stufato subito di buttar via più di metà dello stipendio nell'affitto.
Bevvero contemporaneamente. Rafael cercava il modo di farsi raccontare qualcos'altro di quella relazione. Conosceva abbastanza bene Tona per sapere che avrebbe cercato di eludere le sue domande o si sarebbe offesa.

Ma era inutile cercare metodi diplomatici che nessuno gli aveva insegnato.
– Con quanti uomini hai vissuto?
Lei lo guardò come se volesse prenderlo in giro, poi tornò seria, scosse le spalle:
– Che ne so! Tanti. Quando non hai una casa tua, ti fa sempre piacere stare con qualcuno. E poi, la gente dice che per una donna è meglio.
Lui era attento a ogni sua parola, non riusciva a nascondere l'interesse che provava. Annuì. Lei distolse lo sguardo, come se non valesse la pena di parlarne, bevve il caffè, annoiata.
– Finché non capisci come funzionano le cose – disse, – e allora di sicuro ti passa la voglia.
– Non capisco.
Tona si alzò ridendo, andò a mettere della musica, poi gli si avvicinò con aria di rimprovero.
– Tu passi tanto di quel tempo sul camion che il mondo non lo vedi nemmeno, vero?
Rafael si offese.
– Quello che pensi tu non posso certo saperlo, né sul camion né fuori dal camion.
– Be', è molto semplice. La sostanza è che ciascuno pensa solo per sé. Così vai a stare con uno e finisce che gli dai tutto il tuo stipendio e in più gli fai anche da serva.
Lui cambiò posizione sul divano, inquieto.
– Questo se vivi con un morto di fame. Mia moglie sta benissimo e non fa affatto la serva.
– Perché non ti vede mai! – concluse lei trionfalmente.
– Questo tu non puoi saperlo.
Tona si alzò, si lisciò il maglione e scosse via qualche granello di zucchero.
– Non discutiamo di queste cose, ciascuno vive come

gli pare. Che ne dici se usciamo? Sono stufa di starmene chiusa qui dentro.
Di colpo lo guardò in faccia.
– E tu cosa vuoi per il tuo futuro?
Rafael cercò qualche risposta impertinente che la ferisse, ma ci rinunciò.
– Non so. Potermi permettere una bella macchina straniera.
– Per continuare a guidare? Sei proprio matto!
La guardò con ostilità. Lei lo tirò per la manica, amichevole e giocherellona.
– Su, andiamo! Non ti arrabbierai per una sciocchezza, vero?

Durante la cena fu loquace e divertente. Gli raccontò un mucchio di aneddoti dell'autogrill. Il suo umorismo era tagliente come il suo modo di vedere la vita, ritraeva con cattiveria i suoi colleghi, il suo capo. Rafael rideva. Si rese conto che da tempo non stava così bene, pensò che sarebbe stato bello trovarla sempre con quella disposizione d'animo, non doversi scontrare con la sua indifferenza, con il risentimento sempre pronto a pungere dietro le parole. Bevvero un paio di bottiglie di vino che resero ancora più euforica la serata. Fu lei a proporre di tornare a casa. Lo fecero a piedi, sottobraccio, ridendo ancora.
Appena varcata la soglia, lei si tolse il maglione. Poi si slacciò i pantaloni e li lasciò cadere a terra. Rafael sorrideva. La guardò con attenzione, nuda, le linee della figura sul punto di essere sfumate dall'età. Lei lo prese per mano e non lo lasciò entrare in camera, deviando i suoi passi verso il bagno. Lui le chiedeva cosa volesse, divertito, ma lei non rispondeva, canticchiava sottovoce, togliendogli i vestiti

con gesti precisi. Quando fu nudo anche lui, lo baciò sul petto, sulle braccia, gli passò le mani lungo i fianchi, dall'alto in basso, abbassandosi fino ad arrivare ai piedi. Lui la osservava leggermente imbarazzato, con un sorriso vuoto. Poi lei appiccicò il suo corpo al suo. Rafael si eccitò, sentì l'alito caldo e pulito di Tona. Si buttò su di lei, la baciò dietro le orecchie. Sentiva freddo ai piedi, nudi sulle piastrelle. Lei si liberò dall'abbraccio, si chinò in un angolo del bagno e accese una piccola stufa a ventola, che partì con un lieve ronzio. Poi si avvicinò al bidè e aprì il rubinetto dell'acqua calda. Lo riempì, controllò la temperatura. Rafael aveva smesso di fare domande, la osservava curioso, dimentico ormai della sensazione attanagliante di trovarsi nudo in quello spazio vuoto, con una grande erezione. Lei lo prese di nuovo per mano e lo fece sedere sul bidè. L'acqua calda traboccò e cadde a terra. Allora, sorridendo, si mise a cavalcioni su di lui. Rafael lanciò un debole gemito di piacere, che rimase soffocato dal ronzio della piccola stufa.

Giacevano sul letto, stanchi. Tona si alzò, mise la sveglia imprecando a voce bassa.
– Cosa fai?
– La maledetta sveglia.
Rafael non capiva.
– Domani entro alle otto.
Si sedette sul letto, accese la luce e la guardò mezzo addormentato.
– Ho il turno di domenica, non te l'avevo detto?
I muscoli della faccia gli si contrassero.
– No, non mi avevi detto niente.
Lei si ridistese, si mise da una parte e sistemò bene

il lenzuolo, preparandosi a dormire. Lui rimaneva rigido.

– E io?

Tona girò leggermente la faccia, parlò come se nella sua voce si fosse accumulato un sonno infinito.

– Puoi rimanere qui. In frigo c'è da mangiare.

Rafael si scoprì bruscamente.

– Non ti pare che avresti potuto dirmelo?

– Me ne sono dimenticata.

Lui si alzò dal letto, passeggiò per la stanza in preda alla rabbia. Si piazzò accanto a Tona, che era rimasta nella stessa posizione.

– Ma non potevi cambiare turno? Io non sono qui tutti i giorni.

Lei si tirò su con aria rassegnata, lo guardò.

– No, non potevo. Non posso cambiare turno quando pare a te.

Rafael gridò:

– Credevo che ne avessi voglia anche tu!

Lei saltò giù dal letto, lo affrontò.

– Non gridare! Sei a casa mia, non gridare mai più in casa mia!

Rafael strappò bruscamente il copriletto, se lo avvolse intorno al corpo e uscì dalla stanza. Nel soggiorno faceva freddo. Si sedette sul divano. Cercò le sigarette con furia. Dopo un attimo, entrò Tona con addosso una vecchia vestaglia.

– Senti, non è il caso di prendersela. Non ho detto che devi andartene. Puoi farti qualcosa da mangiare e passare una giornata tranquilla, non è così complicato.

Lui non rispose. Accese il televisore e tolse il volume. Rimase a guardare lo schermo aspirando il fumo. Sentì la voce di lei, impassibile e atona:

– Vado a dormire, domani sarò stanca morta.

Vide senza voltarsi che lei si allontanava, sentì la porta della camera da letto che si richiudeva. Rimase lì, senza sapere che cosa stesse aspettando, fumando con movimenti compulsivi. Tona non tornò. Dopo due ore si sentì intirizzito ed esausto. Schiacciò l'ultimo mozzicone nel posacenere traboccante e si preparò a dormire sul divano.

Il mattino dopo non la sentì uscire. Andò in camera nella stupida speranza che lei fosse a letto, ma trovò solo un mucchio di lenzuola sconvolte. Fece una doccia, la vista del bidè lo fece rabbrividire. Si preparò un caffè in cucina. Trovò sul marmo una scatola di biscotti. Aprì la credenza. Pentole malconce e tazze sbreccate si mescolavano alla rinfusa con cibi in scatola e pacchetti di riso. Poi fece il giro delle stanze, ispezionò cassetti e armadi. Si stupì di quanto poco possedesse Tona. Era molto diversa dalle altre donne. Sembrava che non le interessasse accumulare tovaglie ben stirate, asciugamani colorati. Forse quel che guadagnava non le bastava per comprare niente. Lui non aveva nessuna idea di quanto potessero costare delle lenzuola o una tovaglia, ma non doveva essere per una questione di soldi che Tona non ne aveva. Di sicuro certe cose non avevano importanza per lei. Non conservava nemmeno ricordi, fotografie. Aprì le finestre. Cadeva una pioggia sottile. Quella era una casa squallida, proprio come ci si poteva aspettare da una donna incapace di rendersi gradevole. Era stato stupido da parte sua aspettarsi un fine settimana intimo, cene romantiche con i fiori sulla tavola. Se ci avesse tenuto anche lei, avrebbe potuto cambiare quel maledetto turno. Si sedette nel minuscolo soggiorno e accese l'ultima sigaretta del pacchetto. Forse la storia del lavoro non era nemmeno vera. Magari Tona aveva un appuntamento con uno degli innumerevoli uomini che affollavano la sua vita. Osservò le sedie di abete da due soldi, il tavolo rotondo che pendeva leggermente da una parte. Nessuna donna gli aveva mai fatto una cosa simile. Il suo arrivo era sempre atteso con ansia, con entusiasmo. Tutte sapevano che ritagliarsi un fine settimana libero non era facile per un camionista, soprattutto se aveva una famiglia. Si ricordò di non avere più una famiglia. Tornò a guardarsi intorno. Perfino il suo nuovo appartamento era meglio di quel luogo inospitale che lei sembrava considerare una reggia. Si sentì ridicolo, abbandonato lì in mezzo a quella stanza vuota. Prese il telefono, se non altro si sarebbe tolto qualche dubbio. Una voce d'uomo, ritagliata sui rumori di fondo del bar, gli rispose sgarbatamente.

– Tona? Senta, io non lo so se c'è Tona. Ho da fare. Perché non chiama più tardi?

Ci riprovò, ma rispose la stessa voce. Mise giù senza dir niente, buttò la cicca sul pavimento e la schiacciò col tacco. Sentì farsi strada dentro di sé una collera cieca. Non sarebbe rimasto oltre lì dentro a fare la figura del cretino. Prese la borsa con la roba sporca e uscì sbattendo la porta.

Camminò per le strade. Era ancora presto. Incrociò poche persone col giornale sotto il braccio. Dopo qualche momento di dubbio, si decise. Prendere il camion non sarebbe stato difficile. Il guardiano lo conosceva e non avrebbe fatto difficoltà. Si incamminò verso il deposito.

Mentre raggiungeva l'autostrada la sua rabbia si dissipava. Tornò a impelagarsi in un mare di dubbi. Se poi lei era veramente al lavoro e lo vedeva comparire, sarebbe andata su tutte le furie. Era più prudente non

parcheggiare davanti alla porta, verificare da lontano se si trovava lì.
C'erano parecchie macchine nell'area di servizio. Lasciò il camion in una zona un po' discosta. Aspettò senza sapere cosa. Scese dopo qualche minuto, si avviò verso il bar. Si tenne a distanza, ma abbastanza vicino da poter scorgere la faccia della cameriera dietro il bancone. Rimase immobile, a scrutare con la massima attenzione. Non sembrava che Tona ci fosse. Però poteva essere in cucina, poteva servire ai tavoli. A un tratto si sentì osservato. Una coppia che scendeva da una macchina lo guardò. Si girò e tornò sul camion. Non sapeva nemmeno lui che cosa stesse facendo lì, a spiare come un ladro. Doveva andarsene subito, cominciava a essere tutto troppo assurdo. Mise in moto e ingranò la marcia indietro, esitò ancora. In questo modo, però, se ne sarebbe andato senza sapere niente, e senza una certezza non avrebbe potuto prendere una decisione riguardo a Tona. Spense di nuovo il motore. Tornò verso il bar. Nessuno poteva impedirgli di prendere un caffè dove voleva. Quando spinse la porta a vetri i suoi occhi cercarono Tona fra le ragazze in uniforme. Non la trovò. Prese posto su uno sgabello e ordinò. Ogni volta che si apriva la porta della cucina cercava di capire chi ci fosse all'interno. Vide un paio di cameriere, ma la chiusura a molla era così rapida che non era in grado di distinguerle. Bevve il suo caffè senza capire quello che faceva. Era solo questione di aspettare. Eppure, se fosse saltata fuori lei, non avrebbe saputo cosa dirle, come giustificare la sua presenza. Chiamò un cameriere indaffarato.
– Non c'è Tona?
– Tona? No, Tona aveva il fine settimana libero.

– Sei sicuro?

Il ragazzo lo guardò interdetto.

– Sì. Desidera qualcosa?

Lui fece un gesto con la mano, abbozzò un sorriso.

– No, solo salutarla.

16

La prima domenica che andò a prendere le figlie ebbe l'impressione di essere espulso dalla sua stessa casa. Si era immaginato che Mercedes gli avrebbe aperto e l'avrebbe fatto entrare, e invece si limitò a rispondergli al citofono dicendo che le bambine stavano scendendo. Aspettò sul marciapiede che conosceva così bene, a disagio, temendo di essere visto da qualche vicino. Decise di camminare su e giù fino all'angolo. Poco dopo vide uscire le sue figlie, disorientate e circospette, come se cercassero qualcosa di straordinario con lo sguardo, come se quel luogo fosse improvvisamente diventato estraneo anche a loro. Le raggiunse e le abbracciò. Constatò con sorpresa che erano cresciute in così poco tempo. Vide che si mostravano caute e timide. Raquel gli fece vedere uno zainetto.

– Qui abbiamo dei maglioni di ricambio.

– Se per caso ci sporchiamo – aggiunse Silvia.

Le prese tutte e due per mano e cominciarono a camminare. Stavano zitte. Era presto per passeggiare.

– Credo che per prima cosa dovremmo fare colazione – disse, affrontando il primo punto del programma che aveva in mente.

– Ma noi abbiamo già fatto colazione – rispose Raquel.

– Sì, ma non con i dolci e la cioccolata calda.

Presero la metropolitana. Le portò in una buona pasticceria del centro. Si sedettero accanto alla vetrina. Le bambine guardavano un colombo sporco che becchettava un pezzo di pane in strada. Vollero torta alla panna e cioccolata.

– Poi vi porto a casa mia.

Raquel si strofinava un tovagliolino di carta sulla bocca.

– La mamma dice che tu una casa non ce l'hai.

– Sì che ce l'ho.

– Dice che non hai quasi niente.

– Questo è vero.

– Per questo non possiamo stare tanto con te, perché non hai neanche i letti per dormire.

Silvia diede un'evidente gomitata alla sorella più piccola. Rafael chiamò il cameriere, seccato. Non si era aspettato di dover smentire Mercedes davanti alle bambine.

– Vostra madre dice tante sciocchezze.

Rimasero zitte.

– Tutto quel che c'è a casa vostra l'ho comprato io con i miei soldi. Ho lavorato per guadagnarli. E anche adesso do dei soldi a vostra madre per farvi star bene. Per questo non ci sono tante cose in casa mia.

Guardò le bambine soffocando l'indignazione. Non era sicuro che avessero capito. Raquel lasciava vagare lo sguardo tutt'intorno, sbadigliò.

Andarono in un parco. L'aria del mattino era ancora umida. Si sedettero su una panchina. Rafael osservò la gente. Non aveva mai passato una domenica mattina al parco. C'erano lettori di giornali in giacca e cravatta, coppie con bambini piccoli, vecchi immobili. Ebbe l'impressione che tutti lo guardassero come un intruso. Si era immaginato che non appena fossero arrivati lì le bambine si sarebbero messe a giocare, ma loro non si mossero dal suo fianco. Se ne stavano sedute dondolando le gambe e si guardavano intorno senza il minimo interesse.

– Non vi va di giocare?

– A cosa?

Non gli era mai venuto in mente che i bambini dovessero giocare a qualcosa in particolare.

– Non so, potete correre un po'.

Alzarono le spalle.

– Non c'è nessuno – disse Raquel.

– Cosa fate quando uscite con la mamma?

Si attardarono a cercare una risposta.

– Andiamo nei negozi, facciamo merenda. Di solito usciamo con Pili e la sua bambina.

– E non giocate?

Silvia si girò verso suo padre. Non capiva perché dovesse spiegargli cose tanto semplici.

– Ma noi giochiamo sempre nei giardini sotto casa. Lì ci sono tutte le nostre amiche. Non ti ricordi, papà?

Lui annuì, confuso. Probabilmente non c'era niente da fare al riguardo. Non poteva mica rimanere seduto davanti a casa sua per far giocare le bambine. Una giovane signora con un passeggino si sedette accanto a loro. Silvia e Raquel si interessarono subito al bambino, che sorrideva. Gli fecero gesti e moine.

La madre si voltò verso Rafael e osservò con naturalezza:

– È un bambino che sta bene con tutti, si lascia prendere in braccio da chiunque.

Lui non seppe cosa rispondere, sorrise stupidamente.

Sono sue, le bambine?

– Sì.

– Sono carinissime.

Lui accavallò le gambe, a disagio. Le sue figlie si erano alzate e circondavano il bebè toccandogli le mani, le scarpette, cercando di farlo ridere.
– Anche mio marito ed io vorremmo avere una femminuccia. Le bambine sono più affettuose. Lei ha altri figli?
– No, no – rispose, imbarazzato.
Non che non volesse essere gentile, solo che mancava completamente di argomenti per quel genere di occasioni. Si chinò sul bebè e lo osservò come se fosse una merce.
– Anche il suo è molto bello – riuscì a dire dopo un po'.
– Tutti dicono che è molto grande per la sua età.
Rafael tirò fuori una sigaretta. L'accese, domandandosi quanto dovesse durare ancora quella conversazione. All'improvviso il bambino si accorse di lui e lanciò uno strillo di gioia tendendo le braccine. Le bambine ne furono felici.
– Guarda, papà, vuole venirti in braccio!
Lui rimase perplesso, mentre il bebè gli sorrideva e gorgogliava per attirare la sua attenzione.
– Digli qualcosa, papà, dài!
Cercò di sorridere, prese la mano minuscola e la scosse goffamente. Si alzò.
– Adesso dobbiamo andare.
Le bambine protestarono un po', ci misero un'infinità di tempo a staccarsi di lì. Lui salutò la signora con un gesto breve, lei baciò affettuosamente le bambine.
Arrivarono al ristorante così presto che non c'erano altri avventori. Occuparono un tavolo d'angolo. Le bambine si lasciarono cadere pesantemente sulle sedie. Dopo aver girato per le strade tutta la mattina, anche lui era esausto.

Scegliere sul menu fu complicato. Lesse la lista dei piatti più volte. Le bambine li rifiutavano quasi tutti, si facevano spiegare quelli che non conoscevano, si distraevano e lo costringevano ricominciare da capo. Finirono per ordinare una bistecca. Raquel non era capace di tagliare la carne da sola, quindi dovette intervenire lui. Nel frattempo Silvia dilaniava la sua con gesti bruschi che facevano temere per i bicchieri pieni d'acqua. Decise di aiutare anche lei. Quando ebbe finito e poté occuparsi di se stesso, il suo piatto era gelato.
Le bambine mangiavano senza appetito, giocherellavano con i pezzi di carne, appoggiavano i gomiti sul tavolo. Si accorse che alla piccola si chiudevano gli occhi. Ordinò un caffè a tutta velocità. Quando si alzarono per andarsene, la maggior parte dei clienti era a metà del pranzo. Si sentì di nuovo osservato mentre aiutava le bambine a mettersi il cappotto, e anche mentre spingeva Raquel insonnolita verso la porta.
– Adesso andiamo a casa mia – disse.
Quando entrarono, non ricordava dove fossero gli interruttori della luce. Le bambine guardarono la casa come se ne avessero paura. Non vollero separarsi da lui, rimasero incollate al suo fianco. Le portò a visitare l'esigua superficie, mostrò loro la camera da letto.
– È vero che non ci sono dei letti per noi – osservò Silvia.
– Però c'è il televisore.
– È molto piccolo.
– Basta e avanza.
Le sistemò sul divano, scelse un programma per bambini e andò in bagno. Si lavò la faccia con l'acqua fredda, si guardò a lungo allo specchio come se aves-

se difficoltà a riconoscersi. Tornando in soggiorno, vide con sollievo che le bambine erano assorbite dalle immagini. Aveva voglia di bere qualcosa, ma non si era ricordato di comprare del whisky. Si avvicinò alla finestra e si accese una sigaretta. L'unica vista era un muro di separazione. Al di là c'era un altro condominio. Sentì dei rumori di clacson. Stava venendo buio. Su un balcone un pappagallo lanciava delle strida. Non aveva più chiamato Tona. Erano passate due settimane da quella notte a casa sua. Silenzio assoluto. Ma si era trattato di un fatto troppo grave per far finta di niente. L'avrebbe chiamata più avanti, una sola volta, solo per dirle che sapeva di essere stato ingannato. Non poteva fargliela passare liscia, manco fosse uno stupido. Raquel lo tirò per una gamba dei pantaloni.
– Papà, ho fame.
– Fame?
La bambina fece di sì con la testa. Silvia, dal divano, esclamò con convinzione:
– Non abbiamo ancora fatto merenda!
La necessità di una merenda non gli era neanche passata per la testa al momento di pianificare quella domenica. In casa non c'era assolutamente niente da mangiare. Si piegò davanti a Raquel:
– Hai proprio tanta tanta fame?
La bambina lo guardò con gli occhi spalancati, non capiva.
– Va bene, vado a comprare qualcosa, credo che ci sia una pasticceria qui vicino –. Alzò il dito con severità. – Ma non aprite a nessuno, intesi? Non toccate le prese della luce e non avvicinatevi alla finestra.
– Cosa possiamo fare? – chiese la piccola.
– Niente! – disse lui, con la massima energia.

Scese con l'ascensore sentendosi inquieto. Lungo la strada, affrettò il passo. Comprò delle paste, chiese una bottiglia di whisky. Avevano solo dello spumante, ma bere qualcosa gli pareva urgente. Quando tornò, le bambine erano sedute esattamente come le aveva lasciate.

Si versò dello spumante in cucina. C'era poca luce. I piani di marmo si stendevano gelidi. Un tavolino era coperto di tela cerata a fiori. Aprì il frigo. Qualcuno vi aveva appiccicato un autoadesivo con un panda che sorrideva. Di sicuro l'inquilino precedente aveva disseminato altri segni del suo passaggio in tutta la casa.

Raquel si avvicinò con le mani sporche di marmellata. Lui la portò in bagno e la aiutò a lavarsi.

– Perché bevi lo spumante?

– Ne avevo voglia.

– È il tuo compleanno?

– No! Ma non c'è bisogno che sia il compleanno di qualcuno per bere dello spumante.

– La mamma dice che ci sarà spumante per tutti il giorno che apriranno il negozio.

Guardò la bambina, le tenne il mento con le dita per vederla bene negli occhi.

– Quale negozio?

– La mamma e Pili mettono su un negozio. Pili verrà a stare da noi e così Elena sarà la nostra nuova sorellina.

Rafael chiamò Silvia. Fece altre domande, ma non riuscì a ricavarne molto altro. Non aveva previsto una cosa del genere. Si era immaginato che qualcuno potesse mettersi con Mercedes, usurpando il suo posto accanto alle figlie. Aveva perfino pensato a cosa avrebbe fatto in quella circostanza. Ma non gli era mai passato per la testa che sua moglie potesse dividere la casa con la sua migliore amica, aprire un negozio e farsi una nuova vita come una ragazza giovane. Si domandò se questo fosse un bene o un male. Non riuscì a darsi una risposta. Pili aveva lasciato suo marito?

– Papà, i cartoni animati sono già finiti. Adesso dove andiamo?

– Da nessuna parte.

– Hai dei giochi?

– No.

– Nemmeno il gioco dell'oca?

– No.

– E allora non so cosa possiamo fare.

– Ma dovete proprio fare sempre qualcosa? Non potete riposarvi, chiacchierare un po' dei fatti vostri?

Aveva alzato la voce. Le bambine lo guardavano spaventate, come se non l'avessero mai visto arrabbiato. Cercò di ammorbidirsi:

– Be', la prossima volta che verrete ci sarà qualche sorpresa.

Raquel ebbe la forza di sorridere un po'. Silvia guardava il pavimento.

Quando le lasciò sul portone di casa, aveva la sensazione che fosse stato tutto molto complicato. Era nervoso. Si sentì sollevato quando si ritrovò a camminare da solo. La voce di Mercedes al citofono gli era suonata diversa, come quella di un'estranea.

17

A poco a poco i chilometri cominciarono a sembrargli più leggeri. La compagnia maschile più desiderabile, quando si fermava nei bar lungo le strade. Parlavano di calcio. Lo divertivano gli scherzi e le battute. Respirava di nuovo con gioia l'aria di libertà. Era di buon umore. Dopo un buon pranzo, gli piaceva raccontare che si era separato. Allora i colleghi lo prendevano a pacche sulle spalle, si congratulavano con lui. In un mondo di uomini le cose sembravano più facili, non c'era bisogno di spiegare, di giustificare niente. La calda comodità dei rapporti fra persone dello stesso sesso gli parve la cosa più piacevole che avesse mai provato.

Ma la maggior parte dei colleghi avevano una moglie che li aspettava a casa. Per loro era più facile scherzare. Uno beve, bestemmia e ride, sale al piano di sopra con una puttana, ma poi il sabato e la domenica sua moglie gli fa da mangiare e gli lava la roba mentre lui se ne sta seduto in poltrona.

Adela lo chiamò alla ditta. Si aspettava qualcosa di simile, ed era curioso, quindi la richiamò da un albergo. La ragazza aveva una scusa: una volta Rafael aveva dimenticato a casa sua un accendino d'argento.

– Me l'avevi regalato tu.

– Però è tuo.

Protestò debolmente quando lui insistette che poteva te-

nerselo. In questo modo escludeva la possibilità di rivederla. Farlo sarebbe stata una sciocchezza. Eppure, non era arrabbiato perché lei aveva chiamato, non si sentiva più col fiato sul collo. Sapeva che quella non sarebbe stata l'ultima volta che avrebbe trovato un suo messaggio in ditta, che qualunque motivo sarebbe stato buono: un accendino, una richiesta di notizie, degli auguri. Non riceveva molte telefonate. Si era aspettato che Mercedes l'avrebbe chiamato qualche volta per consultarlo sulla separazione, per informarlo sulle bambine. Ma non l'aveva fatto. Aveva creduto che Tona desse segni di vita, dopo un po'. Passata qualche settimana, l'offesa era sfumata. Forse c'era qualche spiegazione per la sua fuga di quella domenica. Lanciarle delle maledizioni col pensiero era diventato un gioco senza senso. Una sera, dopo cena, si decise a chiamarla. Lei era in casa e parve perfino contenta di sentirlo. Avrebbe voluto rimproverarla subito, chiederle dove fosse stata quella domenica. Eppure evitò qualunque discussione.
– Questo fine settimana potremmo vederci – disse.
Lei rimase zitta un istante, e allora Rafael, contravvenendo ai suoi piani, e a tutto quanto si era prefisso, chiarì:
– Posso venire quando vuoi perché mi sono separato da mia moglie.
Tona reagì con un nuovo silenzio, poi se ne uscì con una risatina lieve e musicale che lui non seppe come interpretare.
– Va bene.
– Vengo questo fine settimana, se sei d'accordo.
– Sì, puoi venire.
– Non avrai mica dei turni straordinari?
Lei non colse il tono allusivo della domanda e rispose con indifferenza:

– No, credo di no.
Riattaccò, soddisfatto. Tona non sarebbe mai stata una delle solite fidanzate, innamorate e affettuose, ma anche lui era cambiato. Adesso era un separato che passava gli alimenti alla moglie. Pensò alle bambine. Poteva fare ben poco per loro portandole la domenica in un ridicolo appartamento vuoto.
Il giorno dopo si incontrò con Luis a El Ángel, un ristorante della nazionale 6, vicino a Tordesillas. Era un appuntamento a lungo rimandato, per via di ripetuti cambiamenti di itinerario. Si mostrò di ottimo umore: il marito abbandonato e amareggiato aggrappato alla bottiglia doveva rimanere un ricordo.
Pioveva forte. I camionisti si fermavano sul piazzale ed entravano nel bar di corsa, coprendosi la testa e le spalle con teli di plastica o giornali. Ce n'erano che gridavano selvaggiamente e ridevano. I vetri di El Ángel erano appannati, gli avventori cercavano di pulirli con la manica, ma riuscivano a malapena ad aprire dei fori circolari da cui si vedeva ben poco.
Rafael arrivò per primo. Prese un vermut mentre aspettava l'amico. Aveva i capelli umidi appiccicati alla fronte. Il riscaldamento era intenso e piacevole. Assisteva sorridendo alle corse dei camionisti sotto la pioggia, alle loro esclamazioni di sollievo nel trovarsi in salvo, al coperto. Nell'aria c'era un profumo intenso di cucina alla buona. La padrona spargeva segatura sul pavimento infangato. Si sentì vagamente spossato, ma protetto, nel suo ambiente. Quando fosse arrivato Luis, il cameriere avrebbe posato davanti a loro due bei piatti caldi, una caraffa di vino. Poi sarebbero venuti i caffè, le chiacchiere. Aveva smesso di andare con tante donne. Se ne rese conto di colpo, con la chiarezza di uno sprazzo di luce. Forse si era stufato.

Luis arrivò con il maglione gocciolante. Non era riuscito a parcheggiare vicino al bar. Risero. Rafael lo convinse a dare i vestiti bagnati alla padrona, che li avrebbe messi ad asciugare in cucina. Nella vasta sala risuonava un gran vociare, il rumore dei cucchiai dentro i piatti. Luis immerse il suo nella minestra densa.
– Si parla di fare sciopero mercoledì. Per il collega ucciso ad Almazán.
– Io non posso. Mi servono più soldi di prima. Hai saputo qualcosa di Mercedes?
– Quel che ti hanno detto le bambine è vero.
– Mette su un negozio?
Luis cominciò a parlare lentamente, con gli occhi fissi sul piatto:
– Con Pili. Un negozio di abbigliamento per bambini, vicino a casa vostra. Emilia le ha viste l'altro giorno. Sono già riuscite a convincerla a comprare da loro i maglioni dei ragazzi. Sembra che ci sappiano fare.
Rafael abbozzò un gesto affermativo con la bocca piena.
– Ed è vero che vivono insieme.
Luis alzò gli occhi verso Rafael e lo vide finire la minestra con gesti meccanici. Il cameriere portò le bistecche.
– Anche Pili ha lasciato il marito. Credo che abbiano venduto l'appartamento. Lui è andato a stare da un'altra parte. Con i soldi della vendita hanno preso il negozio e adesso abitano tutte e due a casa tua.
Rafael masticò più lentamente, parlò fra i denti:
– Che grandi troie. Soprattutto Mercedes. In questo modo, l'unico a non vedere un soldo sono io.
Scostò bruscamente un pezzo di pane.
– Magari un avvocato può fare qualcosa – tentò Luis.
– Ci proverò. Gli rompo le uova nel paniere alle signore.

Fece una risata cinica, versò dell'altro vino. Luis rimase zitto, si fece serio.

– Rafael, sembra che tu non ti renda conto.

– Di cosa?

– Mercedes va in giro a dire che sei uno stronzo, che hai avuto quello che meritavi e che prima o poi si mettono in casa due uomini come si deve.

Un velo invisibile si sollevò di colpo dai tratti di Rafael. Di colpo la sua faccia parve nuda. Sbatté le palpebre, cercò le sigarette con un gesto automatico. La padrona si avvicinò per prendere le ordinazioni del dolce. Cantilenò allegramente:

– Abbiamo crème caramel, pesche sciroppate...

– Due caffè e basta – la interruppe Luis. – Forse ho fatto male a dirtelo, ma ormai lo sanno tutti. E poi credevo che tu te lo aspettassi.

– Be', no – disse a voce bassa. – Torno subito.

Si diresse verso il bagno. Si guardò a lungo nello specchio. Passò un dito sulla barba che stava ricominciando a crescere. Entrò nel gabinetto, chiuse la porta. Un sudore freddo lo coprì dalla testa ai piedi, sentì che stava per vomitare. Udì la voce di Luis, che lo chiamava preoccupato.

– Rafael, sei lì?

Aprì la porta. Luis gli si avvicinò, lo prese per le spalle.

– Non ti senti bene?

Tentò inutili parole di sorpresa che volevano essere di consolazione. Lo trascinò fino al lavandino, lo fece chinare e, aperto il rubinetto dell'acqua fredda, gli bagnò la faccia più volte. Rimasero così per un pezzo. Poi Rafael si alzò, di nuovo padrone di sé, cercò qualcosa con cui asciugarsi. Luis gli tese il suo fazzoletto, prima che usasse un asciugamano sporco. Era pallido, gli occhi persi dietro una nebbia.

– Si è sentito poco bene – spiegò Luis alla padrona quando tornarono al tavolo.
Presero il caffè in silenzio.
– E adesso come faccio a lasciarti salire sul camion?
– Sto bene.
Luis appallottolò la carta della zolletta di zucchero, scontento.
– Sono cose della vita, Rafael. Sembra impossibile che ti giungano nuove, con l'esperienza che hai...
– Mi piacerebbe sapere se è vero che si portano degli uomini in casa.
– Ma a te che te ne frega, adesso? Siete separati, lasciala in pace.
– La gente si farà pure delle domande. Passi la vita con una e poi...
Non aveva smesso di piovere. Molti camionisti se ne stavano già andando. Pagarono il conto. Rafael si alzò. Luis lo seguì raccomandandogli prudenza.
– Se senti di nuovo nausea, fermati subito.
Rafael sorrise, lo salutò dal finestrino con la mano. Per terra si erano formate grandi pozzanghere.

Si sbarazzò del nuovo appartamento non appena ebbe un fine settimana libero. Fu facile, non aveva ancora niente di suo. Prese il televisore e recuperò la cauzione. Se qualche domenica doveva vedere le bambine, poteva portarle a pranzo fuori e poi al cinema. Non aveva certo bisogno di quel ridicolo appartamento senza letti.

18

Tona ascoltò la sua storia bevendo di tanto in tanto brevi sorsi di whisky allungato con acqua. Lui cercò di non caricare le tinte. Raccontò con cinismo disincantato, sull'orlo dello scherzo di cattivo gusto. Ci furono dei momenti in cui temeva che si mettesse a ridere. Immaginava che per una donna non fosse niente di troppo grave, una moglie che esprime tutto il suo risentimento, un marito deluso, niente che non avesse già visto o immaginato nel corso della sua vita, delle sue innumerevoli convivenze.

– Noi donne siamo matte – disse. – Siamo tutti matti – aggiunse poi.

– Ho parlato con un avvocato, per vedere se posso buttarle fuori di casa, ma dice che è difficile, una causa complicata, mi costerebbe un mucchio di soldi.

Lei inarcò le sopracciglia comprensiva.

– Immagino di sì.

– Quello che posso fare è passarle qualcosa in meno quando avranno aperto il negozio.

Tona era colpita dalla questione del negozio. Vivere con una donna e avere un negozio forse non le pareva una cattiva idea. Però rimaneva in silenzio, non aveva granché da dire, solo osservazioni vaghe, del tipo «costa tantissimo mantenere un negozio». Lo guardò negli occhi con franchezza.

– Faresti meglio a dimenticarti della faccenda.
Dimenticare sarebbe stato facile per lei, doveva essere un'esperta. Dimenticare le cose addirittura mentre stavano succedendo. Non gli aveva nemmeno chiesto dove abitasse, che cosa pensasse di fare. Glielo disse lui.
– Credo che per un po' rimarrò qui, a Tarragona.
Gli occhi di lei evitarono i suoi. Rispose con un mugolio.
– È un posto dove non si sta male.
– Così potremo vederci più spesso.
Lei non rispose. Si alzò e sparì nella cucina. Tornò dopo un attimo e mise sul tavolo un grande piatto di patate fritte. Rafael si affrettò a prenderne una con le dita.
– Se tu vuoi che venga, chiaro.
Lei sorrise, si lisciò il maglione. Lui constatò che aveva il seno un po' flaccido.
– Mi fa piacere che tu venga a trovarmi. Mi trovo benissimo a letto con te.
Ci fu un silenzio. Rafael aspettava facendo finta di niente.
– Ma lo sai che non ho più intenzione di vivere con nessuno.
– Si tratterebbe di lasciarmi dividere la casa con te per un paio di mesi, finché non mi sistemo.
Lei apparve subito seccata, oltre che stanca.
– Naturalmente ti pagherei l'affitto –. Lui spiò la sua reazione. – E non dovresti fare la serva. Io non ci sono mai. Per il fine settimana, se vuoi, puoi prenderti una donna che faccia i lavori, che stiri... Pago io.
Tona spense la sigaretta, girandola più volte nel posacenere.
– Alla fine è sempre lo stesso.
Lui si spazientì, si alzò dal divano, si mise a camminare con le mani in tasca.

– Senti, poche storie. Io non sono uno di quei morti di fame con cui hai vissuto, e nemmeno ti sto chiedendo di sposarmi. Si tratta di due mesi e basta, per tirarmi fuori dai casini, e per di più ti pago! Neanch'io ho voglia di vivere con nessuno.
Le sarebbe stato facile buttarlo fuori in quel momento, eppure non si decideva, riottosa ed esitante come un gatto.
– Solo due mesi, e faremo a metà di tutte le bollette, oltre che delle spese per mangiare.
Lui stava per dirle che avrebbe pagato tutto lui, ma non osò. E non osò nemmeno baciarla o sorridere. Continuò a tenerle il muso.
– Che storia, eh? Le donne cercano di fregare i maschi perché sono state fregate da altri maschi, e gli uomini fanno lo stesso.
Lei fece finta di non avere sentito.
– E quando sei qui, fa' in modo di non lasciare niente in giro, mi piace che la casa sia in ordine.
Lui assentì, seccato.
Fecero l'amore per tutto il giorno, senza fermarsi se non per mangiare qualcosa, in piedi in cucina. Finalmente stavano passando un fine settimana insieme, e non era molto diverso da come lui se l'era immaginato. Lei riempì una lavatrice con le sue camicie e, per la prima volta, le stirò. Era maldestra, forse di proposito, appiattiva con disprezzo i polsini lasciandoci cadere sopra il ferro come se volesse farli sparire. Al mattino era meno attraente, l'età si notava di più, le rughe sottili sulla faccia, la pelle opaca. Lui pensò che non aveva visto cosmetici nel bagno, solo un flacone di crema da due soldi. Era molto diversa dalle altre donne che conosceva: Mercedes aveva centinaia di prodotti di bellezza, le sue fidanzate lo stesso. Adela aveva perfino ap-

peso in bagno un armadietto apposta, solo per le creme e i profumi. Di sicuro quella roba era troppo cara per lei. Si rese conto che dovevano esserci un mucchio di cose che lei non poteva permettersi. Lo stipendio di una cameriera è modesto. Le avrebbe comprato lui quello che ci voleva, non è difficile scoprire di cosa ha bisogno una donna di quarant'anni andando in una buona profumeria. Provò una sensazione piacevole: avrebbe avuto l'occasione di fare molte cose per lei, come quei benefattori che mandano pacchi dono agli orfanotrofi senza che nessuno glielo chieda. Mercedes prendeva i soldi e faceva quello che voleva. Adesso era diverso, chi regalava era lui.
Era contento, ragionevolmente felice. Era importante poter contare su una base, un posto dove tornare. Nel letto, fece dei progetti, fumando una sigaretta con le mani fuori dalle coperte, nell'aria fredda. Tornò sull'argomento della donna delle pulizie. Tona annuiva senza partecipare. Forse non voleva farsi vedere troppo entusiasta, non voleva ammettere di essersi lasciata piegare. Ma Rafael non vedeva che dei vantaggi per lei in quella situazione: più soldi, la sua compagnia, la possibilità di conservare in gran parte la sua libertà e, a guardar bene, anche la protezione che lui poteva offrirle. Forse Tona non si rendeva conto di tutto questo, forse il fatto che fosse vissuta con una quantità di spiantati non corrispondeva esattamente alla realtà. Sguatteri, uomini del gas con una rotella fuori posto. Ne riparlarono. Era una lista infinita, un ragazzo che si era trovato a fare l'autostop nell'area di servizio, un collega a cui si era allagata la casa per una perdita d'acqua. Era stata con loro una settimana, magari anche meno. Pensò che forse era meglio dirle di smetterla di raccontare tutte quelle storie mentre stavano insie-

me, si sentiva a disagio quando lo faceva, come uno stupido. Ma poi finiva sempre per sollecitare dei particolari in più: «Che tipo era? Era bravo a letto? Quant'era durata?». Quando Tona parlava di queste cose si rianimava, il suo passato non sembrava mai la tragedia che si sarebbe potuto supporre. Lui la osservava in silenzio. In realtà non capiva quale fosse il gioco, aveva dovuto mettersi in ginocchio per vivere con lei due mesi, e poi lei gli raccontava di aver offerto la sua casa a un collega per un tubo rotto, e non solo la casa, anche il letto. Bastava un tubo rotto perché lei aprisse generosamente le gambe, senza problemi. In ogni caso, se pure le cose stavano così, adesso aveva un posto dove tornare. Non le chiese dove fosse stata il giorno della sua scomparsa.

La domenica Tona preparò un piatto di uova. Ci mise dei pezzetti di prosciutto, le coprì con una salsa. Mentre cuocevano nel forno, loro aspettarono seduti in soggiorno, mezzi nudi. Dopo pranzo, tornarono a letto. Rafael la desiderava più che mai. Il pomeriggio riempì la stanza di penombra pigra. Doveva andarsene, riprendere il camion. Si alzò e cominciò a preparare la borsa con la sua roba. Tona lo seguì, aprì la finestra della camera da letto. Si rimise il suo vecchio maglione e un paio di pantaloni neri, sul corpo nudo, senza mutande. Accese il televisore mentre lui faceva la doccia.

Quando uscì dal bagno, Rafael era completamente vestito.

– Devi guidare tutta la notte? – gli chiese.

Lui annuì. Si infilò il giubbotto. Lei alzò gli occhi dal televisore per guardarlo mentre si avvicinava. Lui si chinò su di lei e la baciò.

– Ti chiamo.

Lei sorrise appena.
– Ti spiace lasciarmi il pacchetto di sigarette? Non ho più voglia di uscire, e tu puoi comprarle per strada.
Rafael lasciò le sigarette sul tavolo. Fece un gesto di saluto con la mano, che lei ricambiò. Quando fu sola, cercò una scatola di cerini fra le pieghe del divano.

19

L'avvocato gli confermò che poteva chiedere una riduzione degli alimenti che pagava a Mercedes. Lo fece subito, aveva più che mai bisogno di soldi.
Dovette incontrarla. Mercedes si presentò puntuale, con un vestito verde che lui non le aveva mai visto. Sentì l'impulso istintivo di sorridere quando fu di fronte a lei, era tanto che non si vedevano. Ma la sua stretta di mano fu fredda, secca, formale.
– Dobbiamo parlare di soldi.
Non c'era altro motivo per incontrarsi. Tirarono fuori delle carte, si confrontarono. Era facile mettersi d'accordo, la sua proposta era ragionevole. Gli avvocati ne avevano già parlato. Guardò sua moglie, era più magra, gli occhi un po' infossati e cerchiati di scuro. Quando le chiese del negozio non volle rispondere.
– Sarai contenta.
Si stupì del suo sguardo d'odio.
– Sì.
– Bel colpo, complimenti.
Lei si alzò, chiese quanto doveva per il caffè. Lui era partito con l'intenzione di ferirla, di assalirla con cattiverie come pugni, e invece si sentì stanco, la lasciò andar via.
– Vieni a prendere le bambine, domenica?
– No, non posso.

Lei gli lanciò uno sguardo di sufficienza e si allontanò senza salutare. Lui rimase seduto, sorpreso e sconcertato, come se gli fosse passato qualcosa addosso. La sensazione di stanchezza si fece ancora più forte. Ecco tutto quel che poteva aspettarsi da lei. Aveva pensato a quel che avrebbe dovuto dirle, parole aspre, frasi offensive: «Mi fai schifo». Non era successo. Adesso era solo al tavolo del bar, a pensare. Tutti quegli anni, la nascita delle bambine, il letto, e adesso era capace di andarsene senza nemmeno guardarlo. Forse lei e Pili avevano architettato tutto da molto tempo, prendendo in giro i mariti, sperando solo che tornassero il più tardi possibile. Ma non aveva avuto voglia di dirglielo, di mettersi a gridare.
Camminò per le strade. Non aveva niente da fare in quella città. Non gli andava nemmeno di vedere le sue figlie, era assurdo trascinarle da un posto all'altro cercando di essere gentile. Lì non c'era niente di suo. Dopo tanti anni, niente che lo tenesse legato, niente da ricordare. Qualche cena a casa di Luis, qualche bar di quartiere dove era fuggito il sabato sera, una casa che non era più sua, niente.
Cercava di passare i fine settimana con Tona. Aveva smesso di essere sempre disponibile a viaggiare nei giorni festivi, anche se aveva bisogno di soldi. Gli piaceva tornare a casa. Lei si comportava bene, continuava a non mettere candele sul tavolo, ma aveva sempre il frigo pieno, le lenzuola pulite. Le telefonava più volte durante le giornate di lavoro. La sua voce suonava indifferente e serena. Certe notti non era in casa. Allora ripeteva la chiamata finché non la trovava. Cercava di non fare domande.
Una volta Tona rispose al telefono in modo strano. A lui parve di cogliere una risata nell'aria, come se avesse captato l'ultima eco di una conversazione.

– Sei sola? – chiese.
– Sì – rispose lei, senza aggiungere altro.
Rafael si mostrò seccato.
– Posso sapere cosa ti succede?
– Ho sonno – disse Tona, e riattaccò.
Lui fu preso da un forte accesso di collera, rifece il numero, ma non rispose nessuno. Sferrò un pugno al telefono. Si tolse le scarpe e le fece volare contro il muro. Poteva scopare con chi voleva, ma almeno doveva avere la delicatezza di nasconderglielo. Si era aspettato qualcosa del genere, prima o poi doveva succedere. Il suo patto con Tona non prevedeva condizioni. Eppure era deciso a dirle che finché fossero stati insieme doveva smetterla di portarsi degli uomini in casa. Tornò sul camion. Malediceva il fatto di essere per strada, di non poterle parlare immediatamente. Tona non poteva essere diversa dal resto delle persone, l'avrebbe ascoltato. Si ricordò i mormorii al telefono, la sensazione che con lei ci fosse qualcuno. Forse esagerava, forse era solo il televisore. Poi lei si era arrabbiata, per questo non aveva risposto.
Quando si rividero la sua collera si era calmata. Aveva paura di parlare, di aprire una discussione che sarebbe facilmente degenerata. Preferì non dir niente, una scenata può rovinare un intero fine settimana, mandare in fumo le lunghe ore di sesso in camera da letto.
Tona era maleducata. Faceva cose che Mercedes avrebbe criticato. Si sedeva sul divano coi piedi sul tavolo, lasciava cicche sparse dappertutto, masticava con la bocca aperta. Questo a volte lo infastidiva, pensava che solo le puttane mastichino le gomme facendo schiocchi con la saliva fra i denti. Spesso era distratta e assente, se ne stava stravaccata per ore a guardare la tele. Non conosceva i gesti d'affetto, i baci e le carezze che fan-

no parte di una normale relazione, gli abbracci che ci si scambia incontrandosi nel corridoio. Dopo aver fatto l'amore, non rimaneva mai appiccicata a lui, si girava dall'altra parte, si accendeva una sigaretta o andava in bagno. Quando preparava la cena lasciava cadere in pentola le cose senza cura, rompeva le uova e buttava i gusci nel lavandino. Anche le bucce e altri residui andavano a finire lì, poi li raccoglieva tutti insieme, gocciolanti, e li buttava nel secchio della spazzatura troppo pieno, spingendoceli dentro col piede. Non era bello da vedere.
Rafael comprò una tenda nuova per il bagno, dei sottobicchieri colorati, un quadro e uno scaffale. Lei riceveva i regali senza nessun entusiasmo, pareva perfino leggermente infastidita. Le propose di andare insieme in un grande magazzino, lì avrebbero provveduto la casa di tutto il necessario. Ma lei non volle. «Poi mi tocca togliere la polvere a un sacco di roba inutile» disse. Provò a farle dei regali personali: un foulard, una borsetta. Nei suoi occhi non brillava mai la gioia che aveva visto in quelli di altre donne. «È morta dentro» pensò. Sembrava che le piacesse solo andare a cena fuori, bere qualcosa in un locale con la musica. Allora rideva, faceva girare lo sguardo intorno a sé, contenta, come se in un bar potesse scoprire qualcosa di promettente. Ordinava cocktail esotici che poi lasciava quasi intatti perché non le piacevano. Alla fine tornava al whisky, che beveva fino a essere mezza brilla. A quel punto le capitava di fare discorsi strani, che non arrivavano mai da nessuna parte. Le sue domande erano assurde: «Cosa faresti se un giorno non ti tirasse più?». Rafael ne approfittava per fare domande anche lui. «Dove vai quando sei sola?». «Da nessuna parte». «Non vai a letto con altri?». «No.» Allora lei

non sorrideva più, metteva il muso. Rafael cercava di scusarsi, ma non ce n'era il tempo: in genere Tona stava già canticchiando qualcosa, come se si fosse già scordata della domanda.

Rafael cominciò ad avere dubbi improvvisi mentre era per strada. La immaginava sudare sotto qualche bestione, un fattorino o un idraulico che manco aveva fatto la doccia prima di entrarle nel letto. La chiamava dal primo bar, non c'era. Aveva creduto che le cose sarebbero andate diversamente, di poter tornare il sabato sera e sentire per telefono che era contenta. Ma non andava affatto così, e per di più gli toccava lottare con l'idea fissa che lei andasse in giro a scopare. Gli veniva da bestemmiare. Il mondo è pieno di donne, donne allegre, affettuose, giovani, piene di illusioni. E poi c'era sempre la possibilità di starsene da soli. Anche se non era molto piacevole, materassi senza lenzuola a notte fonda. E c'erano le cosce di Tona, dischiuse. Telefonava di nuovo, da un altro bar, e se lei rispondeva, non sapeva cosa dire.

Ebbe un piccolo incidente col camion, una sbandata e una frenata brusca. Si fece un graffio che gli medicarono all'ospedale di un paese vicino. Lo misero ad aspettare in corridoio, un lungo corridoio dove le infermiere passavano in fretta su e giù. Vide dei vecchi che camminavano lenti, dei malati che passeggiavano in vestaglia, coi pantaloni del pigiama sulle ciabatte. Il medico lo visitò, disse che non c'erano lesioni gravi e gli applicò una medicazione al sopracciglio. Poi gli diede un paio di gioviali pacche sulle spalle e lo congedò. Dovette rimanere di nuovo in corridoio ad aspettare il foglio di dimissione. Ebbe freddo. La testa aveva cominciato a pulsargli. Osservò la lettiga accanto a lui, stretta, foderata di plastica bianca, le gelide zampe di

metallo con le ruote. Cominciò a sentirsi in preda all'ansia, gli venne il capogiro. Abbassò la testa fra le ginocchia. Un'infermiera si chinò su di lui: «Si sente male?». «No» rispose. Prese i fogli, uscì in strada. Raggiunse un telefono e informò la ditta dell'incidente. Gli consigliarono di non lavorare per qualche giorno, il titolare non voleva esporsi a inutili rischi. Accettò.
Rimessosi al volante, cercò di ricordarsi quando fosse stata l'ultima volta che era rimasto a casa dal lavoro. Aveva preso quattro giorni di ferie quando era nata Silvia. Vacanze per modo di dire, col nuovo bebè, la gente che veniva a casa. Gli era parso un periodo di reclusione, da cui era fuggito felice di tornare sulle strade. Adesso che sarebbe rimasto fermo una settimana provò gratitudine per il suo capo, finalmente qualcuno si preoccupava per lui.
Tona lo ricevette lievemente sorpresa. Si era aspettato che si emozionasse per il suo arrivo inaspettato, per la vistosa medicazione sull'occhio destro. Si limitò a chiedergli i particolari dell'incidente e a preparare la tavola anche per lui. – Passeremo il Natale insieme – osservò lui. Lei sorrise, gli mise nel piatto un po' della verdura che stava mangiando. Aveva addosso un pigiama, una spessa vestaglia di lana. Cenarono in silenzio. Rafael era molto stanco. Avrebbero passato il Natale insieme. Le feste non avevano mai avuto un particolare significato per lui. Lasciare il camion un paio di giorni, tutto qui. Le bambine riempivano la casa di festoni scintillanti, facevano il presepe sul mobile dell'ingresso, mettevano un albero sintetico nel soggiorno. Il forno funzionava a più non posso per l'intera mattinata e in tutta la casa si diffondeva l'odore degli arrosti. Il terzo giorno lui se ne andava mentre tutti dormivano ancora. Forse Tona non festeggiava il Na-

tale. La guardò mangiare lentamente. In fin dei conti non era successo niente di terribile, l'aveva trovata in casa, a mangiare verdura calda. Mentre saliva le scale, aveva temuto un arrivo raccapricciante: sentire gli ansiti di chissà chi fin dal pianerottolo, avvicinarsi a poco a poco, aprire la porta della camera da letto. E invece lei era in pigiama davanti a un piatto di fagiolini. Sentì il calore della stufa salirgli dai piedi. Aveva sonno. Non era stata un'esperienza piacevole dover prendere una corriera per raggiungere Tarragona, senza contare l'ospedale. Tutti quei malati come morti viventi, che camminavano strascicando i piedi. Avrebbe potuto formarglisi un trombo in seguito alla botta, un'embolia, una di quelle cose di cui si sente continuamente raccontare. Allora anche lui si sarebbe ritrovato addosso un pigiama a righe della mutua e sarebbe rimasto da solo in una piccola città di provincia dove nessuno lo conosceva.

– Come lo festeggi tu, il Natale?

Sembrava che Tona non capisse.

– Be', tutti fanno qualcosa a Natale. Tu ceni a casa? Prepari qualcosa di speciale?

Lei ritirò i piatti, si accese una sigaretta.

– Be', il responsabile del bar ci offre lo spumante, mangiamo qualche pasticcino, ridiamo. Poi distribuiscono le cassette natalizie, una per ciascuno, con un paio di bottiglie, frutta sciroppata.

– Quest'anno sarà diverso, vedrai. Non mancherà niente. Compreremo delle decorazioni per la casa, un tacchino, il torrone...

– Già me lo vedo. Verrà perfino Babbo Natale.

– Esatto, e se dovrai lavorare verrò a prenderti all'autogrill, così dopo potremo andare a divertirci da qualche parte.

Lei sorrise. Uscì dalla cucina, andò nel soggiorno e accese il televisore. Rafael la seguì, si sedette sul divano accanto a lei. Tona lo svegliò poco dopo. Gli pareva di aver dormito per ore. Entrarono nel letto gelido. Lei prese una torcia elettrica che teneva sul comodino, la accese e si infilò con la testa sotto le coperte. Gli tolse i pantaloni del pigiama, gli illuminò le gambe, si fermò sul sesso, lo accarezzò senza smettere di guardarlo. Lui vedeva il riflesso luminoso attraverso la stoffa. Si eccitò, fecero l'amore. Più tardi, mentre lei era sdraiata su un fianco, dandogli la schiena, Rafael le si avvicinò all'orecchio e le disse:
– Mi mancavi, sai?
Ma Tona non rispose, forse si era addormentata.

Al mattino, quando si alzava, Tona era già andata via. Nel sonno, la sentiva scendere dal letto, fare la doccia. Lui rimaneva lì, a rigirarsi indolente. Andava a far colazione fuori, non gli piaceva rimanere da solo nella cucina buia. Poi passeggiava. Malgrado il freddo, c'era gente dappertutto, sugli autobus, nelle strade. Certe volte si fermava davanti alle vetrine dei negozi di lusso, rimaneva a lungo a guardare tutti quegli oggetti costosi. Gli sarebbe piaciuto comprare qualcosa, un'agenda rivestita in pelle, forse una cartella portadocumenti con le sue iniziali incise. Ma un camionista non ha bisogno di un'agenda. Fece scorrere lo sguardo sulle forme arrotondate di varie pipe di radica. Se fosse stato di quegli uomini che hanno bisogno di agenda e portadocumenti, la sua vita sarebbe stata diversa. Non avrebbe avuto la stessa moglie. Le donne di classe non passano la giornata a confabulare con le vicine, si limitano ad aspettare i mariti che sbrigano i loro affari. Lui avrebbe saputo essere un uomo im-

portante. Avrebbe comprato a sua moglie gioielli e pellicce. Si aggiustò il bavero del giubbotto, entrò nel negozio. Un giovanotto ben vestito venne a servirlo. Si fece mostrare tutte le agende, le osservò attentamente, aprendone le pagine, accarezzandone le copertine. Ne comprò una di pelle di cinghiale, lucida, martellata. Rimase a osservare mentre la avvolgevano in un pacchetto perfetto. Più tardi lo svolse in un bar. Soppesò orgogliosamente il suo acquisto, annusò le pieghe della carta. L'interno era tutto un mondo, pieno di possibilità. C'erano righe per annotare gli appuntamenti ora per ora, le telefonate da fare, le lettere urgenti. Poi c'era uno spazio in bianco per le varie incombenze della giornata. Le pagine successive contenevano informazioni insolite: i valori delle monete dei vari paesi, l'ora di New York. Finalmente trovò qualcosa che gli era familiare: una cartina stradale. Osservò i tracciati, rossi per le autostrade, gialli per le strade nazionali, i puntini e i cerchiolini delle città. Sorrise. Si guardò intorno: un gruppo di signore prendeva il caffè. Presso la vetrina, un vecchio aveva lo sguardo perduto nel traffico di fuori. Non si sentiva granché senza il suo camion, mescolato alla gente oziosa del mattino.
La sera Tona insisteva per andare al bingo. Sembrava che la cosa la divertisse più di una serata romantica. Giocava le sue cartelle in silenzio, immersa nella penombra satura di profumi a buon mercato. Lui avrebbe preferito una cena e una chiacchierata al ristorante, rigirare fra le mani una coppa di cognac o ascoltare musica in un locale notturno. Ma Tona non aveva pazienza per le lunghe serate, si annoiava in fretta, lanciava occhiate impazienti tutt'intorno.
La sera della vigilia smontava alle sei. Rafael ne fu contento, avrebbero avuto tutto il tempo per fare un giro

e tornare a casa per cena. Al mattino, quando Tona fu uscita, diede un'occhiata in cucina e constatò che non era previsto niente di particolare per quella sera. Non c'erano nemmeno decorazioni natalizie. Uscì lui stesso a far compere. Fece provvista di antipasti in scatola e salumi costosi. Passò da un fioraio e comprò un grande ramo di pino ornato di fiocchi rossi. Prese un taxi: lo imbarazzavano le occhiate della gente mentre camminava carico di quelle cose.

Tona non parve molto soddisfatta dei preparativi.

– Credevo che saremmo andati a cena fuori.

– In una sera come questa è meglio restare a casa.

Lei si strofinò un occhio con indolenza, doveva aver bevuto.

– Non vorrai mica giocare alla famiglia felice, no?

Lui rimase lì a sorridere come un cretino, non sapeva come reagire. Tona assunse un tono ragionevole, tinto di stanchezza.

– Senti, ho passato anni della mia vita a star male per colpa di queste maledette feste. Non avevo uno straccio di decorazione, non avevo neanche la cena, non avevo nessuno. Ogni anno pensavo che il prossimo sarebbe stato diverso, e invece era sempre la stessa cosa. Finché mi sono detta che era tutta una gran cazzata. Da allora mi è sempre andata benissimo così e non ho intenzione di cambiare adesso.

Rafael la guardava, sconcertato. Lei cambiò tono, cercò di mostrarsi più simpatica. Andò nell'ingresso, tornò con una cassetta di cartone.

– Vieni, vediamo cosa ci ha regalato il capo quest'anno.

Misero la cassetta sul tavolo di cucina e Tona cominciò a tirarne fuori barattoli di frutta sciroppata, bottiglie di liquore, cioccolatini.

– Credi che ci basterà per cena?

Lui fece di no, serio.
– Andremo a cena fuori.
I ristoranti erano quasi tutti chiusi, soffiava un vento gelido che aveva spazzato via la gente dalle strade. Entrarono in una taverna gagliega. Ordinarono brodo, bistecche con l'osso, spumante. C'erano più clienti di quanti non si fossero aspettati. Il televisore era acceso e l'ambiente era scaldato da un paio di stufe a gas. Tona continuava a bere, lui se ne stava serio, teso, di fronte ai suoi occhi beffardi. Lei lo sorprese proponendo un brindisi:
– A tutti i cani e i gatti senza una casa.
– È questa l'unica cosa che ti viene in mente?
– Perché no?
– Non è affatto spiritoso.
– Senti, ma cos'hai? Ti ricordi delle tue bambine? Del presepe?
– Sta' zitta!
– È festa anche per me, e quando è festa mi piace divertirmi.
Lui non rispose, affondò la forchetta nella carne, alzò gli occhi e la guardò con durezza.
– Dove vai quando non sei con me, Tona? Dove sei stata la domenica che mi hai lasciato solo?
Il sorriso cinico si sciolse sulla faccia di Tona.
– Ci risiamo con questa storia? Sono stufa. Vuoi sapere dove vado? Chi vedo? Te lo dico subito: vado a scopare, a scopare con qualcuno che mi piaccia.
– Come le puttane.
– No, io vado a letto con chi voglio, e se mi va accetto anche dei soldi. Credevi forse che fosse gratis per tutti come per te?
Lui la prese per il polso e glielo strinse più forte che poté. Lei resistette stringendo i denti. Rafael deglutì, respirò profondamente e uscì dal ristorante.

Dentro di lui la furia si confondeva con la sorpresa. Camminò senza una direzione. Non sapeva nemmeno come fosse cominciato, quell'alterco, in ogni caso la convivenza pacifica non era durata a lungo. Tona aveva cercato di ferirlo, questa era in definitiva l'unica cosa che sapeva fare. Era stata ferita, e aveva voglia di ferire gli altri. Tutti quelli che le si avvicinavano finivano per essere sue vittime. Tona e il suo passato, la ridicola storia di tutti quegli uomini che erano vissuti con lei, pezzenti senza un soldo, seduti in canottiera al tavolo della cucina, li vedeva mentre se la scopavano in piedi nel corridoio, o cose più schifose ancora. Il ragazzo del supermercato e la sua famiglia. Cosa aveva a che fare lui con tutto quel pattume? Entrò in un bar deserto. Il barista stava guardando la televisione da dietro il banco. Ordinò un cognac. Se l'era immaginato fin dall'inizio che fosse una puttana, nessuna donna esce misteriosamente in piena notte per andare a mangiare una pizza con un'amica. Eppure non riusciva a credere che si facesse pagare. Le puttane hanno soldi, non avrebbe abitato in quel buco senza nessuna comodità, non avrebbe lavorato otto ore al giorno all'autogrill. Il cognac gli bruciava lo stomaco senza dargli alcun piacere. Pagò e uscì. La vigilia di Natale da solo, in mezzo alla strada in una città vuota. Non riusciva a sentirsi infuriato, solo in preda a una dolorosa malinconia. Si guardò le scarpe sporche sotto un lampione. Un brutto momento può capitare a chiunque. Vide passare un taxi libero e lo prese, non era la sera per andare in cerca di puttane, e per di più lei non sarebbe stata in casa.
Rientrando, sbatté la porta. Rimase in piedi, fermo, in silenzio. Accese la luce del corridoio e aprì la porta della camera da letto. Tona dormiva ben coperta. Provò

una gioia improvvisa, una riconoscenza immotivata. Cominciò a spogliarsi senza spegnere la luce. Lei non si muoveva. Si infilò nel letto, senza osare sfiorarla. Il tepore delle lenzuola gli rimise in moto il sangue.

– Tona, non possiamo arrabbiarci sempre così.

Lei non rispose.

– Quando si litiga si dicono cose assurde.

Lei si voltò, la sua voce era mezzo addormentata.

– Ho sonno, dormiamo, è tardi.

Poi posò la mano sul sesso di Rafael e cominciò ad accarezzarlo.

20

Il giorno dopo, il mattino fu freddo e nuvoloso. Dormirono fino a tardissimo. Fecero colazione in cucina. Tona sembrava allegra, sbatté le uova, fece delle frittate, aprì qualcuna delle scatolette che aveva comprato Rafael. Poi lui appese al muro il ramo di pino. Fu soddisfatto della sua opera, la contemplò da qualche passo di distanza. Tona non ne fu per niente entusiasta, le era toccato darsi da fare con le decorazioni del bar. Tutto il pomeriggio ad appendere campanelle e festoni, ad appiccicare stelline sui vetri. C'erano stati anni ben peggiori, una volta il personale al completo aveva dovuto vestirsi da Babbo Natale, avevano fatto le foto e le avevano esposte all'ingresso: «Noi tutti vi diamo il benvenuto e vi auguriamo buone feste».
Rafael le propose di andare a fare una passeggiata. Quando furono fuori, si ricordò del camion. Era riuscito a rimanere fermo per diversi giorni senza che la strada gli mancasse. Pensò che avrebbe dovuto esserne soddisfatto, anche se forse questo voleva dire che stava invecchiando. La vita era assurda, aveva fatto tutto al contrario, si era accollato la responsabilità di una moglie quando era ancora un ragazzo e ora, che finalmente aveva la sua libertà, si vedeva costretto a mendicare attenzioni casalinghe a una puttana. Guardò Tona, che camminava accanto a lui, forse annoiata.

– Entriamo lì a prendere qualcosa.
La luce del giorno non arrivava fino in fondo al locale. Ordinò della birra.
– In certi paesi prendono la grappa con la birra. Me l'ha detto uno che lavora sui TIR. Un sorsetto di grappa e un sorso di birra.
Lei volle provare. Rideva ogni volta che la birra diluiva il bruciore della grappa. Lo stupì che questo la divertisse tanto. Non si sapeva mai cosa potesse piacerle, farla ridere. Lui faceva ogni sforzo per tirarla fuori dalla vaga insofferenza in cui sembrava continuamente immersa. Ma l'unica cosa che davvero l'avrebbe entusiasmata non era certo in suo potere: uscire a cercare dei tipi che se la scopassero. E se l'avesse fatto? Magari doveva provarci, farle da ruffiano, da magnaccia. La seconda grappa scese giù meglio. Tona canticchiava una canzone.
– Era vero quel che mi hai detto ieri?
Lei non si stupì più della domanda, lo guardò con ironia.
– La storia che vado a scopare in giro? No, certo che no!
Nel locale esplosero le note di un pezzo jazz. Bene, meglio così, se avesse risposto diversamente le avrebbe spaccato la faccia, o l'avrebbe ammazzata. Sorrise, le passò una mano sul viso, dall'alto in basso, come a cancellarne i tratti. Tona si ritirò con un sobbalzo.
– Ne prendiamo un'altra?
Uscendo dal bar, Rafael si sentì le gambe molli. Andarono in un ristorante. Il vino contrastò nelle loro bocche col sapore aspro delle birre. Rafael si divertiva a pescare le polpettine dalla minestra e a lasciarle ricadere nel piatto, coprendo di schizzi la tovaglia. Tona si torceva dalle risate, non riusciva nemmeno a

mangiare. Il cameriere passò un paio di volte, li guardò con ostilità. Questo la fece ridere ancora di più. Erano ubriachi, incapaci di venire a capo dell'arrosto d'agnello. Sfilacciarono la carne, bevvero di nuovo.
In strada cominciava a far buio. Tona voleva andare al bingo. Lui azzardò, con falsa sicurezza, che a Natale le sale bingo sono tutte chiuse. Preferiva tornare a casa, preferiva dormire, non ce l'avrebbe fatta a sopportare l'ambiente chiuso, le vecchie chine sulle cartelline dei numeri.
Rimase appiccicato alla stufa, assorto, a guardare il fornello che bruciava senza fiamma e senza rumore. Poi guardò il ramo di pino, come una grande macchia sul muro. Si mise a dormicchiare sdraiato sul divano. Tona aveva preferito il letto. Di tanto in tanto apriva gli occhi, di scatto, e il chiarore della stufa lo restituiva al suo inquieto dormiveglia. Alla fine si svegliò del tutto. Accese la luce, prese una sigaretta. Il silenzio nella casa era assoluto. Aveva mal di testa. I pomeriggi di Natale a casa sua erano diversi. Anche lì dormicchiava su un divano, ma nelle altre stanze c'era vita, in cucina Mercedes preparava un ripieno per il giorno dopo, dalla camera delle bambine arrivavano voci, rumori dei giochi. Prese il telefono, fece il numero di casa. Rispose Mercedes, indifferente, pratica.
– Le bambine sono andate al cinema.
– Con Pili, immagino.
Non rispose.
– Vorrei sapere come stanno.
– E allora vieni a trovarle.
Sentì il clic del ricevitore che veniva bruscamente messo giù. Tona entrò nel soggiorno, spettinata, con la faccia segnata dalle pieghe del lenzuolo. Si lasciò cadere sul divano, accese una sigaretta.

– Cos'hai?
– Ho parlato con Mercedes.
Lei rimase a fumare in silenzio, strofinandosi gli occhi.
– Ha riattaccato dopo due secondi. Mi rinfaccia che non mi occupo delle bambine. Come se non le mandassi i soldi tutte le volte che devo!
Tona si sganciò il reggiseno da sotto la camicetta. Lui parlava con rabbia contenuta.
– Credi che si sia portata a casa un uomo il giorno di Natale?
Tona sorrise.
– Non lo so.
– Mi fa schifo che le mie figlie stiano in quell'ambiente.
Lei alzò le spalle, si strofinò il naso.
– Se la chiami continuamente per questo, finisce che ti incazzi e basta. Ti conviene fare come me, non dare segni di vita.
Lui la guardò incredulo.
– E se tuo figlio fosse operato di appendicite?
Tona si risistemò con indolenza sul divano.
– Se lo operano, cosa posso farci io?
– Ma non tutti hanno il pelo sullo stomaco che hai tu.
La faccia di Tona si irrigidì, si riempì di disprezzo.
– Sei venuto a ricordarmi cosa devo fare?
– Posso dire quello che voglio, ne ho il diritto, pago l'affitto in questa casa.
Lei lo guardò piena di ferocia.
– Paghi perché l'hai voluto tu. E per quello che paghi non avresti mai trovato una casa come questa, credi che sia scema?
Si girò e andò a prendere il cappotto. Se lo infilò in fretta, prese la borsa.
– Dove vai?

Lei non rispose, andò alla porta. Lui fece un passo avanti, gridò, fuori di sé:
– Dove vai, Tona?
– Te l'ho già detto ieri, a scopare. Ci avrai mica creduto che non era vero?
Chiuse la porta con un colpo secco. Lui le corse dietro ma non osò uscire. «Se esco la picchio» pensò, «la picchio, la picchio, la picchio». E si mise a sferrare pugni contro il divano. Poi crollò, con le ginocchia a terra, il petto appoggiato ai cuscini. Si mise a piangere. Il rumore del suo pianto lo fece tacere subito, gli ridiede freddezza, un'indifferenza tagliente si impossessò di lui. Si alzò, accese il televisore. «Piango perché sto diventando pazzo» disse a voce alta. Poi si sentì più tranquillo.
Era deciso ad aspettare finché Tona non fosse tornata. Stavolta non era stata colpa sua. Appena l'avesse vista, le avrebbe detto: «D'ora in avanti vivremo tranquilli, non ci saranno più discussioni». Si versò un whisky, ma non riuscì a berlo. Guardò con disgusto quella casa, un appartamento brutto e silenzioso dove non c'era niente che lui potesse fare. Troppi giorni di inattività. Sorrise. Che storia! Una storia che l'avrebbe fatto ridere per due ore di fila se qualcuno gliel'avesse raccontata al bar.
Tona tornò verso le dieci. Puzzava di alcol. Era una perfetta puttana, sapeva trovarselo subito uno con cui passare il pomeriggio. Aprì la finestra. Lo guardò come se non l'avesse mai visto. Forse andava in qualche locale, sempre il solito, dove rimorchiava. Oppure il tizio era uno solo, se ne stava a casa ad aspettare che lei chiamasse.
– Tona.
Lei alzò le sopracciglia, scocciata.

– Sono parecchi, o è sempre lo stesso?

Lei rise. La vide uscire dal bagno con la camicetta sbottonata.

– Tu non ti arrendi mai, eh?

Gli si avvicinò, gli ficcò la lingua in bocca, la mano nei pantaloni, cominciò ad accarezzargli il culo.

– È uno o sono tanti, Tona?

– Tanti, a volte contemporaneamente, uno davanti e uno di dietro, uno sopra e uno sotto.

Rafael chiuse gli occhi, lei continuò a toccarlo con le dita umide.

21

Incontrare Luis in ditta gli fece piacere, un piacere esagerato, come se non si vedessero da anni. Tutti parlavano di uno sciopero dei trasporti. Tre giorni fermi per protestare contro l'aumento del gasolio, una rivendicazione che conveniva anche ai padroni.

– Questa volta sciopero anch'io.

– Non potrai fare altrimenti, ti rovinerebbero il camion, finiresti pestato.

Stranamente Luis non aveva voglia di parlare dello sciopero. Passeggiarono fra i camion, scambiando informazioni coi colleghi, definirono gli itinerari fino al giorno dello sciopero. Uscirono prima di mezzogiorno, per mangiare qualcosa insieme. Scelsero una trattoria lontana dal deposito, in modo da evitare la compagnia degli altri camionisti.

– Volevo far due chiacchiere con te, Rafael.

Cominciò a parlare non appena si furono seduti a tavola, ancora prima di fare le ordinazioni. Rafael era sicuro che si trattasse di Mercedes. E invece no: Luis si era messo con una ragazza. Un'insegnante di ginnastica, giovanissima, appena ventidue anni.

Non sapeva cosa dirgli.

– Caspita, eh? Ti sei deciso!

L'aveva incontrata in un bar lungo la strada. Lei partecipava a una gita organizzata dalla palestra. Lui stava prendendo il caffè con dei colleghi. C'era stato uno scambio di battute. Alla fine gli aveva dato il suo numero di telefono. Si vedevano molto meno di quanto desiderassero, ma lui le telefonava continuamente. Rafael conosceva quella fase.

– E adesso cosa pensi di fare con Emilia?

Luis lo guardò come se fosse impazzito.

– Niente, farò in modo che non lo sappia. Non voglio giocarmi la famiglia.

– Io sono contento come sto – disse lui, senza sapere perché.

– Mi fa piacere.

Si guardarono sorridendo.

– Passerò con lei i tre giorni dello sciopero. Dirò a Emilia che sono con te, non si sa mai.

Prendeva troppe precauzioni, tipico dei principianti.

– Tu starai da Tona?

Rafael esitò.

– No, ultimamente siamo stati un po' troppo insieme. Non è il caso che si abitui.

– E cosa pensi di fare?

Rafael alzò le spalle.

– Perché non vieni con noi?

Rafael rise.

– Dico sul serio. Staremo in un bungalow da qualche parte, in campagna. Tu ne prendi uno, noi un altro. Poi andiamo a fare delle passeggiate, mangiamo. Così possiamo chiamare Emilia tutti e due insieme, alibi perfetto. E poi conoscerai Mónica.

– Mónica?

– Sì, anche il nome è carino.

– Di sicuro non è il nome quel che ti attira di più.

Risero forte. Una gran bella idea per una vacanza. In fin dei conti l'amicizia è importante.

– Sai qualcosa della mia ex moglie?
– Emilia ogni tanto la vede.
– E come le vanno le cose?
– Dice che vendono abbastanza, non so altro.

Era minuta, muscolosa, molto carina. Guardava Luis con aria sognante, beveva Coca-cola tutto il tempo. Luis con lei si comportava come un innamorato. Le circondava le spalle col braccio e le sistemava bene la sciarpa quando uscivano al freddo.
Compravano i giornali per seguire le notizie sullo sciopero. Luis era soddisfatto, si parlava di rifornimenti minacciati, del caos che poteva nascere dal blocco. Qualcuno finalmente si sarebbe reso conto dell'importanza della categoria. Si preoccupava per le possibilità di abusi, di azioni isolate di forza. A Las Pedroñeras qualcuno aveva tentato di dare fuoco a un camion. Era pericoloso, un atto del genere poteva screditare le agitazioni. Rafael lo ascoltava senza passione, erano cose lontane, per lui. Guardava Mónica, anche lei si annoiava. Portava ai lobi due piccoli gingilli d'oro che oscillavano di continuo. Era meraviglioso vederla così giovane, insieme al suo amico Luis. La ragazzina innocente che cade nella trappola del camionista sposato. Vecchia storia.
Di mattina Luis e Mónica andavano a passeggiare da soli per la campagna, in tuta da ginnastica. Lei portava delle scarpette bianche, pulite e nuove come se non fossero mai state usate. Verso mezzogiorno si ritrovavano con Rafael e pranzavano tutti e tre insieme nell'unico ristorante del paese. Il pasto si prolungava indefinitamente: cominciavano con un aperitivo accompagnato da fettine di prosciutto, poi passavano alla minestra, a una bella bistecca succosa. Mónica non riu-

sciva a mangiare tanto, non c'era niente che le piacesse davvero. Luis la sgridava come un padre, era abituata agli hamburger, alle pizze, roba di plastica, porcherie. Lei combatteva a lungo con la sua bistecca, ne sprecava la metà. Poi rimanevano seduti a tavola, a fumare e a prendere il caffè, non c'era nessuno a metter loro fretta. A volte Mónica si stancava di starli ad ascoltare, prendeva una sedia e si piazzava davanti al televisore dell'enorme sala da pranzo.

– Si annoia – diceva Rafael, ma Luis diceva di no, non se ne curava, preso com'era dai discorsi sullo sciopero. Rafael la guardava da lontano, semiaddormentata, le guance arrossate dal riscaldamento, gli orecchini che dondolavano. Era molto diversa da tutte le donne con cui era stato ultimamente. Era diversa da Mercedes, il ragno che lo aspettava senza muoversi dalla sua tela. E da Adela. E diversa anche da Tona, che forse in passato era stata una ragazza innocente e allegra. A Tona telefonava più volte al giorno, ogni tanto riusciva a trovarla in casa. Rivedeva la stanchezza e lo scherno su quella bocca che cominciava a essere segnata da rughette sottili. Mentre ci pensava sorseggiava la sua grappa, ascoltava le chiacchiere interminabili del suo amico, si addormentava.

Verso le cinque Mónica e Luis andavano a fare un sonnellino. Si ritiravano allacciati, lui un po' alticcio. Rafael li vedeva darsi dei bacetti sulle labbra. Luis si faceva prendere all'improvviso da un'esplosione d'affetto, le mollava una pacca sul sedere.

– Guardala lì, la bambina. E ha dato la maturità, ha due diplomi, di educazione fisica e... cos'altro ancora?

– Fisioterapia – rispondeva lei, con falsa modestia.

C'erano altri baci. Rafael vedeva le labbra che si toccavano e si staccavano lentamente, morbide e adesive, calde.

Verso sera era lui che ne approfittava per passeggiare. Camminava lungo la via principale del paese, quasi deserta a quell'ora. Il vento gelido gli rischiarava le idee. Quando arrivava a un'estremità, ritornava al punto di partenza. Poi telefonava a Tona sul lavoro, ma non riusciva quasi mai a parlarle, aveva quasi sempre da fare. «Sto servendo delle salsicce» diceva, o caffè.

Dopo cena si ritrovavano tutti e tre in uno dei bungalow, guardavano la televisione, o uscivano a bere qualcosa. In una di quelle serate, Luis gli chiese:

– Non telefoni mai a Tona?

– Sì, qualche volta.

– Si arrabbierà.

– Non gliene importa un cazzo se la chiamo o no.

Luis lo guardò perplesso, ma lui non aggiunse una parola. Non aveva voglia di dirgli che Tona andava con altri, chc litigavano, che in ogni caso lui non poteva pretendere niente, dato che non aveva altro posto dove andare e non voleva stare solo.

L'ultima cena fu un avvenimento speciale. Capretto arrosto con patate e cavolo. Mónica disse che solo due bestie come loro potevano mangiare una cosa così. Risero molto. Rafael le tirò i capelli, la fece arrabbiare come si fa con le bambine. Tutti e due si divertivano a chiederle cose del tipo: «Com'è che fanno all'amore i ragazzini, eh?». Lei, consapevole del suo ruolo fra i due uomini, diceva sciocchezze, li provocava infantilmente chiamandoli vecchi. Non la finivano più di ridere. Ordinarono in suo onore una grande torta, si deliziarono per la sua faccia stupita nel vederla arrivare. Poi Mónica volle andare al bungalow a farsi bella, avevano deciso di uscire a prendere qualcosa per festeggiare. Loro rimasero al tavolo a bere cognac. Luis si stiracchiò con soddisfazione.

– Ti fa sentire giovane.
– Sì.
– Il sesso ti fa sempre sentire giovane.
– Certe volte no –. L'espressione gioviale di Rafael si irrigidì e si fece triste. – Certe volte il sesso diventa una cosa così diversa dalla gioventù che ti fa schifo.
– Sei andato troppo a puttane, Rafael.
Fuori, una macchina non voleva saperne di mettersi in moto. Scostarono la tenda e rimasero a guardare nel buio, assorti nel ripetersi di quel rumore.
– Sta ingolfando il motore.
Cominciava a scendere un nevischio impercettibile. Rafael passò un dito sul vetro.
– Puttane o non puttane, alla fine è sempre la stessa solfa.
Luis bevve in silenzio, sospirò:
– Domani, di nuovo in strada.
Cadde su di loro un silenzio nostalgico. Luis scosse la testa, mentre pensava: «Le donne non sono tutte uguali».
– Le donne sono buone, e gli uomini anche, è la vita che è bastarda.
Mónica comparve con un vestitino nero incollato al corpo. Luis mutò la sua espressione malinconica in un misto di tenerezza e desiderio. Andarono a prendere i cappotti. Rafael vide che la ragazza se la cavava bene a camminare in quel tubino elastico. Sarebbe senz'altro sopravvissuta alla storia col camionista sposato.

22

– Vieni qui subito, figlio di puttana.
Riuscì a malapena a reagire.
– Cosa?
– Ti dico di venire qui subito.
– Tona, sei diventata matta?
– Chiedi un permesso, fa' quello che ti pare, ma vieni. È urgente.
L'avevano avvertito della telefonata dalla ditta. Era la prima volta che Tona lo faceva. Cercò di capire. La richiamò cinque minuti dopo.
– Tona, voglio sapere cosa succede.
– Se non sei qui entro stasera, chiamo la polizia, butto la tua roba dalla finestra.
– Ma perché?
Lei riattaccò, era molto agitata. Rafael uscì dal bar con le mani in tasca. Non sapeva se salire o no sul camion. Diede un calcio alla ruota. Rientrò nel bar, fece il numero della ditta.
– Se è così urgente... lascia il camion al deposito di Teruel, il carico lo porterà un altro. Ma domani sera cerca di essere di nuovo al tuo posto.
Prese una corriera fino a Sagunto, poi il treno. Sarebbe arrivato a notte fonda, impossibile far prima. Mangiò un panino al bar della stazione. L'ansia e la curiosità gli impedirono di dormire bene. Si assopiva

e si risvegliava di soprassalto. Si scervellava ma non riusciva ad avere la minima idea di cosa potesse essere successo. Forse un tentativo di furto. Ma allora, perché «figlio di puttana»? La notte era umida, il buio, completo. Non aveva con sé il rasoio, avrebbe dovuto comprarne uno a Tarragona. Dopo uno di quei bruschi risvegli pensò alla morte. Si immaginò steso su una panca, nella sala d'attesa di una stazione, solo. Nell'immagine, una bambina si avvicinava per vederlo meglio. Uscì in corridoio a fumare. Il freddo, l'imprevisto, una nube di ricordi fluttuava fra i vetri appannati.

Un tassista silenzioso lo portò a casa di Tona. Mentre si frugava in tasca cercando le chiavi, cominciò a tremare. Un'ondata calda gli bruciò la faccia, il cuoio capelluto gli prudeva.

Non c'erano luci accese nell'appartamento. Fece qualche passo nell'oscurità.

– Tona?

Nessuna risposta. Andò verso la camera da letto. Accese la luce. Il letto era vuoto. Tornò nel soggiorno. Dal divano, Tona accese la lampada e così la vide, seduta e immobile. Un brivido gli percorse la schiena. Aveva la faccia gonfia, gli occhi violacei; all'angolo della bocca, una crosta di sangue rappreso. Anche le narici erano sporche di coaguli. Si sedette accanto a lei, la osservò, non riusciva a parlare.

– Adesso tu prendi le tue cose e te ne vai.

Lui lottò contro lo stupore, contro l'orrore.

– Tona... cos'è successo?

– È stato un piccoletto tinto di biondo, uno schifoso. È venuto qui stamattina, ha cominciato a prendermi a botte appena gli ho aperto. Ha detto che erano per te, che tu avresti capito, che eravate pari.

Si sentì attanagliare le budella, finalmente era tutto chiaro.
– Rápalo – disse a voce bassa.
Lei lo guardava con la faccia contratta dalla durezza. Vide senza muoversi che Rafael si alzava, si torceva le mani.
– Rápalo, figlio di puttana, mi ha seguito, credevo che non avrebbe mai più...
Tona stava in silenzio.
– Hai chiamato la polizia? Perché non ti hanno medicata?
– Volevo che mi vedessi così.
Lui si avvicinò di nuovo, fece per toccarle la faccia con la punta delle dita. Lei si tirò indietro.
– Prendi le tue cose e vattene.
– Devi farti vedere da un medico, le ferite...
– Non voglio nessun medico. Vattene subito.
– Tona, non essere assurda, ti spiegherò...
Di colpo, lei si mise a gridare istericamente:
– Vattene, vattene!
Lui la scosse per le braccia, ma lei continuava a gridare. La strinse forte, gridò anche lui.
– Sta' zitta!
– Vattene via!
Le diede uno schiaffo sulla faccia gonfia col dorso della mano. Lei si rattrappì come un'ostrica viva. Rafael le si inginocchiò davanti, la circondò con le braccia, le posò la testa in grembo, si mise a piangere.
– Tona, perdonami, non è colpa mia, ultimamente mi sta andando tutto male.
Rimase così a lungo, traendo sollievo dallo scorrere delle lacrime. Sentì la voce di lei, tranquilla, ormai. Asciutta e triste.
– È tutto uno schifo, e basta. Vai via Rafael, e non tornare più, io sto meglio da sola.

– Non mi cacciare, Tona, ti ricompenserò, non ti mancherà niente.
Lei lo scostò, si alzò.
– Ti ho lasciato la valigia pronta nell'ingresso. Mangia qualcosa, se vuoi, prima di andare. Io vado a letto. Se quando mi sveglio ti trovo ancora qui, chiamo la polizia e dico che questo me l'hai fatto tu. Parlo sul serio.
Rafael rimase seduto sul tappeto. Guardò il muro, c'era ancora il ramo di pino che aveva appeso lui per Natale. Aveva voglia di fumare una sigaretta. Pensò che sarebbe stato meglio farlo fuori da quella casa. Andò nell'ingresso. La valigia era vicino alla porta. La sollevò, era pesante. Forse uscendo avrebbe trovato ancora qualche bar aperto.

23

I banconi imbottiti non gli erano mai piaciuti, ti tocca allungare il braccio per prendere il bicchiere, ti impediscono di appoggiarti comodamente al bordo. Preferiva quelli a spigolo vivo, su cui puoi puntare il gomito per parlare con la ragazza.
Sputò per terra ed entrò nel locale. C'erano pochi club di quel livello lungo le strade spagnole. Spazioso, con i tavoli ben separati e un bancone di legno lucido, coperto di vetro. C'erano perfino statue di donne nude sparse in giro.
Appena lo vide, Blanquita gli corse incontro sorridendo. La chiamavano Blanquita per scherzo, perché era molto scura, gli occhi neri, i peli di sotto nerissimi anche quelli. Era molto educata, e giovane, non ne sceglieva mai un'altra quando si fermava lì.
Ordinarono da bere e si misero a chiacchierare. Era un locale dove nessuno ti metteva fretta, i clienti venivano trattati bene. E nemmeno le ragazze avevano voglia di correre. Si poteva stare in pace, bere un bicchiere con tutta tranquillità, un whisky dei migliori, o un cognac. Lo raccomandava a molti colleghi, agli amici, no. A Luis si poteva raccomandare ben poco, adesso meno che mai. Se ne era andato di casa. Dopo un anno che vedeva la ragazzina di straforo, aveva deciso di andarsene, di lasciare Emilia e i bambini. Era scoppiato

un bel casino. Nei mesi successivi lo si vedeva sempre preoccupato, nervoso, ma poi si era calmato. Rafael era stato a trovarli nel loro nuovo appartamento a Barcellona. Un posticino piccolissimo, ma avevano tutto il necessario. Mónica guadagnava bene con la ginnastica. Aveva imparato a fare frittate, piatti di riso. Sembravano abbastanza felici. Eppure, vedendola così giovane, così ben fasciata e tranquilla nel suo tubino nero, Rafael aveva i suoi dubbi, un giorno o l'altro Luis sarebbe stato piantato. Certe volte usciva a cena con loro, facevano quattro risate.

Un giorno gli venne in mente di chiamare Adela per chiederle di uscire. Lei si era messa a fare un mucchio di giri di parole, si era perfino scusata. Alla fine il motivo saltò fuori: aveva un fidanzato. «Va bene, però possiamo uscire lo stesso. Siamo amici, o no?». Ma non c'era stato modo di convincerla, aveva paura che si arrabbiasse. Una donna che aveva passato la vita a chiedergli di lasciare la moglie e le figlie, adesso non voleva neppure uscire con lui per una birra, perché uno che magari la stava prendendo per il culo a tutto spiano si sarebbe arrabbiato.

Blanquita rideva. Aveva un piccolo neo vicino al labbro, e a ogni risata, il neo saliva su. Con lei era un piacere chiacchierare, perché era sempre allegra. E poi sapeva aspettare il momento giusto, non ti seccava suggerendo continuamente di salire in camera. Sapeva fare il suo mestiere, ma non era certo un'eccezione. Di ragazze come Blanquita ce n'erano dappertutto, non erano difficili da trovare. Dipendeva dal livello del locale.

– Un giorno di questi ti porto un regalo.

Lei si mise a ridere, col neo che saliva su.

– Un grosso orso di peluche per la tua camera.

Rideva come una matta. Forse le puttane non possono tenere pupazzi in camera.

– Non ti va un orsacchiotto? Allora un bel paio di scarpe, una borsa.

– Se fai regali a tutte le ragazze di strada finisce che rimani senza niente.

– No, io tengo sempre qualcosa per me.

– E cosa ti compreresti?

– Io? Un costume da indiano.

Lei si piegava in due dal ridere.

Verso l'una salirono in camera. Erano delle belle camere, col riscaldamento individuale e le tende a colori chiari. Pagando un supplemento, il cliente poteva rimanere tutta la notte.

Blanquita cominciò a spogliarsi. Lui si sentiva molto stanco, allungò le gambe sul copriletto. Le scarpe caddero sul tappetino, una con la suola all'insù. Si ricordò di aver finito le sigarette, ma non importava, al mattino ne avrebbe comprato un pacchetto in un bar, il primo che avrebbe trovato aperto.

Questo volume è stato stampato
su carta Grifo vergata
delle Cartiere Miliani di Fabriano
nel mese di ottobre 2004

Stampa: Officine Grafiche Riunite, Palermo

Legatura: LE.I.MA. s.r.l., Palermo

Il contesto

1 Buket Uzuner. Ada d'ambra
2 Roberto Bolaño. I detective selvaggi
3 Jaime Bayly. Non dirlo a nessuno
4 Alicia Giménez-Bartlett. Una stanza tutta per gli altri
5 Anna Kazumi Stahl. Fiori di un solo giorno